Oliver Wnuk

Wie im richtigen Film

Roman

Krüger Verlag

MIX
Papier aus verantwortungsvollen Quellen
FSC® C083411
www.fsc.org

www.fischerverlage.de

Erste Auflage 2011,
erschienen bei Krüger,
einem Verlag der S. Fischer Verlag GmbH, Frankfurt am Main

Satz: pagina GmbH, Tübingen
Druck und Bindung: CPI – Clausen & Bosse, Leck
Printed in Germany
ISBN 978-3-8105-2381-5

Für Amélie

Der Unterschied zwischen dem richtigen Wort
und dem beinahe richtigen
ist derselbe wie zwischen dem Blitz
und dem Glühwürmchen.
Mark Twain

Der Ruhm ist wie das Glühwürmchen:
Er leuchtet hell von Ferne, aber aus der Nähe betrachtet
spendet er weder Wärme noch Licht.
John Webster, *Duchess of Malfi*

Prolog

»Papa?«
»Hm?«
»Schläfst du?«
»Hm.«
…
»Machst du noch mal Licht an?«
Knips.
Luca beugt sich über meinen Kopf hinweg zur Nachttischlampe und schaut direkt in die Glühbirne.
Ich liebe den Geruch, der in ihrem Pyjama nistet. So müffelig rosig.
»Und jetzt wieder ausmachen«, ordnet sie an und lässt sich zurückplumpsen.
Knips.
»Und? Wie viele Glühwürmchen siehst du?«, frage ich.
»Ganz viele.«
…
»Papa?«
»Hm?«
»Ich will ans Meer.«
»Aha … Na, vielleicht nächsten Sommer.«
»Au ja. Fahren wir nächsten Sommer ans Meer? Mit der Mama?«
»Vielleicht eher mit der Clara.«
»Ich will aber mit der Mama.«
»Ich glaube, das geht nicht.«

»Warum nicht?«
»Weil dann die Clara traurig ist … und der Steffen bestimmt auch.«
»Okay … dann mit dir alleine.«
»Okay … und warum nicht mit der Clara?«
»Weil dann die Mama traurig ist.«
»Das glaube ich nicht.«
»Das glaube ich schon.«
»Schlaf jetzt.«
…
»Papa?«
»Hm?«
»Wann ist Sommer?«
»Noch zweihundert Mal schlafen, ungefähr.«
…
»Papa?«
»Hm!?«
»Machst du noch mal Licht an?«
»Nein!«

1.

»Ist das jetzt ein Heiratsantrag?«

Mir wird ganz heiß. Meine Halsschlagader pocht spürbar und eindeutig unrhythmisch.

»Tom, hast du mir da etwa gerade einen Antrag gemacht?«

Erwartungsvoll sucht sie die Antwort in meinen Augen. Und findet sie nicht.

Ich schwitze und stottere ein undefiniertes, kaum hörbares: »Ähm …?«

Ich lache etwas verlegen. Ich nehme mir Zeit. Jetzt nicht zu schnell werden. Trotz der angespannten Situation koste ich jeden einzelnen Moment aus. Immer wieder bin ich das hier durchgegangen. Jetzt, wo es drauf ankommt, darf ich es nicht vermasseln. Also, mach langsam, Junge.

»Ich weiß nicht … ja … ich denke, ja, das ist wohl ein … Antrag.«

»Liebling, wenn du mich heiraten willst, dann musst du mich aber auch richtig fragen.«

Ach du meine Güte, das gibt's doch nicht.

Was macht sie denn da? Das kann doch nicht wahr sein.

Sie macht mir alles kaputt. Sie grimassiert in einer Art, als ob sie gleich ganz schrecklich pupsen müsste und es krampfhaft zu unterdrücken versucht. Anders kann ich mir das nicht erklären. Ich kann mir nicht vorstellen, dass jemand so reagiert, wenn er einen Antrag bekommt. Ehrlich enttäuscht über ihre Entgleisung, versuche ich trotzdem Haltung zu bewahren.

»Ach so, ja … Mirjam, ich liebe dich … Das weißt du …«
Ich merke, wie mir die Schweißperlen den Rücken herunterkullern und ihren Weg in die Poritze finden. Unangenehm. Das hier muss klappen.
»Mirjam, nichts würde ich mir mehr wünschen … nach all dem, was wir gemeinsam erlebt haben, nach all dem, was du für mich getan hast …«
Meine Unterlippe beginnt plötzlich ungewollt zu zittern, und ich kann nichts dagegen tun. Es überkommt mich.
»Was ich … *schluchz* … ich«, ich benutze das Unterlippenzittern, »was ich eigentlich … *schnief* … sagen will …« Ich atme durch. Ich reiße mich zusammen. »Du bist ein so einzigartiger Mensch. Du hast so viel Liebe in dir, so viele Talente und Fähigkeiten. Du erfüllst mich mit einer so … unbändigen Freude …«
Wieder einmal bin ich überrascht, wie gut ich lügen kann, und setze zum Finale an: »Willst du mich heiraten?«

Irgendwas sagt mir, dass meine Freundin sich auch über so eine Art Antrag freuen würde. Und ich frage mich, ob ich das gut finden sollte und wie genau ich ihn machen müsste. Nicht, dass ich es unbedingt wollen würde oder sie … oder …
Aber jetzt nicht an Clara denken. Schön bei der Sache bleiben. Du liegst gerade in den Armen einer anderen Frau, und das hier ist jetzt wichtiger.
Ich bin ihr ganz nah und bin gebannt von ihrem bröckelnden Make-up, das eigentlich die Aufgabe hatte, die prall gefüllten Mitesser auf ihrer Nase zu verdecken, aber gerade, wie auch der Rest von ihr, jämmerlich zu versagen scheint.
Gleich bekomme ich Blitzherpes.
Zwischenzeitlich hat sie offensichtlich emotionales Atmen mit Hyperventilieren verwechselt und sich so sehr mit ihrer Befindlichkeit beschäftigt, dass sie puterrot geworden ist.
Was das nur soll?

»Tom, ich liebe dich auch.«
Ich glaube ihr kein Wort. Und dann haucht sie noch ein weniger überzeugendes: »Ja, ich will für immer mit dir zusammen sein.«
Aber nun naht die Stelle, vor der mir graut. Der Kuss.
Ach, du Scheiße. Bah, sie küsst ja … offen. Mit offenem Mund. Ich werd' nicht mehr. Sie lässt mir keine Chance. Ich kann ja nicht mit spitzen Lippen ihre Zähne küssen. Da muss ich jetzt durch.
Ahh, schööön! Ich schmecke Aschenbecher, Kaffee und Mettbrötchen. Das ist eine Unverschämtheit. Mach den Mund zu, du Schnalle. Und lass ja die Zunge drin.
»Danke!«, tönt es erlösend aus dem Off.
Ja, allerdings danke. Unsere Münder lösen sich langsam voneinander. Endlich. Nicht zu ruckartig, denn man will schließlich zeigen, dass man sich sympathisch ist und als Paar funktionieren könnte. In Wahrheit wünsche ich mir aber gerade nichts sehnlicher herbei als eine Zahn- und Zungenbürste. Für uns beide.
»Das war wirklich sehr süß. Schön. Jan, danke. Ganz toll, Paula.«
Was war denn daran toll? Aufgesetztes Schmierentheater war das.
Bestenfalls Pilcher. Selbst der Kameramann scheint froh zu sein, dass er nicht mehr so genau hinschauen muss, und gönnt sich augenblicklich die Zigarette danach.
»Habt ihr euch gut gefühlt?«
»Also, ich schon«, lüge ich. »Ich weiß ja nicht genau, wie ihr die Rolle seht. Ich kenne ja nur Auszüge aus dem Drehbuch. Deswegen hab ich es jetzt halt mal so angelegt, wie ich sie gelesen habe. Also eher weicher. Er ist ja jetzt kein Macho oder so. Oder?«
»Wir sehen die Rolle genauso, wie du sie uns gerade präsentiert hast, mein lieber Jan.«

Neben der Casterin sitzt Ute Wanger – eine der bedeutendsten Fernsehproduzentinnen Deutschlands. Mindestens genauso bedeutend wie dick.
»Jan, du hast es ganz toll gemacht so. Ehrlich.«
»Danke, Frau Wanger. Das freut mich sehr, wenn Sie das sagen.«
Das Mettbrötchen auf zwei Beinen fühlt sich, überflüssigerweise, auch zu einem Kommentar gezwungen. »Ja, find ich auch.«
Alle blicken sie fragend an, aber mehr scheint da wohl nicht zu kommen.
»Findest du auch, Paula, ja?«, hakt die dicke Wanger dennoch nach. »Könntest du dir denn vorstellen, unseren Jan hier zu heiraten? Also, im Film … mein' ich.«
Die gewaltige Wanger prustet feucht los. Die Casterin steigt hysterisch mit ein. Wahrscheinlich ist sie im chinesischen Sternzeichen Ziege. Alle lachen. Hach, wie lustig. Nachdem Kollegin Paula ihr aufgesetztes Gekicher abgestellt hat, sagt sie gönnerhaft: »Ja, ich glaube schon. Ich finde ihn sehr süß.«
Ich finde dich auch süß. Du talentfreies Geschöpf.
Privat ist sie erstaunlicherweise mindestens genauso unnatürlich wie im Spiel. Was ein Grund mehr wäre, sie jetzt aus ganz aufrichtigem Interesse zu fragen, wie viele Redakteursschwänze sie für diesen Job hat lutschen müssen. Aber stattdessen sage ich: »Danke.«
Denn sicherlich hat mindestens einer dieser Schwänze auch erheblichen Einfluss auf meine Karriere.
»Ja, und … ähm … jetzt?« Die Situation ist mir unangenehm. Ich will weg. Raus hier. So viel Falschheit ertrage ich nicht. Vor allem von mir nicht. »Also … sollen wir's noch mal spielen? Oder irgendwie … anders?«
Mir graut vor der Antwort. Die Wanger drückt sich aus dem Stuhl auf ihre bemitleidenswerten Knie.
»Nein, das reicht mir. Ach, ihr Süßen, wisst ihr was …?« Be-

vor sie weiterreden kann, muss sie erst noch einmal verschnaufen. Zu viel Bewegung. »Ich glaube, wir haben unsere Turteltäubchen gefunden«, flötet sie neckisch in die Runde. Debil grinsend schäme ich mich eine Runde fremd, und die Casterin nickt wie ein Wackeldackel.

Zum Abschied drückt die Wanger mich an ihr Doppel-G und beschmatzt meine Wangen mit den Worten: »Also, wenn es nach mir geht, bist du's. Aber du weißt ja, das habe ich nicht zu entscheiden. Das muss der Jürgen beim Sender machen.« Natürlich. Klar. »Aber wir wissen spätestens morgen Bescheid. Wenn nicht sogar noch heute. Wir stellen das Band gleich auf den Server, und dann kann er's sich sofort angucken.«

Und ich sage noch: »Schön. Also … dann.«

Küsschen hier, Küsschen da. Grüß mal den und grüß mal die und natürlich soll ich Clara grüßen.

Natürlich. Klar.

»Mit euch zusammen müssten wir mal was machen, Jan, mit dir und Clara.«

Ja, dann mach halt.

Und tschüss. Raus an die Luft. Durchatmen.

Nachdem ich ein bisschen Frischluft geatmet habe, fange ich an, mich zu ärgern. Und zwar einzig und allein über mich selbst.

Die Kollegin Mettbrötchen war gar nicht so schlecht, und Mettbrötchen habe ich auch nicht rausgeschmeckt. Aber Kaffee. Kaffee ganz bestimmt. Aber ansonsten war die völlig okay. Und die Wanger ist zwar dick, aber kein Walross, und überhaupt wollten sicherlich alle nur, dass ich mich wohl fühle. Schließlich haben sie mich zum Casting eingeladen, weil sie an mich glauben und mir reelle Chancen einräumen. Punkt. Und all mein eigener Gram hat mich wieder mal vom Wesentlichen abgelenkt.

Die miese Laune war reiner Selbstschutz. Angst davor, nicht ausreichend ernst genommen zu werden. Angst vor Ablehnung. Angst. Angst. Angst.
Eigentlich liebe ich meinen Beruf.

Auf einer Mitnahmepostkarte im Toilettenvorraum lese ich:
»Die Zukunft bringt dir das, was für dich am besten ist.«
Als ich wieder an einem der Tische auf dem Bürgersteig Platz nehme, hat Johnny mir schon ein Glas Rotwein samt kleinem Antipasti-Teller hingestellt.
»Dottore, bisse du heute schon so früh bei mir?«, grinst der ewig gut gelaunte Johnny. »Gehte dir gut?«
»Danke, Johnny. Es geht.«
»Musse du nich so viel denke. Musse du lebe.«
In seiner südländischen Art streicht er mir liebevoll über den Kopf. Er gehört zu dem Männer-Typ, bei dem einem so was nicht unangenehm zu sein braucht.
Im Gegenteil. Wahrscheinlich wegen dieser Ruhe und Aufrichtigkeit, die er ausstrahlt. Weil er authentisch und warmherzig ist. Mein Wirt Johnny wäre bei dem Casting eben zweifellos der Bessere von uns beiden gewesen.

Eine knappe Stunde später klingelt das Handy. Meine Agentin Annalena kommt direkt zur Sache: »Der Jürgen vom Sender hat Nein gesagt. Er will was Glatteres. Du bist ihm zu speziell. Außerdem sind sie sich noch nicht sicher, ob sie nicht doch einen bekannten Comedian für die Rolle verpflichten wollen.«
»Was soll das denn? Das ist ein ganz normaler Beziehungsfilm. Keine Comedy.«
»Ach, Jan. Darum geht's doch nicht. Das weißt du doch.«
Weiß ich.
»Es tut mir leid. Du warst bestimmt sehr gut bei dem Casting.«

Ich war gut.
»Jan? Bist du noch dran?«
»Ja.«
»Lass den Kopf nicht hängen. Kommt bestimmt bald wieder was rein.«
»Ja.«
»Okay, dann … ich weiß jetzt auch nicht mehr, was ich noch sagen soll. Mach's gut, mein Lieber.«
»Ja.«

2.

»Du bist einfach ein Nichts.«
Niemand findet so glasklare und schneidend ehrliche Worte wie Anne.
»Was meinst du denn damit? Was soll das denn bitte heißen, ein Nichts? «
»Eine Kugel Mango und eine Kugel Zitrone, bitte.«
Anne gibt ungerührt ihre Bestellung auf, während Luca glücklich und zufrieden mit ihrem bunt bestreuselten Schlumpf-Eis loszieht, um uns einen Tisch an der herbstlichen Restsonne zu suchen.
»Für mich einen Eiskaffee ohne Sahne, danke.«
Ich wende mich wieder Anne zu.
»Anne, hallo? Wie meinst du denn das? Du kannst doch nicht einfach so ein Ding raushauen und das dann da so unkommentiert stehen lassen.«
Normalerweise könnte sie das, aber heute ist sie gnädig.
»Du bist halt kein Typ. Das warst du noch nie. Nicht schön, nicht hässlich. Du bist nicht dünn, nicht dick, nicht männlich, nicht androgyn, nicht groß, nicht klein – du bist noch nicht mal mittel. Selbst dazu fehlt dir das Format. Du bist der Freund von Clara Brehmer. Stimmt. Das bist du! Der Freund von der Brehmer. Aber ansonsten passt du in keine Schublade. Luca, pass auf, es tropft! Leck mal am Rand entlang!«
Ich bin einerseits geplättet und entsetzt, andererseits wieder einmal fasziniert von ihrer kompromisslosen Ehrlichkeit. Keiner auf der Welt kennt mich so gut wie Anne, und keiner

dürfte so mit mir reden. Sie war immer schon mein Auf-den-Boden-der-Tatsachen-zurückhol-Weiblein. Ein Geschenk. Bei unserem gemeinsamen Geschenk Luca hat das Eis getropft. Mehrfach. Auf das Kleidchen.
»Oh, Papa, kannst du das bitte wegmachen oder sauber oder so … ähhh … irgendwie?«
Mach ich. Versuche ich zumindest – mit ablecken, rubbeln und Serviette. »So. Okay, also, ich passe in keine Schublade. Ja, ist doch eigentlich super, oder nicht?«
»Papa, was willst du denn in einer Schublade?«, möchte Luca wissen.
»Luca, lass mal den Papa kurz was Wichtiges mit der Mama sprechen, ja? Achtung, tropft! Also, das heißt ja dann, dass ich was Besonderes bin, oder?«
»Das Besondere scheint bei euch im Job aber selten gefragt zu sein. Außerdem bist du für das Besondere … wie soll ich sagen … Ich finde, für das Besondere bist du nicht besonders genug.«
»Nicht bes … – Mhmm. Also bin ich ein … Nichts?«
»Ja.«
Anne muss über meinen Anflug von Selbsterkenntnis lachen, und unser Kind steigt mit ein, wobei ich mir nicht sicher bin, ob es kapiert hat, worum es gerade geht. Ich hoffe nicht. Aber selbst wenn, die beiden meinen es nicht böse. Ich weiß das. Sie sind »meine Lieben«. So nenne ich sie neuerdings. Ich hatte kein Problem damit, Anne und Luca »meine Familie« zu nennen, aber Anne will das nicht mehr. Weil es für sie einfach nicht mehr stimmt. Wir sind getrennt und jeder hat einen neuen Partner, und deswegen sind wir keine Familie mehr. Sagt Anne. Ich habe kein Anrecht mehr auf diese Bezeichnung und wir sind offiziell familienlos.

Als Anne und ich uns kennenlernten, schien alles möglich zu sein. Sie war gerade mit der Schule fertig und voller

Träume, und ich war mitten in meiner Zivildienstzeit und voller konkreter Pläne. Anne gab die meisten ihrer Träume auf und unterstützte mich bei meinem Ziel. Ich wollte ein erfolgreicher Schauspieler werden. Wir waren ein klasse Paar.
Ich zog für einen Studienplatz an einer *der* deutschen Schauspielschulen in eine andere Stadt und sie zog mit.
Ich reiste von Drehort zu Drehort und sie reiste mit.
Ich nahm die Sprossen der Karriereleiter nur deshalb so leicht, weil ich wusste, dass sie mich von unten sichern würde.
Nachdem wir fast ein Jahrzehnt solider Beziehung hinter uns gebracht hatten, bekamen wir Luca. Und damit neue Probleme zusätzlich zu denen, die wir schon vor Lucas Geburt erfolgreich verdrängt hatten.
Das Paarsein bekam nach und nach einen anderen Charakter. Vieles nahmen wir schweigend hin, statt uns dem Unübersehbaren zu stellen. Wir zogen lieber weiter am gleichen Strang und in die nächste Stadt, denn die Alternative war unvorstellbar.
Mit der Zeit wurde ich tatsächlich so was wie ein erfolgreicher Schauspieler. Mein Traum. Anne kümmerte sich fortan hingebungsvoll um Luca. Und um mich. Mein Netz und doppelter Boden.
Doch plötzlich fand ich mich bei einer anderen Frau wieder.
Anne und Luca waren nicht mehr da.
Und seitdem sind wir keine Familie mehr.
Annes Schmerz ging ins Unmessbare und ich weiß, dass auch Luca vieles miterlebt hat und immer noch dabei ist, die Realität zu verstehen. Anne nahm in wenigen Wochen zwölf Kilo ab. Ein Kilo für jedes gemeinsame Lebensjahr.
Nur ihrer bewundernswerten emotionalen Intelligenz, ihrer Selbstlosigkeit und ihrer Liebe zu Luca ist es zu verdanken, dass sie ein letztes Mal mit mir in eine andere Stadt zog. So

kann Luca weiter in der Nähe ihres Vaters aufwachsen und ich an dem Wohnort meiner neuen Freundin leben.

Das alles ist jetzt über zwei Jahre her, und wir sind zwischenzeitlich alle zur Ruhe gekommen. Wir fühlen uns sicher und geborgen in den Armen eines anderen Menschen.
Und auch Anne und ich sind mit unserer neu gefundenen Gemeinschaft glücklich. Wir sind beste Freunde. Oder vielleicht trifft es das Wort »Gefährten« besser.
Ich würde für beide mein Leben lassen.
Würde ich? Ja. Ich würde. Ich liebe sie.
Wir sind kein Paar mehr und wir wollen es nie wieder werden. Es gibt keinerlei sexuelle Anziehung zwischen Anne und mir. Wobei das nichts wirklich Neues ist, denn die gab's auch schon während der letzten Jahre unserer Beziehung nicht mehr. Zumindest von ihrer Seite aus. Für sie war Sex mit mir, nach eigenen Angaben, »in etwa so spannend wie *Sandmännchen* gucken.«
Anne und Luca sind meine Familie. Ich darf es nur nicht mehr sagen.

Wir sind fertig mit unserem Eis, und Luca hat ihr Kleid kreativ zum Schlumpf-Streusel-Kleidchen umdesigned. Wir gehen weiter Richtung Zoo.
Wahrscheinlich ist es einer der letzten sonnigen Herbsttage, an denen der Sommer sich noch einmal aufbäumt, um sich in den späten Nachmittagstunden der kalten Abendluft und der frühen Dunkelheit geschlagen zu geben.

Nach knapp zwei Stunden Spaziergang im Zoo fangen Luca und Anne an, Laubblätter für den Kindergarten zu sammeln, damit sie dort Herbstbilder kleben kann. Seltsam zu sehen, dass meine Tochter sich nicht mehr für die exotischen Tiere in ihren Gehegen interessiert, sondern besinnt sich instinktiv auf das, was sie kennt. Was nicht aufregend aussieht, sondern schön, und was ihr, im wahrsten Sinne des Wortes, naheliegt: das Laub zu ihren Füßen.

Warum interessiert man sich denn immer nur für das Neue? Was reizt einen an dem, was man nicht erlebt hat? Denn am Ende sehnt man sich doch immer nach dem Altbekannten. Wenn es dunkel wird, freut man sich am meisten auf das eigene Bett. Dann ist es beruhigend, wenn man weiß, wo die Dinge ihren Platz haben. Dann ist das Schönste wieder, der Familie beim Blättersammeln zuzuschauen. Falls man dann noch eine hat und sie so nennen darf.

So bleiben der Serval, die Omankatze, das Bison und die Berberaffen unbestaunt, was die Tiere aber nicht weiter zu kümmern scheint.
Beim Anblick der zahllosen nicht auseinanderzuhaltenden Flamingos mit ihren mächtigen Schnäbeln und ihrem glänzend strahlenden Federkleid auf dünnen, zarten Beinchen fällt mir die Veranstaltung ein, die ich heute Abend noch besuchen muss. Ein Event voller Eitelkeiten: die Verleihung des Deutschen Filmpreises. Ich sollte bald nach Hause, ein heißes Bad nehmen und auch mir mein Federkleid umstülpen. Clara steht sicher schon schminkenderweise vor dem Spiegel und fragt sich, wann ich endlich komme, um zu entscheiden, was sie anzieht. Ein Ritual, das Zeit und Geduld erfordert.
Wir legen einen Zahn zu, und ich fahre Luca und Anne nach Hause.

Immer wenn dort vor der Haustür Luca mich zum Abschied mit einem Kuss und einem »Bis zum nächsten Mal!« wegschickt, wird Anne und mir unser Scheitern als Paar bildlich vor Augen geführt. Auch zwei Jahre nach unserer Tren-

nung reden wir viel darüber. Manchmal weinen wir. Da ist ein Resthass auf mich, der will sie nicht loslassen.
Der ist absolut berechtigt.
Resthass ist okay.

3.

Monolog in der Badewanne 1

»... geht an : Jan Beckmann«
(Jubel, Kreisch, Schrei, Applaus)
Danke ... Danke ... Mann ... puh, das ist ja, das ist ja echt eine Überraschung. Wow ... Ich weiß gar nicht, was ich sagen soll.
Also, zuallererst möchte ich meinem treuen Publikum danken. Ihr standet immer hinter mir. In jeder Lebenslage. Auch in Zeiten, in denen es nicht ganz sooo gut bei mir lief ...
Ja, die gab's auch mal bei mir ...
(kurze Pause)
aber nicht lange.
(schallendes Gelächter im Saal, Applaus)
Ja, danke, danke ...
Dann möchte ich mich natürlich auch bei der Jury bedanken ...
Nein! *(plötzlich ernst)* Ich möchte mich nicht bedanken.
(Pause)
Ich möchte mich demutsvoll verbeugen.
(bisschen Pathos)
Danke.
Ich kann mir vorstellen, dass es sicher nicht leicht gefallen ist, den wirklich besten Schauspieler in der Kategorie Bester Schauspieler Überhaupt 2010 zu küren.
Sorry, Heiner. Heino ... he, und wo isser ... ja, hier, Jürgen

und … Dings, wie heißt er? … Matthias … ja, natürlich … Matthias! Beim nächsten Mal dann halt wieder, ne?!
Danke auch an mein Management und den großen Stab um mich rum. Ihr seid alle ganz arg hier drin gesaved *(deutet auf sein Herz).*
Aber vor allem möchte ich mich bei einer Person bedanken.
(Pause … lange Pause, gefüllt durch einen gefühlvollen, intensiven Blick direkt in die Kamera)
Bei Clara. Meiner Frau. Leider ist sie nicht im Saal, weil eines unserer Kinder an einem Infekt erkrankt ist und zu Hause gepflegt werden möchte.
Clara, du standest und stehst immer hinter mir. Du hast dich entschlossen, für die Familie, das heißt für mich und unsere vier tollen Kinder, kürzer zu treten.
Ich weiß noch, als wäre es gestern gewesen: Eines Tages bist du aufgewacht, hast mich ganz aufgeregt und atemlos aus dem Schlaf gerissen und zu mir gesagt: »Jan, ich hab' genug. Ich sehne mich nach einer Familie. Ich brauche dich. Jetzt ist es an dir. Verwirkliche du dich. Ich will dir nichts nehmen, sondern fortan bin ich zum Geben bereit.«
(Unruhe und einzelnes Gelächter im Publikum)
Ja, zuerst haben wir geschmunzelt über deine »Erleuchtung«. Anschließend bin ich aber doch für uns losgezogen, durch diesen wirren Mediendschungel, und habe mir meinen Weg gebahnt mit der Machete Talent und einem Rucksack voller Beharrlichkeit und – dem eisernen Willen, dich auf mich stolz zu machen.
Dank deiner Unterstützung habe ich mich durchgeschlagen. Dank unserer gemeinsamen Kraft habe ich es geschafft, und jetzt stehe ich hier.
(Applaus. Vereinzelte »Yeah«-Rufe)
Dank dir.
(Kampf mit den Tränen)

Ich werde weiterhin alles dafür tun, dass du Grund hast, stolz auf mich zu sein, und dass du niemals deine Entscheidung bereust.
(Jetzt ein Tom Hanks-Oscar-Dankesreden-Zitat:)
Jeden Morgen, wenn ich aufwache, zeigst du mir, was Liebe ist.
(Vielleicht doch auf Englisch?)
Every morning you show me what love means.
(Nee, zu dick. Auf jeden Fall auf Deutsch:)
Jeden Morgen, wenn ich aufwache, zeigst du mir, was Liebe ist.
(Tränen und Applaus)
Ich liebe dich, Clara. Danke!
(Das Telefon klingelt)
Danke! Danke, Deutschland! Danke euch hier im Saal! Einen schönen Abend noch! Tschüss!
(Kopf unter Wasser. Haare schnell ausspülen. Raus aus der Wanne. Im Rausgehen das Handtuch gegriffen. Telefon klingelt wieder. Es wird Ärger geben, wenn ich die Wanne nicht ausspüle und die kleinen Wasserpfützen nicht vom Parkett wische. Wegen der Wasserflecken, die Clara immer so sauer machen. Telefon erreichen. Hörer abnehmen.)

4.

»Jan Beckmann?«

»Wo bleibst du denn?«

Clara klingt irgendwie gehetzt, aufgeregt und unruhig. Urplötzlich treibt es mir den Schweiß in die Achselhöhle, denn ich habe den leisen Verdacht, irgendetwas Wichtiges versäumt zu haben.

»Ähm, wie, wo ich bleibe? Ich bin … ich bin … zu Hause?!«

Falsche Antwort.

»Na suuuper. Ich stehe am roten Teppich und warte auf dich.«

» Wie, roter Teppich? Jetzt schon?«

»Liebling, halb sechs! Hab ich dir doch gesagt! Sag jetzt nicht, dass du noch in der Wanne bist!?«

»Quatsch! Ich … ich bin gleich da, okay? Gib mir eine halbe Stunde. Fahr noch mal um den Block. Ich bin … sofort bei dir. Ich trockne mich nur kurz ab und … ähm, ja?! Bis gleich. Tschüss!«

Genau achtundzwanzig Minuten später führe ich meine Freundin über den roten Teppich, geblendet vom Blitzlichtgewitter. Wobei die Lichter natürlich nicht wegen mir blitzen. Und wenn, dann nur ein ganz kleines bisschen. Bei solchen Anlässen geht es eigentlich nur um den Star in unserer Beziehung. Ich wundere mich, auch nach zwei Jahren eheähnlichem Verhältnis, immer wieder darüber, wie prominent die Frau an meiner Seite eigentlich ist. Sie

ist Schauspielerin. Eine sehr, sehr bekannte Schauspielerin.
Clara ging einen ganz anderen Weg als ich. Sie wurde, kurz nach ihrem achtzehnten Geburtstag, für eine Fernsehserie entdeckt, die vor allem durch Claras Mitwirkung extrem beliebt wurde und viele Jahre zum Erfolgreichsten zählte, was Fernsehdeutschland zu bieten hatte. Die Verantwortlichen bedankten sich bei Clara mit tollen Rollenangeboten. So kam es, dass sie in kürzester Zeit ganz oben mitschwimmen durfte, im luxuriösesten Aquarium. Da, wo es ganz viel Platz und das beste Futter und kaum andere Fische gibt, wo die Haie rosa sind, ihre Zähnchen verdecken und ganz freundlich gucken. Sie sorgen dafür, dass es einem gutgeht und dass man sich wohlfühlt. Zumindest eine Zeitlang. Dort, wo ich meine Runden schwimme, im öffentlichen Teich voller Algen, gibt's nur sonntags was zu futtern, die Haie sind wie bei Spielberg und die Stimmung eher mittel.

Das Besondere an Clara ist aber, dass sie ein ganz einfaches, liebes Mädchen geblieben ist, die den Begriff Bescheidenheit definitiv mit erfunden haben muss. Und sicherlich macht diese erschlagende echte Freundlichkeit, die Clara ausstrahlt, einen großen Teil ihres immensen Erfolges und ihrer nationalen Beliebtheit aus.

Das muss auch der Grund dafür sein, dass uns die Fotografen unsere Namen entgegenbrüllen.
»CLARAAAAA , JAAAAANN, hier unten!!!!!!«
Ist ja gut jetzt!
Ich mag das nicht, wenn man mir meinen Namen so ins Gesicht schreit. Ich bekomme dann immer das Gefühl, ich hätte was angestellt und würde jetzt, im Auftrag meiner Eltern, dafür geschimpft bekommen.
Clara mag das alles auch nicht, und ich genieße das Ge-

fühl, wie sie verunsichert meine Nähe sucht und am liebsten in meinen Körperkuhlen versinken würde. Sie glaubt, dass ich im Zweifelsfall zurückbrülle. Dass ich sie, wie ein Löwe sein Junges, beschütze. Das denkt sie. Und das ist irgendwie cool.

Eine sehr gestresst wirkende, aber um einen Hauch Freundlichkeit bemühte junge Dame, deren Lächeln schon vor Stunden eingefroren sein muss, bewaffnet mit Clipboard und Headset, bittet uns vor die Fernsehkameras am Ende des Teppichs. Wir versuchen locker zu wirken, wünschen allen Nominierten Glück, halten uns bei Spekulationen über die Gewinner routiniert diplomatisch zurück, Blabla hier und Blabla da, »Euch auch einen schönen Abend!« und »Tschüss!« und ab durch die Mitte.

Puh. Jetzt erst mal irgendwas mit Alkohol.

»Alles okay bei dir?«, fragt mich Clara.

»Klar, wieso?« Ich exe mein erstes Glas Puffbrause.

»War's schön mit Anne und Luca?«

Clara fragt nie einfach nur so. Da kann noch so viel um uns herum los sein. Auch in solchen Momenten kann sie sich ausschließlich auf mich und mein Wohlbefinden fokussieren. Das ist *echt* cool.

»War schön«, sage ich und könnte sie knutschen.

Mache ich aber nicht, weil so viele Menschen drumrum stehen. Hundertprozentig würde dann ein Fotograf, mit seiner Kamera im Anschlag wie eine Maschinenpistole, hinter dem nächsten Pfeiler hervorspringen und uns abschießen. Deswegen bleibt der Austausch von Körperflüssigkeiten bei solchen Anlässen tabu.

»Freut mich, dass es schön war. Und dein Casting?«

Urplötzlich dürstet es mich nach einem zweiten Glas Prickelwasser.

»Gut«, lüge ich kurz und will nicht von meiner Niederlage berichten.

Ich habe jetzt keinen Bock auf mitleidige Blicke und aufmunternde Worte. Auch dann nicht, wenn sie, wie in ihrem Fall, ehrlich gemeint wären. Lieber mehr Alkohol.
»*Wie* gut?«
Ma-hann, sie lässt nicht locker. »Na, gut eben, also … ich glaube, ja … keine Ahnung. Ich kriege die Tage Bescheid … also, war schooon gut.«
»Toll, Schatz. Ich bin stolz auf dich.«
Scheiße, meine Freundin ist stolz auf mich.
In meiner Jugend war ich ganz fasziniert von einer bestimmten Lügentechnik, die ich bis in kleinste Detail perfektioniert hatte.
In einer Zeit, in der es für mich von immenser Bedeutung war, mich wichtiger zu machen, als ich war, also eigentlich fast immer, habe ich mir ein Erlebnis oder eine biographische Begebenheit ausgedacht, die ich überall erzählt habe. Zum Beispiel, dass ich im zarten Alter von acht Jahren eine sehr, sehr, *seeehr* lange Zeit in einem dunklen und streng geführten Kinderheim in Wyk auf Föhr verbringen musste. Dass es eine *seeehr* harte Zeit für mich war und ich, von Verzweiflung und Heimweh getrieben, mit einem kleinen Fischerboot von der Insel flüchten wollte, und dass ich kenterte und nur im allerletzten Moment gerettet werden konnte. In Wahrheit war ich nur wenige Wochen da. Und auch nur zur Kur, wegen Heuschnupfen, und eigentlich war da alles dufte. Aber das hinderte mich nicht daran, diese abgeänderte Version so lange zu erzählen, bis die Lüge für mich ganz eindeutig zur Wirklichkeit wurde. Und ein schlechtes Gewissen hatte ich natürlich auch nie.
Leider beherrsche ich diese Technik nicht mehr. Auch wenn ich sie jetzt gerade sehr gut gebrauchen könnte.
Aber vor allem brauche ich was zu trinken.
Und als könne er Gedanken lesen, wanzt sich Pimmel-Edi mit zwei Champagnergläsern an Clara und mich heran.

Pimmel-Edi ist Boulevard-Redakteur bei einer Tageszeitung, wie er klischeehafter nicht im Buche stehen könnte. Gieriger Blick, immer auf der Pirsch nach einer Story und nicht zu unterschätzen, da er durch die hohe Auflage seines populistischen Arbeitgebers großen und meinungsbildenden Einfluss genießt. Und zwar voller Freude und sichtbar stolz. Pimmel-Edi ist von kleiner, dicklicher Statur, wurde dafür aber vom Schöpfer mit einem langen, faltigen Hals und einer Glatze bedacht. Und deswegen heißt er branchenintern Pimmel-Edi.

»Na, ihr Hübschen, wie geht's?«

»Hallo, Eduard.« begrüßt Clara ihn herzlich.

Also, manchmal geht mir ihre uneingeschränkte Freundlichkeit zu weit.

»Sag mal, Schätzchen …« Er kommt Clara schmierig nahe, reicht uns die Champagner-Gläser, um pfeilschnell mit der eben frei gewordenen Hand fachkundig Claras Bauch abzutasten. »Versteckt sich da was Kleines unter dem Kleidchen?« Pimmel-Edi hat Witterung aufgenommen. »Strahlt mir da ein kleines Baby-Bäuchlein entgegen, nu'? Nu'?«

Pimmel-Edi, ich haue dir gleich eins in die Glocken.

»Das ist aber nicht die feine englische Art, Herr Zamper.« Ich versuche die Ruhe zu bewahren.

»War ja nur Spaß, entspannen Sie sich, Herr Beckmann.«

Ich entspanne dich auch gleich, du Pimmel. »Oh, da hat es, glaube ich, schon gegongt. Da sollten wir jetzt aber reingehen. Schönen Abend, und ein paar schöne Geschichten wünsche ich Ihnen.«

»Danke, ihr beiden. Die wird es bestimmt geben.«

An diesem Abend gewinnen meist die üblichen Verdächtigen. Brav beklatscht man sich gegenseitig. Es wird gedankt, gedankt und gedankt. Eine Handvoll Preisträger der Kategorie »frech Schrägstrich mutig« wünschen sich bessere Drehbücher und bessere Arbeitsbedingungen und werden dafür von denen enthusiastisch beklatscht, die für die schlechten Drehbücher nebst Arbeitsbedingungen verantwortlich sind. Alles läuft wie immer, und nach knapp drei Stunden Filmpreis sehnen sich alle nach einem kühlen Getränk. Jetzt nur noch zwei Kategorien.

»Boah, ich kann nicht mehr.«

»Jetzt hast du's ja gleich geschafft, Schatz.«

»Mein Arsch ist platt wie 'ne Briefmarke.«

Clara muss grinsen.

»Schau mal da drüben, die Kellermann. Die hat sich doch wieder die Dinger machen lassen, oder?«

»Psst.«

»Boah, ist das tragisch. In dem Alter. Und dass nur, damit sie mal wieder aufs *Traumschiff* darf. Gruselig.«

»Jan«, kichert sie, »nicht so laut.«

»Okay.«

Aha, jetzt geht es noch um eine Sonderkategorie. Die Heike-Dröste-Gedächtnismünze am goldenen Band. Das ist so ein extra Preis für Nachwuchsdarsteller, erklärt der sichtlich erschöpfte Moderator des Abends. Nun denn. Der Laudator ist ein Stand-up-Comedian, und der Überraschungspreisträger soll durch ein lustiges Ausschlussspiel zu seinem Glück gebracht werden.

Alle werden gebeten aufzustehen. Ja, wie einfallsreich, du Komiker.

Aber gut, ich habe sowieso einen Krampf in der linken Pobacke. Jetzt sollen sich gleich alle wieder hinsetzen, die nicht Schauspieler sind. Ich erblicke den einen oder anderen, der für meinen Geschmack zu Unrecht stehen geblieben ist. Nun sollen sich alle setzen, die über 35 Jahre alt sind, also nicht mehr zum Nachwuchs gehören. Auch hier haben einige Kolleginnen die Aufforderung inhaltlich nicht ganz

verstanden. Dann sollen nacheinander diejenigen Platz nehmen, die blond sind, die über 1,75 m groß sind, die blaue Augen haben, die aus dem Osten kommen, die mit einem Nicht-Schauspieler liiert sind, die heute Abend ohne ihren Partner da sind, die dieses Jahr keinen Krimi gedreht haben, und so weiter, und so weiter.
Irgendwann merken wir, wie schnell sich alle um uns herum hingesetzt haben. Mit einem Mal sind Clara und ich die Einzigen in unserer Sitzreihe, die noch stehen.
Das kann doch jetzt nicht wahr sein, oder?
Mir wird leicht flau in der Magengegend, und mein Puls steigt spürbar. Blitzschnell gehe ich im Kopf meine Filme der letzten Zeit durch. War was dabei, das so eine Gedächtnis-Dings wert gewesen wäre? Klar war da was. Einiges sogar!
Scheiße! Die meinen mich. Die meinen tatsächlich mich! Alles trifft auf mich zu. Ich gewinne meinen ersten Preis. Yippieh!
Verwirrt suche ich Claras Blick. Nein, sie kann nicht gemeint sein. Clara meinen die nicht. Die ist kein Nachwuchs mehr! Sie ist zwar ein paar Jahre jünger als ich, aber viel, *viel* erfolgreicher. Die hat so einen Preis gar nicht nötig.
Nee! Die meinen mich. Scheiße! Hoffentlich fällt mir meine Rede ein. *Liebe Ju …* – Clara greift nach meiner Hand.
Jetzt wurden auch die Letzten kategorisch ausgeschlossen und mussten wieder ihre Plätze einnehmen. Wir sind definitiv die beiden Einzigen, die noch stehen. Drei Kameras haben uns ins Visier genommen. Auf den riesigen Studioleinwänden sind unsere Gesichter in Großaufnahme zu sehen. Man erkennt, wie ich schwitze und dass ich nicht weiß, ob ich lächeln oder ernst bleiben soll. Ich sehe meine komplette Gesichtsentgleisung. Und ich sehe Clara, die sich einfach nur freut. Typisch.
»Oha«, witzelt der Comedian, »da waren's nur noch zwei. Ich darf vorstellen: Ein wahres Traumpaar der Filmbranche.

Unsere bezaubernde Clara Brehmer und ihr Freund, der überaus talentierte Schauspieler Jan Beckmann.«
Applaus. Alle Blicke sind auf uns gerichtet. Ganz schön ätzend, wenn man so etwas nicht vorbereiten kann. Deswegen sind wir ja auch Schauspieler geworden, damit man beim Erleben von Extremsituationen vorher Bescheid bekommt.
Nun spricht der Laudator uns direkt an: »Jan, was denkst du?«
Scheiß-Frage. Ich versuche cool zu bleiben und zucke vor Millionen von Fernsehzuschauern mit den Schultern.
»Clara, und du?«
Ganz ruhig und liebevoll blickt Clara mich an. So wie es keine andere kann. Aller Welt zeigt sie mit dieser Geste, für wen es hier an der Zeit wäre, für seine Arbeit ausgezeichnet zu werden.
»Jan?« Pause, Pause, Pause. Der Scheiß-Arsch da unten macht es echt spannend. »Jan, ich glaube, du bist sicher nicht böse … wenn wir heute …« Spannung. Stecknadelfallenlassspannung. »… der Dame den Vortritt lassen: Die Heike-Dröste-Gedächtnismünze am goldenen Band 2010 geht an *CLARA BREHMER*.«
Ich klatsche. Juble. Reiße die Arme in die Luft. Umarme meine Freundin und könnte auf der Stelle losheulen.
»Es tut mir so leid.«, flüstert Clara mir ins Ohr.
Selbst in diesem Moment, in dem alle bei *ihr* sind, ist sie bei *mir*. Das ist nicht auszuhalten.
»Aaach …« Ich weiß nicht, was ich sagen soll. »Jetzt komm. Geh da runter!«, schreie ich ihr entgegen, denn das Publikum ist mit der Juryentscheidung mehr als einverstanden und jubelt lauthals. Clara ist schon auf der Bühne, bekommt diese Münze überreicht, als ich merke, dass ich immer noch da stehe. Ich kann mich nicht bewegen. Und fühlen kann ich auch nichts. Ich muss ein sehr schlechter Mensch sein, denn ich kann mich nicht freuen. Ich bin wahrscheinlich

der einzige Mensch hier, der sich für Clara Brehmer nicht freuen kann.

»... und ich danke dir, Jan. Du gibst mir die Kraft, die ich brauche. Danke.«

In dem Moment, als die Kamera groß auf mir drauf ist, kommen mir die Tränen, und alle denken, es wären Tränen der Rührung.

5.

Auf der Münze ist Claras Name eingestanzt und eine Abbildung von dieser nicht ganz so adretten Dröste Dings. Das goldene Band ist gar nicht aus Gold. Nur die Farbe halt. Ich leere beherzt meinen fünften Wodka Lemon und beschließe, diesen Preis nicht *sooo* toll zu finden. Ich finde ihn sogar doof. Gibt nichts her, das Ding.
Wir sitzen an so einem Gewinnertisch und die ganze Zeit kommen irgendwelche Leute zu Clara und schleimen sie voll. Zum Glück sind kaum mehr Fotografen da. Am Schluss war ich von denen nur noch genervt und habe Fratzen gerissen oder geschielt. Clara fand das, glaube ich, nicht so lustig. Mann, ich bin echt richtig, also so … richtig … gut … ange … trunken.
Ich muss mal für einen kurzen Moment die Augen schließen. Ui, da geht die Fahrt schon los. Was für ein Karussell!
»Jan?«
Ooh, gähn, und müde bin ich. War auch echt ein langer Tag. Jetzt noch ein, zwei Drinks und dann ab ins … –
»Jan? Hallo?«
Ich öffne meine Augen, sehe Clara neben drei Zentner Mensch sitzen.
Sie und *Es* sehen mich an.
»He, Frau Wanger. Sie …? Hier …?«
Ich versuche Haltung zu bewahren. Das fällt mir schwer.
»Jan? Du, die Ute hier erzählt mir gerade, dass sie dir heute Mittag schon absagen musste!?«

Clara klingt irgendwie befremdet und enttäuscht zugleich.
»Hm?« Ich spiele auf Zeit und ich spiele schlecht.
»Ja, wirklich schade, du warst echt überzeugend, Jan. Da habe ich dich ja auch nicht angelogen, aber der Jürgen vom Sender ist halt ein bisschen schwierig.«
»Jan, wusstest du denn schon von der Absage?« Clara wittert wohl jetzt doch einen Hauch Unehrlichkeit meinerseits.
»Hm?« Mir fällt weder was Besseres noch irgendetwas anderes ein.
»Die Rolle spielt jetzt der Frank von Meuser junior«, streut die Wanger nebenbei ein.
»Ha!« Jetzt fällt mir was ein. »Der Frank? Klar! Nee. Super Idee. Der Frank, olé, olé. Super Schauspieler-Frank. Ha, ha.«
Clara spürt, dass die Situation zu eskalieren droht und versucht meinen Arsch zu retten. Dann zeig doch mal, was du im Arschretten so drauf hast, du Heike-Dröste-Gedächtnismünze, du!
»Du, Ute, entschuldige.«
»Ja, Ute, entschuldige«, unterstütze ich sie.
Wie zu erwarten, übernimmt Clara wieder das Wort.
»Ich glaube, der Jan hat einen über den Durst getrunken.«
Yepp. Stimmt.
»Bist mir jetzt nicht böse, wenn ich mich jetzt ein bisschen um ihn kümmern muss, oder?«
»Nein, natürlich nicht..« Sie nickt verständnisvoll.
Clara ist ein Mensch, dem niemand böse sein kann, und das kotzt mich gerade so was von an.
»Gutmensch! Gutmensch!«, denke ich nicht nur, sondern sage ich auch.
Nachdem sich die Wanger kopfschüttelnd weggerollt hat, sieht mir Clara erst mal wortlos und streng in die Augen.
Ui, ich glaube, da ist jetzt jemand richtig sauer.
Ich gucke, so ernst und böse wie ich kann, zurück. Da!
»Warum hast du mir nichts von der Absage erzählt?«

»Sag ich nicht!«
»Warum nicht?«
»So halt! … Ich geh jetzt tanzen … Kommst du mit?«
»Nein.«
»Gut! Dann nehme ich eben dich mit, Dröste, hm? Wie sieht's aus? Ein kleines Tänzchen? Nur du und ich?«
Ich schnappe mir die hässliche Heike am Band und gebe meinen Beinen den Befehl, mich Richtung Tanzfläche zu bringen.
Boah, geiler Sound.
Auf dem Weg torkele ich an der Bar vorbei, schnappe mir ein Glas Irgendwas und kippe es weg, bevor ich mich auf der gut gefüllten Tanzfläche wiederfinde.
Boah, super Sound. Super. Ich hüpfe und Dröste hüpft mit.
He, hüpf, hüpf, super!
Plötzlich irgendwie nicht mehr so super.
Ich hüpfe nicht mehr. Mein Magen hüpft aber weiter, und ich breche eine volle Ladung auf das Parkett. Und weil es so schön war, gleich noch mal eine Portion hinterher. Rechts und links von mir vernehme ich angewidertes Gekreische, und plötzlich scheint es hier nicht mehr ganz so voll zu sein. Es zwingt mich in die Knie, dabei will ich eigentlich weg hier.
Oh, da kommt noch was. So, jetzt ist es raus. Ich glaube, das war's.
Jetzt nichts wie weg, bevor jemand mitbekommt, dass ich das war.
Wo ist denn die Dröste? Oh, Scheiße. Fallengelassen. Ist … im Flüssigen. Siehste, doch kein echtes Gold. Richtiges Gold würde jetzt nicht die Farbe vom Erbrochenen annehmen. Oh, ganz schön hell hier. Was soll denn das Geblitze? Ich sehe auf und … Pimmel-Edi lächelt mich an.
Irgendwie nett, dieser Pimmel-Edi.

6.

Damals wohnten wir in einem Plattenbau. Meine Eltern, meine kleine Schwester und ich. Wir lebten bescheiden, aber gut. Uns Kindern fehlte es an nichts. Meine Eltern erfüllten uns jeden Wunsch, was einerseits toll und manchmal auch langweilig war. Und in den wenigen Momenten der Langeweile zog ich, mit meinen neun oder zehn Jahren, los und ging zum Klauen in den Supermarkt nebenan. Mal war es ein Kaugummi, mal eine Packung Bonbons. Kleinkram. Aber der Nervenkitzel war definitiv Großkram.

Ich würde behaupten, dass ich ein Kleinkrimineller mit bestechendem Kalkül war. Ich hatte eine ausgeklügelte Masche: In die eine Hosentasche steckte ich das Diebesgut, und in der anderen befand sich die passend abgezählte Summe Kleingeld, die der entwendete Gegenstand kosten würde. Würde mich jetzt jemand beim Vorbeigehen an der Kasse ansprechen, könnte ich schnell beide Hände mit Gut und Geld aus der Tasche ziehen, und niemand könnte mir einen Diebstahl vorwerfen. Das klappte auch immer, aber nur deswegen, weil mich nie jemand ansprach. Manchmal drängte mich mein schlechtes Gewissen kurz nach der Tat wieder zurück an den Ort des Verbrechens, und ich legte reuevoll das abgezählte Kleingeld in das Regal oder kaufte den gleichen Gegenstand noch einmal ganz regulär, so dass das Unternehmen wenigstens etwas verdienen würde. Eines Tages war ich aber etwas zerstreut und unprofessionell.

Es war an einem flirrend heißen Hochsommertag, ich hatte

unerträglichen Durst, aber auch wenig Lust, allein deshalb nach oben in unsere Wohnung zu gehen. Also ging ich Klauen. Eine Cola-Dose. Meine Hosentaschen stellten sich dafür leider als zu eng heraus. Also steckte ich die Dose unter mein T-Shirt, in der Hoffnung, dass ich mich mit einer geschickten Körperdrehung beim Passieren des Kassenraums dem Blickfeld der Kassiererin entziehen könnte. Ich war schon draußen, als mich der Geschäftsführer des Supermarkts zurückpfiff. Herr Schneckenburger war mir deshalb namentlich bekannt, weil er, dummerweise, zum guten Bekanntenkreis meines Vaters zählte. Anstatt wegzulaufen stand ich nur da und habe etwas anderes laufen lassen. Ich habe mich eingepisst. Eine komplette Blasenentleerung. Unkontrollierbar. Um mir eine Standpauke zu halten, nahm mich Herr Schneckenburger zwar noch kurz mit in sein Büro, aber ihm war meine körperliche und textile Misslage derartig unangenehm und die Angst um seine Sitzmöbel so groß, dass er seinen Geldbeutel zückte und mir fünfzig Pfennig gab, um die Dose regulär zu bezahlen. Er überließ mich meinem nassen Schicksal.
Was hatte ich nur getan? Wie konnte ich nur? Ich habe mich selbst nicht verstanden. Es würde Ärger geben und zwar ordentlich. Ich hatte die Familienehre verletzt. Meine griechische Mutter würde mich verstoßen. Dachte ich zumindest.
»Jannis, ein Grieche stiehlt nicht!«
Fortan betete ich jeden Abend mindestens fünf »Pater Hemon«. Unerlässlich bat ich um Vergebung. Ich hatte so ein unglaublich schlechtes Gewissen.

Ich hänge über der Kloschüssel und versuche wieder, ein griechisches »Vater unser« zusammenzubekommen. Es gelingt mir nicht, und deswegen lässt sich auch mein schlechtes Gewissen kein Stück weit beruhigen.
Was habe ich da gestern nur angestellt? Wie konnte ich

Clara nur in eine solch peinliche Lage bringen? Ihr ihren Erfolg vermiesen?
Ich schäme mich abgrundtief. Und muss an meine Mutter denken. ›Ein Grieche erbricht sich weder auf die Auszeichnung seiner Freundin, noch auf das Tanzparkett des Deutschen Filmpreises.‹
Tut er doch!
Den Beweis dafür schiebt Clara mir gerade kommentarlos unter der Tür durch: ein riesiges Foto auf der Titelseite von Pimmel-Edis Käseblatt. Das Foto muss wohl das Erste gewesen sein, was Clara heute von mir zu Gesicht bekommen hat. Ihren Lebensgefährten, der, über einer Lache von Erbrochenem gebeugt, Spuckefäden an den Mundwinkeln, mit der einen Hand nach der Münze fischt und mit der anderen dem Fotografen wirre Zeichen gibt, ihn in Ruhe zu lassen.
Nachdem ich das kleine Malheur fabriziert hatte, verließ ich so schnell und unauffällig wie möglich die Veranstaltung. So unauffällig, wie es eben geht mit einem von oben bis unten vollgekotzten Smoking und einer sichtlich in Mitleidenschaft gezogenen Heike-Dröste-Gedächtnismünze am goldenen Band.
Und die versuche ich schon seit einer halben Stunde zu reinigen, was mir nicht wirklich gelingt. So eine Münze ist ja feiner verarbeitet, als man denkt. Selbst mit der Zahnbürste kriege ich sie nicht vollständig sauber, und das angeblich »goldene« Band ist sowieso nicht mehr zu retten.
Ich habe mich die ganze Nacht feige im Bad eingeschlossen. Ich habe auch nicht die Absicht, es jemals wieder zu verlassen. Ich bleib jetzt hier drin. Für immer!
Nie wieder werde ich Clara unter die Augen treten können. Sie scheint das ähnlich zu sehen, denn sie hat bislang keinen Versuch unternommen, mit mir zu sprechen oder mich zum Öffnen der Badezimmertür zu bewegen.

TV-STAR AUSSER KONTROLLE

Ich wurde noch nie TV-Star genannt. Ich dachte, das kommt erst, wenn ich tot bin. Dann ist es nämlich egal, ob man seine letzte Rolle in den späten 80ern hatte und kein Schwein einen kennt. Wenn man stirbt, war man auf jeden Fall »TV-Star«. Während ich den Artikel lese, denke ich darüber nach, ob Sterben nicht die bessere Alternative gewesen wäre.

Alkoholexzess beim Deutschen Filmpreis
Von E. Zamper
Es begann alles wie im Bilderbuch. Die schönsten Frauen betörten mit den aufregendsten Roben. Die Verleihung des Deutschen Filmpreises hätte glanzvoller nicht über die Bühne gehen können.
Doch nach dem offiziellen Programm wurden einige Gäste unfreiwillig Zeugen einer hässlichen Szene:
Der Blick hinter die Fassade eines einstigen Traumpaares.
Jan Beckmann (33), Schauspieler und seit 2 Jahren Freund von Schauspielerin Clara Brehmer (26), sorgte für die geschmackloseste Szene dieses Abends (siehe Foto).
Schwer alkoholisiert stürmte er die Tanzfläche, belästigte mit seinem würdelosen Verhalten die arglosen Gäste, bis er sich schließlich vor den Augen der Anwesenden hemmungslos inmitten des Saales übergab.
Wie tief muss ein Mensch gesunken sein, dass es zu solchen Eskapaden in der Öffentlichkeit kommen kann.
Ist ihm Claras guter Ruf egal?
Ist er ihr egal?
Denn Clara Brehmer, die an diesem Abend die Heike-Dröste-Gedächtnismünze am goldenen Band überreicht bekam, feierte arglos wenige Meter entfernt und schien sich nicht um das Fehlverhalten ihres Lebenspartners zu kümmern.

BILDUNTERSCHRIFT:
Wirrer Blick, orientierungslos, hilflos, würdelos.
Sucht er die Lösung seiner Probleme im Alkohol?

Muss der Freund von Clara Brehmer in eine Drogenklinik?
Noch etwas sorgte für Gerüchte: Eine kleine Bauchwölbung, die mehrere Gäste bei Clara Brehmer am gestrigen Abend bemerkt haben wollen, gab Anlass zur Spekulation, Clara könnte schwanger sein.
Auf Nachfragen unserer Redaktion bestätigte das Paar dies zwar nicht, gleichwohl wurde es von ihnen aber auch nicht dementiert. Wie dem auch sei – unsere Redaktion wünscht dem einstigen Glamourpaar alles Gute und eine Wiederherstellung ihrer Balance, denn in einem sind wir uns ja alle einig: Kinder sollten in geordneten und ungefährdeten Verhältnissen aufwachsen.

Ich will jetzt sofort aufwachen. Ich möchte, dass Clara mir über den Kopf streichelt und mich fragt, ob ich schlecht geträumt habe. Ich will …
Es klopft.
Ich traue mich nicht zu atmen.
Clara klopft noch einmal an die Badezimmertür.
Ich antworte nicht.
»Jan?«
Scheiße, ich weiß nicht, was ich sagen soll.
»Jan?«
»Ja«, antworte ich leise und gebrochen. Ich muss es noch nicht einmal spielen.
»Alles okay?«
»Ja … alles okay.«
»Willst du mal aufmachen?«
Will ich nicht. »Ich … ähm … Ist denn bei dir … alles … okay?«

»Jan, machst du mal bitte auf?«
Ich starre auf die Tür, die uns voneinander trennt, und rühre mich nicht von der Stelle. Noch einmal gucke ich auf mein Foto auf der Titelseite und dann schließe ich die Augen. Ich versuche so wenig wie möglich zu atmen und nach einer Weile höre ich, wie sich Clara von der Tür entfernt und, ein paar Augenblicke später, die Wohnungstür ins Schloss fällt. Und erst jetzt traue ich mich wieder, richtig zu atmen. Mir schießen die Tränen in die Augen, weil der Türknall ein Ausrufezeichen hinter meine Feigheit setzt.
Ich öffne die Badezimmertür. Unsere Wohnung sieht aus wie immer. Komisch. Alles ist da, wo es immer ist. Alles ist sauber und aufgeräumt.
Wenn ich Sorgen habe und mit einem Problem nicht weiterweiß, räume ich auch immer auf. Es ist beruhigend, wenn zumindest um einen herum die Ordnung wieder hergestellt ist.
Ich gehe zum Kleiderschrank, um mir was Frisches zum Anziehen rauszuholen. Momentan bin ich nur mit dem bekleidet, was noch sauber geblieben ist. Meine Unterhose und meine Socken.
Im Spiegelschrank betrachte ich mich von Kopf bis Fuß. Ich bin heilfroh, dass ich Clara nicht die Tür geöffnet habe. Anblickstechnisch habe ich mich seit gestern Nacht nämlich nicht sonderlich verbessert.
Beim Blick in den Spiegel entdecke ich einen beschriebenen Zettel auf dem Esstisch hinter mir. Aus Angst vor dem Inhalt überlege ich doch noch, erst zu duschen und mich dann anzuziehen und dann vielleicht noch einen Kaffee zu machen und dann noch … – Okay, was steht da?
Bin bei Fotoshooting.
Denk mal ein bisschen nach.
Ich liebe dich … trotzdem.

7.

Ganz ruhig sitzt sie da. Sie scheint völlig in sich und ihrer Beschäftigung versunken zu sein. Sie wirkt so unangemessen erwachsen. Diesen Menschen, der sonst pure Lebensfreude versprüht, umgibt eine Art Aura, die alles quirlige Gewusel um sie herum an sich abprallen lässt. Sie ist ganz bei sich. Und sie lächelt.
Oft habe ich gedacht, ich müsste die Kindergärtnerin fragen, ob das denn normal sei und ob das Kind denn sonst auch ausreichend mit Gleichaltrigen kommuniziere, oder ich war drauf und dran, prophylaktisch Autismus zu googeln.
Inzwischen aber freue ich mich über die Gabe meiner Tochter, sich nicht ablenken zu lassen und zu tun oder zu denken, was sie allein für richtig hält. Stolz bin ich auf Luca.

Vor wenigen Tagen waren wir im Auto unterwegs, und ich beobachtete sie schon eine Weile im Rückspiegel, wie sie ungewöhnlich lange und ungewöhnlich still aus dem Fenster sah.
»Geht's dir gut, Schatz?«
»Ja.«
»Bist du sicher?«
»Ja.«
»Du guckst so komisch.«
»Ich guck nicht komisch.«
»Machst du dir irgendwie Sorgen?«
»Nee.«

Vielleicht ist sie ja nur müde.
»Sag ich nicht«, fügte sie überraschenderweise hinzu.
»Wieso das denn, Schatz? Du kannst mir doch alles erzählen. Das weißt du doch.« Ich bemühte mich um einen besonders vertrauenerweckenden, väterlichen Ton. »Du brauchst doch keine Geheimnisse vor mir zu haben. Vielleicht kann ich dir ja helfen, Liebling?«
»Ich glaube nicht, dass ich lebe.«
Bumm! Ohne Umschweife.
»Wie meinst du denn das?«
»Das ist schwierig zu erklären.« Sie versuchte etwas in Worte zu fassen, das in ihr, ganz spürbar, mit ihren erst fünf Jahren ein enormes Schamgefühl zu verursachen schien.
»Weißt du«, begann sie ganz ernst und bedacht, »manchmal, wenn ich im Zimmer bin und nichts höre, weil's halt so still ist … dann glaube ich … dass ich gar nicht lebe … weil ich halt nichts höre. Oder … wenn es Nacht ist und ich im Bett bin … und es dunkel ist und ich auch nichts höre … dann auch.«
Ich zwickte sie in den Arm.
»AUA!«
»Das hast du gespürt, stimmt's?
»Ja! Aua.«
»Also lebst du doch?« Es war mir klar, dass ich wahrscheinlich nicht so einfach davonkommen würde.
»Das hat Mama auch schon gemacht. An der gleichem Stelle.
Aua …
Aber … trotzdem!«

Als ich in Lucas Alter war, beschäftigte mich ein genauso existentielles Problem. Ich konnte mir damals nicht erklären, wie ich, obwohl ich nur durch ein winziges Löchlein zwischen meinen Fingern guckte, riesige Gegenstände, ganze Menschengruppen und Landschaften sehen konnte.

Wie konnte es angehen, dass so riesige Dinge in ein kleines Loch zwischen Zeigefinger und Daumen passen?
Da mein Vater immer schon ein Pragmatiker war, freute er sich über die Gelegenheit, mir fortan, an den Wochenenden, alles über die Lehre der Optik beibringen zu können. Er erzählte mir von der Lichtbrechung, wir machten Experimente mit einem Prisma, er kaufte mir ein Fernglas, schenkte mir ein Lexikon zum menschlichen Körper, das Auge natürlich inbegriffen.
Trotzdem begriff ich nicht: ›Wie passt das alles in das kleine Loch zwischen meinen Fingern?‹ Ich bekam Angst. Wenn ich mich unbeobachtet fühlte, lief ich nur noch mit meinem abgeknickten Finger vor dem Auge herum. Es half nichts. Ich war verzweifelt. Ganz einfach. Weder der von meiner verunsicherten Mutter konsultierte Augenarzt konnte mir meine Sorge nehmen, noch der vom Augenarzt empfohlene Kinderpsychologe.
Das war sehr schade.
Irgendwann verstand ich, dass ich mit der Sorge an sich einfach nicht umgehen konnte. Es gab wohl niemanden in meiner Umgebung, der imstande war, mir eine Art Werteskala nahezubringen, damit ich meine Sorgen einordnen, mich selbst beruhigen konnte und verstand, wann Sorge berechtigt war und wann nicht. Das ist sicher einer der Gründe, warum ich mich nicht unbedingt für den glücklichsten Menschen auf Erden halte. Ich mach es mir selber schwer. Und wer sagt, ich soll es dann doch einfach lassen, hat keine Ahnung, wovon ich spreche.

Ich war froh, dass Luca und ich noch einige Kilometer Fahrt vor uns hatten. So blieb mir noch Bedenkzeit für eine Antwort. Irgendwann riskierte ich einen Vorstoß: »Weißt du, Luca, ich weiß nicht, ob du mir glauben kannst, wenn ich dir hiermit hoch und heilig verspreche, dass du am Leben

bist. Du bist genauso am Leben, wie Mama und ich dich lieben.«
Grammatikalisch und inhaltlich irgendwie wacklig, aber wirksam. Denn Luca lächelte mich dankbar an.
»Und jetzt, wo du mir ein bisschen glaubst, kannst du dich ja auch mal fragen, was du mit deinem Leben mal so anstellen willst. Ob du mal was mit Tieren machen willst oder lieber Ärztin oder Lehrerin, oder so. Das Leben ist ein ganz tolles Geschenk. Man muss nur wissen, was man draus macht.«
Mal sehen, ob bei Luca Kalendersprüche auch zogen.
Wir sahen uns kurz wortlos über den Rückspiegel in die Augen.
Plötzlich streckte sie sich und war mit einem Mal wieder das kindlichste Kind aller Kinder.
»Boah, wie lange dauert das denn noch? Ich hab voll Hunger.«
»Gleich, mein Schatz. Wir sind gleich da.«
Sie schob noch ein müdes »Ich lieb dich auch« hinterher und blickte wieder zum Fenster hinaus.
Als sie sich wenige Augenblicke später unbeobachtet fühlte, zwickte sie sich in den Arm, zuckte ein wenig zusammen, lächelte und atmete tief durch.

Luca sitzt am Fenster und malt ein Bild. Plötzlich scheint ihre Ruhe gestört. Sie hält inne und sieht auf. Sie sucht und entdeckt, wie ich sie von der anderen Straßenseite aus beobachte. Augenblicklich springt sie auf und rennt freudig schreiend durch den Raum. Ich eile zu ihr, denn ich habe große Lust sie fest in den Arm zu nehmen. Und es tut super gut. Kitschig, aber genau richtig.
»Papa, was machst du denn hier? Die Mama holt mich doch. Häh?? War doch noch gar kein Stuhlkreis?! Viel zu früh!?«
Ganz schön viel Verwirrung mit viel Vorwurf wegen kurz mal Papa.

»Alles gut, Schatz. Die Mama holt dich ja auch später ab, aber ich wollte nur noch mal kurz vorbeikommen.«
Ich trage sie wieder zurück durch den Straßenschuh-Eingangsbereich in ihr Gruppenzimmer, damit ich nicht auch noch Ärger wegen ihrer verschmutzten Hausschuhe bekomme. Ich grüße kurz in die Runde, bestehend aus zwei Erzieherinnen und, dem Lautstärkepegel nach zu urteilen, 97 Kindern, aber ich vermute, es sind weniger.
»Luca, der Papa wollte nur schnell Bescheid sagen, dass ich mal ein paar Tage in Urlaub fahre.«
»Ohne mich?«
»Ja. Du hast doch Kindergarten.«
»Schade.«
»Ich fahre in die Stadt mit den Katzen.«
Die Stadt mit den Katzen ist Prag, das Luca noch aus der »Familien«-Zeit kennt und wo man an jeder Ecke Souvenirs mit Katzenmotiven kaufen kann.
»Schreibst du mir 'ne Postkarte?«
»Mach ich.«
Luca rennt weg. Komischer Abschied. Da kommt sie aber schon wieder und drückt mir das Bild in die Hand, an dem sie bis eben so konzentriert gearbeitet haben muss.
»Für dich.«
Auf dem Bild sieht man viele Männchen, die mit Mundwinkeln nach unten im Raum verteilt stehen. Das Männlein in der Mitte, das für die Mundwinklerei verantwortlich zu sein scheint, steht etwas gebeugt und aus seinem geöffneten Mund kommen Fischgräten und Würmer. Es könnten auch Spaghetti sein. Ich entscheide mich für Spaghetti. Über dieses Männlein hat Luca PAPA geschrieben. Und sie hat noch zwei weitere Männlein gemalt, die am Rand stehen und deren Mundwinkel eindeutig nach oben zeigen. Ein größeres, über dem CLARA steht, und ein kleineres, worüber sie ihren eigenen Namen geschrieben hat.

Na, super. Lucas erstes Trauma-Bild. Ich möchte mich gerne bedanken, aber das Wort »schön« finde ich irgendwie unpassend.
»Das … hast du aber … toll hingekriegt.«
»Hast du gebrochen, da wo viele Leute waren? Bist du nicht vorher auf's Klo gegangen?«
Es hört und hört nicht auf.
»Nein, weil dem Papa plötzlich mit dem Bauch schlecht war.« Ich muss unbedingt an meinem Ausdruck arbeiten, aber nicht jetzt. »Findest du das arg schlimm, Luca?«
»Nö.«
»Gut.«
»Du bist ein Peinlich-Papa«, sagt sie so trocken und emotionslos, dass mir im gleichen Moment klar ist, dass das nicht von ihr kommen kann. Ich gucke mich um und sehe, wie ein Grüppchen Erzieherinnen auf dem Gang die Dreistigkeit besitzt, mir grüßend zu winken, ohne dabei ihr lästerndes Tuscheln zu unterbrechen.
»Ja. Peinlich-Papa geht jetzt. Sagst du der Mama, dass ich in die Katzenstadt fahre?«
»Ja.«
»Herz auf Herz?«
»Herz auf Herz.«
Und wir drücken uns, und dann geht jeder wieder seiner Wege. Luca zum Stuhlkreis und ich in die Katzenstadt, wohin ich mich oft verkrieche, wenn ich in Ruhe nachdenken muss.

Prag fasziniert mich. Und es strahlt eine anziehende Melancholie aus, in die ich gerne eintauche. Da es hier für unsere Verhältnisse noch relativ günstig ist und die Infrastruktur für ausländische Filmproduzenten ziemlich gut, habe ich die Stadt über mehrere Jahre hinweg bei Dreharbeiten kennen und lieben gelernt.

Mein Handy vibriert. Das tut es schon die ganze Zeit. Grob geschätzt, würde ich mal sagen, dass ich die letzten drei Weihnachten, Geburtstage und Silvester zusammen nicht so viele Anrufe bekommen habe wie in den letzten 13 Stunden. Ich habe weder die SMS gelesen, noch die Mailbox abgehört, geschweige denn abgehoben. Bis jetzt.

»Ja, hallo?«

»Herr Beckmann?«

»Ja. Was gibt es?«

»Guten Tag, hier spricht Schlichter ...«

»Ich weiß, Frau Schlichter. Es tut mir leid, aber ich bin leider sehr in Eile ...«

»Ja, das kann ich verstehen.« Kann sie das?

»Ich wollte Ihnen nur mitteilen, dass sich Ihr Vater heute Morgen sehr über Sie empört hat.«

»Er ... ha ... hat, was? Bitte, was?«

»Ja. Er hat zum Frühstück die Zeitung durchgeblättert. Hat Sie darauf erkannt und sofort darum gebeten, ihm den Bericht dazu vorzulesen, und dann hat er fürchterlich über Sie geschimpft. Und er tut es noch. Er kann die Zeitung gar nicht aus der Hand legen. Was Sie der Clara antäten, er nannte Frau Brehmer bei ihrem Namen, und überhaupt seiner ganzen Familie, und für Ihre Karriere wäre dieser ganze ›Schlamassel‹, wie er es nennt, ganz schlimm, und er wollte mit Ihrer Mutter telefonieren ...«

Für einen Moment bin ich wirklich baff.

»Herr Beckmann? ... Herr Beckmann, sind Sie noch dran?«

»Ähm, ja ... das ist ... das ist ... erstaunlich.«

»Herr Beckmann, das ist doch eine erfreuliche Agilität. Kommen Sie doch bei uns vorbei und sehen es sich an.«

»Nee ...! Das ... ähm ... ist gerade ganz schlecht.« Ich muss lügen, wegen Überforderung. »Weil ... ich bin nämlich schon auf der Autobahn und gleich auch gar nicht mehr in Deutschland.«

»Ich dachte nur, Herr Beckmann. Nicht, dass Sie es später bereuen, so einen frischen Moment nicht erlebt zu haben.«
»Tu ich nicht! … Das ist nett, dass Sie daran denken, Frau Schlichter. Und auch … ähm … dass Sie mich benachrichtigt haben. Wirklich sehr nett. Ähm … vielleicht wären Sie auch noch so freundlich, meinem Vater auszurichten, dass alles … alles noch viel schlimmer war, als es geschrieben steht. Vielleicht konserviert das ja irgendwie seinen Zustand … Ich muss jetzt auflegen. Vielen Dank noch mal, Frau Schlichter. Alles Gute. Tschüss.«

Mein Vater hat Alzheimer. Er lebt in einem Pflegeheim für Demenzkranke. Seit etwa einem halben Jahr erkennt er mich nicht mehr. Oder nur noch ganz selten. Und jetzt kotze ich groß-medial in der Weltgeschichte rum und er erinnert sich an mein Gesicht, oder was?
Das ist großes Entertainment.
Ich muss weg.

8.

Die Landstraße von Berlin nach Prag führt mich an einem Städtchen namens Elend vorbei.

»Ich hab's ja verstanden!«, brülle ich dem Ortsschild entgegen und beginne meine Mailbox abzuarbeiten.

Clara hat drei Nachrichten hinterlassen. Alle heute Nacht. Zweimal hört man nur Partygeräusche und einmal ihren Atem und das Klacken ihrer Schuhe auf Straßenbelag. Worte hat sie wohl keine gefunden.

Es folgen zwei Anrufe von Schauspielkollegen, die auch bei der Verleihung waren. Beide erkundigen sich nach meinem Befinden, und ob sie was für mich tun können, wobei der eine es ernst zu meinen scheint.

Heute Morgen, nach Erscheinen der Zeitung, kam dann als Erstes ein Anruf von meiner Mutter. Aus Griechenland. Keine Ahnung, wie sie davon erfahren hat. Meine Filme schaut sie sich nicht an, aber *die* Scheiße zieht sie sich rein. Typisch. Bestimmt weiß sie es von meiner Schwester Britta. Die selber schafft es nicht mich anzurufen, sondern erledigt mal wieder alles über Bande. Was für eine Petze.

Mutter sprach viel auf Griechisch, was gut war, denn so habe ich nur die Hälfte verstanden. Sie weinte viel, was aber für sie normal ist.

Meine Mutter weint *sehr* viel. Eigentlich immer, wenn es irgendwie emotional wird und man glaubt gar nicht, wie oft es das werden kann.

Anfang der siebziger Jahre kam sie als junge Frau in die kleine

Stadt, die meine Heimat werden sollte. Sie eröffnete mit ihren Eltern ein Schnellrestaurant, was zu der damaligen Zeit ein Novum war. Wie so eine Art Döner-Bude. Nur eben nicht vom Türken, sondern vom Griechen. Sie arbeitete in der Küche und verbrachte viel Zeit damit, Zwiebeln zu schneiden. Und darauf basiert nach meiner Theorie auch das mit dem Weinen. Wahrscheinlicher ist aber, dass dieses Phänomen genetischer Natur ist, denn auch ich leide unter so einem übertrieben peinlich ausgeprägten Wein-Impuls. Immer schon. Ob Hochzeiten, Taufen oder Beerdigungen von Bekannten oder auch Unbekannten – ich bin stets der Erste, der losheult. Selbst Kai Pflaume kriegt mich. Jedes Mal. Mehrfach. Ich weine aber auch in Situationen, in denen normalerweise keiner weint. Zum Bespiel ganz oft, wenn ich Clowns sehe. Ihr Betteln um Bestätigung, die Tragik hinter der Maske, die Müdigkeit, nachdem sie jahrelang dem Lachen hinterhergehetzt sind. Bei Clowns werde ich traurig. Komisch.

Anne hat auch eine Nachricht hinterlassen.
Das genaue Gegenteil von meiner Mutter. Immer schon und jetzt auch. Anne ist richtig sauer auf mich und das ist mir viel lieber. Aber wenn ich doch mit irgendjemandem reden müsste und es würde sich keiner finden, was sie *absolut* verstehen würde, könnte ich mich bei ihr melden.
Anruf Nummer 8, meine Agentin Annalena: »Ich weiß zwar nicht genau, was da gestern bei dir los war, aber bei mir ist jetzt dafür so einiges los. Meld dich mal. Ach ja, als Erstes heute Morgen hat auch gleich ›Prominente kochen‹ angerufen und wollten dich für ihre Sendung. Ich hab das natürlich abgesagt. War ja wohl, okay, denke ich?«
Natürlich. Promi-Kochen. *Jetzt* habe ich es zum Prominenten geschafft, oder was?
Meine PR-Beraterin ist auch gleich die Nächste auf der Mailbox. Ich wundere mich, dass sie mir nicht umgehend kün-

digt. Sie fragt nur, was wir denn jetzt machen sollen. Gute Frage. Aber wer berät hier eigentlich wen? Ich rufe sie morgen an. Oder nächste Woche. Oder irgendwann.
Fritz hat sich auch gemeldet. Ich soll ein paar Tage zu ihm nach Wien kommen.
Mehr nicht.
Doch wie er es sagt, wirkt wie eine Streicheleinheit auf mich. Warm, ruhig und herzlich.
Morgen fahre ich zu meinem alten Freund nach Wien.

9.

Im Internet habe ich mir ein günstiges Last-Minute-Angebot für ein viel vielversprechendes Hotelzimmer direkt neben der Karlsbrücke gebucht. Ein Glücksgriff. Schon beim Betreten des Eingangbereiches freue ich mich über das stilvoll eingerichtete Dachgeschosszimmer mit dem schönen, freigelegten Dachstuhl, der sich an so vielen Stellen wunderbar dazu eignen würde, mich aufzuhängen. Zu meiner Überraschung entdecke ich hinter dem Zimmer noch ein Zimmer und dann noch ein Wohnzimmer und ein zweites Bad und eine Küche und kein Ende in Sicht. Ich schätze dieses Apartment, alles in allem, auf gute 140 Quadratmeter und ärgere mich, dass ich wahrscheinlich gleich wieder ausziehen muss. Widerwillig rufe ich unten bei der Rezeption an, um auf den offensichtlichen Fehler bei der Zimmervergabe aufmerksam zu machen.
»No, no, Mr. Beckmann, it's absolutly correct. You are celebrating your birthday today and we wanted to make you a pleasure and to give you an upgrade as a present from our company.«
Häh? Birthday? Celebrating?
»Oh … na dann … Thank you … very much.«
Sie hat recht. Ich krame die Reservierungsbestätigung hervor und sehe, dass ich in der Eile heute Morgen, aus Versehen, in das Feld GEBURTSTAG das heutige Datum, aber mein richtiges Geburtsjahr eingetragen habe. Praktisch. Scheint das Einzige zu sein, was ich in den letzten 24 Stunden richtig

gut gemacht habe, wenn auch unwissend. Trotzdem – super Trick. Werde ich mir merken.
Ich habe die Karlsbrücke schon lange nicht mehr uneingerüstet gesehen. Das ist schade, denn dadurch verliert sie diesen geheimnisvollen Charme, den Besucher beim Überqueren in eine andere Zeit entführen zu wollen. Trotzdem bleibt es märchenhaft, wie die enge, steile Straße um mehrere Kurven, vorbei an Marionettenwerkstätten und Glasmanufakturen, zum Hradschin hinaufführt.
Als ich einmal mit meiner »Familie« hier war, hat Luca ehrgeizig versucht, ihren eigenen Kinderwagen bis zu den Palasttoren nach oben zu schieben. Und sie hat es auch geschafft. Wir waren beeindruckt und betanzten stolz ihren Erfolg vor einem Geige spielenden Straßenmusikanten.

Warum haben Anne und ich uns nicht mehr bemüht? Warum haben wir unseren Karren nicht weitergeschoben? Wie konnten wir ihn nur so in den Dreck fahren und so tun, als wäre nichts mit uns passiert? So lange, bis wir samt Karren und allem Drum und Dran im Morast versanken.
Beide waren wir unzufrieden und beide wurden wir immer unglücklicher, ohne die Gründe dafür wirklich benennen zu können. Die Routine fraß die Romantik auf, wir wurden dünnhäutiger, und meistens wegen Kleinigkeiten. Wenn man spürt, dass man sich nicht mehr in die Augen sehen kann, wenn man so sehr gereizt ist, dass man kurz davor ist sich zu verachten. Wenn man die gemeinsame Sprache verloren hat, die Ratlosigkeit zum Lebensgefühl wird, dann sollte man darüber nachdenken den Schlussstrich zu ziehen. Das habe ich getan. Es ging nicht anders. Natürlich hätten wir noch mehr füreinander kämpfen können. Wir hätten uns zu einer Paartherapie durchringen können oder mehr in Urlaub fahren. Sogar eine Affäre hätte ich akzeptiert, wenn es uns letztendlich weitergebracht hätte.

Andererseits waren da aber auch die Zweifel. Wenn ich dich morgens schlafend neben mir beobachtet habe, wusste ich nicht mehr, ob wir die beste Lösung füreinander sind. Ob du mein B-Hörnchen bist. Mein Omega. Es fiel mir immer schwerer, aus Bequemlichkeit die Augen zu schließen. Wir hätten sicherlich auch noch zwanzig, dreißig Jahre so weitermachen können. Klar. Aber wozu? Für uns? Für Luca? Hätten wir ihretwegen zusammen bleiben müssen? Ich glaube nicht. Wir haben mehr verdient als kaputte Romantik, du und Luca und ich.

»Denk mal ein bisschen nach. Ich liebe dich … trotzdem.«
Ich versuche mich auf das Touristen-Nationalgericht zu konzentrieren, traditionelles Gulasch mit Serviettenknödel und ein Krug Bier. Es gelingt mir nicht, obwohl es köstlich schmeckt.
Unter Claras Wort habe ich geschrieben: »Mach ich. Ich liebe dich auch.«
Wollte ich zumindest.
Stattdessen stockte ich nach dem »l« von »liebe« und wusste nicht, warum. Natürlich liebe ich sie. Und jemanden, der nach so einer Blamage noch uneingeschränkt zu einem steht, den liebt man gleich noch mehr. Aber ich konnte es nicht schreiben. Es ging einfach nicht, wie, als wäre es Betrug gewesen. Ich schrieb: »Mache ich. Ich *lasse von mir hören.*«

Clara hat mein bisheriges Lebenskonzept gesprengt. Ein bisher sehr geordnetes Familienleben mit traditioneller Rollenverteilung habe ich ausgetauscht gegen die Villa Kunterbunt.
Ich habe diese Frau nicht gesucht, sie ist mir einfach passiert. Und natürlich ging erst einmal darum, die Grundkenntnisse in unserer Sprache zu erlernen. Wieder das unbelastete Gefühl des Verliebtseins zu genießen. Es ging um

sie und mich und sonst um nichts und niemanden. Alles ganz frisch. Alles auf Anfang.
Doch Clara ist Schauspielerin. Bis dato wäre das eigentlich ein absolutes Ausschlusskriterium gewesen, denn ich war immer davon überzeugt, dass Schauspielerbeziehungen nicht gutgehen können. Zu viele Katastrophen in meinem Umfeld. Und Schauspielerkinder werden sowieso bekloppt. Zu viele Neurosen. Fast so schlimm, wie wenn die Eltern Psychologen sind.
Und Clara ist berühmt. Sehr sogar.
Das war spannend. Denn sie war den Weg, den ich immer gehen wollte, schon gegangen. Sie war ein Vorbild. Und ich würde lügen, wenn ich behaupten würde, ich hätte anfangs die plötzliche Aufmerksamkeit nicht genossen. Die ersten Male roter Teppich waren irgendwie cool, auch wenn es dabei nur darum ging, wer der neue Typ an ihrer Seite war. Um mich als Schauspieler, der schon seine Brötchen beim Fernsehen verdiente, als Clara noch die Schulbank drückte, ging es nicht. Doch ich fand das alles erst mal lustig. Für kurze Zeit. Dann wurde es aber, von Mal zu Mal, immer unerträglicher. Denn wenn man wie Clara von so großem öffentlichen Interesse ist, aber nicht bereit, private Geschichten zu liefern, werden zwangsläufig welche erfunden.

Eine Gruppe Deutscher setzt sich an den Nebentisch. Sie sehen zu mir rüber. Sie erkennen mich und beginnen zu tuscheln.

Ich bin mit meinem Bekanntheitsgrad vollkommen zufrieden. Ich werde eigentlich fast täglich einmal angesprochen und um ein Autogramm oder ein Foto gebeten. Abgesehen davon, gehe ich einem ganz normalen, anonymen Großstadtleben nach. Das ist prima, weil man seine Ruhe hat und das Schauspieler-Ego ausreichend befriedigt wird. Wenn ich

mit Clara unterwegs bin, ist das irgendwie anders. Ziemlich anders.
Ich bin stolz auf meine Freundin. Ich finde es toll, was sie macht und verstehe zu hundert Prozent, warum sie so beliebt ist.
Wenn nicht ich, wer dann?
Aber plötzlich einen großen Teil meines Privatlebens mit der Öffentlichkeit teilen zu müssen, war nach dem ruhigen Familienleben eine enorme Umstellung.
Der Nebentisch kichert.
Vielleicht werde ich paranoid? Haben die Pimmel-Edis Zeitung gelesen und lachen deshalb so oder freuen sie sich einfach nur mich erkannt zu haben? Ich weiß es nicht. Ich weiß nur, dass ich hier weg will. Ich bezahle das Touristengulasch und gehe. Ich kann keinen klaren Gedanken fassen.
Irgendwas schwirrt in meinem Kopf umher und ich kann es nicht fassen.

Langsam wird es dunkel über der Goldenen Stadt. Ich bin müde. Luca wird jetzt wahrscheinlich gerade ins Bett gebracht.

Luca verstand sich auf Anhieb mit Clara. Zwei Herzmenschen trafen aufeinander. Clara gibt sich immer sehr viel Mühe und verlegt, soweit es geht, alle Termine, wenn Luca ein paar Tage bei uns verbringt. Anne und Clara mögen und schätzen sich ebenfalls. Das ist mir wichtig, weil meine Lieben mir lieb und teuer sind, alle.
Eigentlich ist alles prima. Eigentlich.
Mein Handy klingelt. Ich bin mir sicher, dass es Luca ist, um »Gute Nacht« zu sagen, und gehe sofort ran.
»Ja?«
»Hallo.«
Es ist Clara.

»Oh … hallo … Liebling!?«
Pause.
»Ich dachte, du wolltest ›von dir hören lassen‹? Mann! Was sollte denn der Spruch?«
Sie versucht lustig zu sein. Die Situation wegwitzeln. Aber Komik ist nicht ihre Stärke. Das merkt sie jetzt auch und gibt sich so wie sie ist. Unverstellt und verletzt.
»Kommst du irgendwann … bald mal wieder nach Hause? Jan?«
»Ähm … heute eigentlich nicht mehr, weil … ähm … ich bin mal spontan nach Prag gefahren.«
»Nach Prag?«
»Ja. Ich … muss mal über ein paar Dinge nachdenken«
»Ah, okay ?! Das hättest du mir aber auch früher sagen können.«
Ich hätte so einiges früher sagen können und eigentlich auch müssen.
»Ja, da hast du recht, aber … das war eher so eine spo–«
Ich muss immer lauter sprechen, da gerade eine Straßenbahn an mir vorbeirauscht. Und in punkto Straßenbahn ist Prag noch sehr Osten, denn die sind sehr, sehr laut. Ich verstehe kein Wort. Und als die Bahn an mir vorbei ist, kann ich überhaupt nichts mehr hören, denn Clara hat zwischenzeitlich aufgelegt.
Eigentlich wäre es jetzt an mir, umgehend zurückzurufen. Mache ich aber nicht. Ich weiß nicht, was ich sagen soll. Dabei wäre es eigentlich doch überhaupt kein Problem zu sagen, »He, Scheiße!?« und »Das kriegen wir schon wieder hin« und »Ich war einfach so enttäuscht, dass die mich bei der Preisverleihung so bloßgestellt haben, mit dem Steh-auf-und-setz-dich-wieder-hin-Spielchen« und »Es tut mir leid, und ich liebe dich und ich weiß, dass ich ein Arschloch war und es tut mir echt leid und so was wird nicht noch mal geschehen und …« so weiter und sofort. Eigentlich.

Ich gehe die Narodni hinunter und biege in einen prächtigen Hauseingang ein. Im zweiten Hinterhof kenne ich ein nettes kleines Kaffeehaus. Da ist es schön ruhig. Ich suche mir einen Tisch in der Nähe der Toiletten. Vermutlich der stillste Ort hier. Allein mit meinem armseligen Wortwitz, sitze ich da und wähle Claras Kurzwahltaste.

»Ja?«

Sie weiß, dass ich es bin. Ich melde mich wie ein Zwölfjähriger. »Haaallo ...!!?«

...

»Ich bin's noch mal.« Mit zwar nervösem Unterton, aber in normaler Stimmlage.

»Was ist los mit dir, verdammte Scheiße?«

So. Jetzt bricht es aus ihr heraus.

»Du hast doch echt nicht mehr alle. ›Ich lass von mir hören‹, ›Ich bin in Prag‹, ›Ich sperr mich die ganze Nacht ins Bad ein‹.

Das habe ich gar nicht gesagt.

»Hast du überhaupt im Ansatz eine Idee davon, was hier seit gestern los ist? Deutschland bekommt dich kotzend im Frühstücksfernsehen präsentiert. Jede popelige Dorfzeitung schreibt über uns. Jede Boulevard-Redaktion möchte uns am liebsten zur deutschen Antwort auf Amy Winehouse und diesen Pete Dingsbums machen und du lässt mich mit dieser ganzen Scheiße allein?«

Ich sage nichts.

»Sag was!«, schnauzt sie mich an.

»Ich ...« Ich beschränke mich aufs Wesentliche. »Es tut mir leid.«

»Ist das alles?«

»Ja.«

»Das ist wenig, Jan. Das ist echt sehr wenig.«

Ich weiß.

»Jan, es müssen jetzt Entscheidungen getroffen werden. Mein

Agent hat heute mit deiner Agentin telefoniert, die du unglaublicherweise auch nicht zurückgerufen hast. Beide meinen, dass sich das alles mit den richtigen Statements wieder hinbiegen lässt. Im Endeffekt ist das alles auch nicht so schlimm, aber wir müssen das klären. Und zwar schnell. Dass du dich gestern wie ein beleidigtes Kind benommen hast, das sein Lieblingsspielzeug nicht bekommen hat, ist was anderes. Aber das klären wir untereinander, okay?«

»Okay.«

»Jan, was ist jetzt?«

Ich bin völlig überfordert. »Wie? Was … ich … was soll ich jetzt entscheiden?«

»Du sollst jetzt erst mal nach Hause kommen. Ich schick dir jetzt ein paar Mails. Ein Statement für Zamper. Wir müssen wohl einen Deal mit ihm machen.«

Man nennt es einen Deal, wenn eine große Zeitung irgendetwas über einen herausgefunden hat, was keinen etwas angeht und es nur dann zurückhält, wenn man ihr eine andere, noch bessere Information gibt. Oder man bittet mit Veröffentlichungen von Infos – neue Promibeziehungen, Schwangerschaft, Leiche im Keller – abzuwarten, und bietet dafür die exklusive Berichterstattung mit O-Tönen an. Mit einem »Deal« behält man ein wenig den Einfluss auf das, was geschrieben wird, denn geschrieben wird sowieso.

»Wann kannst du denn wieder hier sein?«

»Übermorgen.«

»Was? Warum erst übermorgen?«

»Ich … Ich kann das doch auch erst einmal alles telefonisch klären, oder nicht? Und … und über Mails und so. Ich kümmere mich darum! Wirklich! Gleich … fange ich an. Ich rufe gleich alle an und du schickst mir die Mails und alles und ich guck mir das gleich an …«

»Warum erst übermorgen?«

»Weil … ich … Zeit … ich muss noch zu Fritz, dem geht's nicht so gut und …«
»Mir geht's auch nicht so gut, Jan!!«
Und ein Lügner bin ich also auch noch.
»Übermorgen Nachmittag bin ich wieder bei dir.«
»Ich verstehe dich nicht«, ist alles, was ihr dazu noch einfällt.
»Clara … ich … ich liebe dich.«
Es stimmt und sie legt auf.
»Trotzdem.«
Ich bestelle mir einen Schnaps und dann noch ein Bier und beginne zu telefonieren.
Ich freue mich nicht, dass ich eine so patente Freundin habe. Und bin auch nicht erleichtert, dass sie unseren Kopf aus der Schlinge zieht. Irgendwie fühle ich gar nichts. Zumindest nicht viel.
Am nächsten Morgen verlasse ich Prag für unbestimmte Zeit und fahre durch eine Menge böhmische Dörfer, und am Straßenrand liegt eine tote Katze.

10.

Hach, Männerfreundschaft!
Es kann ja so einfach sein.
Fritz und ich sitzen, Arm in Arm, auf seiner rustikalen Eckbank und himmeln Monika an, wie sie am Herd steht und für uns Knödel zubereitet. Dazu gibt es vergärten Apfelmost.
Aha, Alkohol geht also auch schon wieder.
Monika ist Fritz' neue Freundin, und ich weiß, dass sie manchmal für ihn, nur mit einer Kochschürze bekleidet, sein Leibgericht kocht und er sich an ihrem, wie er es auszudrücken pflegt, »dicken Oarsch ergötzt«.
Fritz liebt dicke Ärsche. Und Ärsche und Knödel gibt es hier satt.
Fritz ist eine Sau. Aber eine tolle Sau. Eine loyale Sau.
Meine Lieblingssau.
Natürlich plagt mich mein schlechtes Gewissen. Ich habe zwar aus der Ferne alles erledigt, was ich erledigen konnte, aber ich bin nicht *da*, ich stehe Clara nicht zur Seite.
Fritz scheint das alles nicht zu kümmern. Er hat mich zwar begrüßt mit »Na, host an Rock'n Roll z'Haus?« Aber das war's dann auch.
Mit Fritz war ich gemeinsam auf der Schauspielschule, er ist ein sehr, sehr guter Schauspieler, der wie so viele kaum die Möglichkeit bekommt, zu zeigen, was er wirklich draufhat. Er schlägt sich durch, mit einem Drehtag hier und einem Theaterengagement da. Aber er ist ein zehnmal besserer Schauspieler als ich und ein mindestens hundertmal bes-

serer Schauspieler als die gut beschäftigten Frank von Meuser Juniors dieser Welt. Das scheint aber leider seit unserem Abschlussdiplom vor gut zehn Jahren niemanden zu interessieren. Man könnte daran verzweifeln, macht er aber nicht. Sondern freut sich wie ein Kind, wenn er eine Rolle bekommt, und sei sie auch noch so nichtssagend.
Wenn ich jemandem Erfolg wünsche, dann ihm.
Obwohl ich mir gar nicht so sicher bin, ob er sich den überhaupt selber wünscht. Solange Monika die Knödel kocht, ob nackt oder angezogen, scheint mein alter Freund mit sich und der Welt im Reinen.
Wir verspeisen vorzügliche Semmelknödel mit Bratensoße ohne Braten, dafür hauen wir uns jeder noch zwei Germknödel mit Pflaumenfüllung und Vanillesoße rein. Ein seelischer Wellnessbereich mit Vollpension.
Fritz schlägt vor, noch ins Burgtheater zu gehen. Darauf wäre ich jetzt zwar nicht gekommen, aber warum nicht.
Doch bevor ich einen weiteren Menschen enttäusche, schreibe ich noch schnell die Postkarten für Luca. Gestern bin ich nicht mehr dazu gekommen, deswegen bekommt sie heute gleich zwei: Aus Prag schreibe ich ganz ehrlich, dass es mir nicht so gut gefällt, und dass ich mich ein wenig einsam fühle, und deswegen zu Fritz fahre, und dass sie mir fehlt, und dass ich sie lieb habe. Papa. Die tote Katze lasse ich unerwähnt, obwohl sie die bestimmt am Interessantesten gefunden hätte.
Aus Wien schreibe ich, dass das die Stadt ist, wo die Sissi gewohnt hat, die sie ja aus der KiKa-Zeichentrickserie kennt, und dass ich mich hier nicht mehr so einsam fühle. Sie mir aber immer noch fehlt, und dass ich sie lieb habe.
Papa.

Das Burgtheater.
Das ist er also. Der Olymp, in den wir als junge Schauspiel-

schüler alle einmal einziehen wollten. Als toter Burgschauspieler wird man sogar noch um das Haus getragen, bevor man unter die Erde kommt. Das ist doch mal was. Die Eingangshalle, samt majestätischem Treppenaufgang, gleicht mit ihren beeindruckenden Decken- und Wandmalereien einer römisch-katholischen Kirche. Könnte genauso gut im Vatikan rumstehen. Dort machen die ja auch Theater. Auf jeden Fall ist das Haus redlich darum bemüht, den Eindruck zu erwecken, es würde einem gleich das Privileg zuteil, einem anbetungswürdigen Schauspiel beizuwohnen. 1175 Plätze mit 57 Logen richten sich zur Bühne aus, dessen erhabener Vorhang sich nun hebt.
Aha? Ahaa? *Aha!*
Hm …?
Aha?!
Langweilig.
Langweilig … Langweiiiiliiig!
Alles richtig, alles gut. Pompöses Bühnenbild, gutes Timing, aber … langweilig. Alles so sauber und keimfrei, als hätten die Schauspieler vor der Vorstellung eine Familienpackung Rohrfrei geext. Fritz lächelt interessiert. Bestimmt weil er weiß, dass er's besser könnte. Er darf nicht. Er lächelt – trotzdem.

Meine Gedanken schweifen ab.
»Ich liebe dich – trotzdem.«
Trotz was?
Trotz … meines Verhaltens? Egal, was die anderen jetzt über mich denken?

Als ich mit fünfzehn oder sechzehn beschloss, Schauspieler zu werden, war es mir irre wichtig, meinen Entschluss, in die »Kunst« zu gehen, durch mein Auftreten allen um mich herum möglichst anschaulich zu machen.

Es waren outfitmäßig gruselige Jahre, mit schulterlangem Haar, russischem Armeemantel, weißem Künstlerschal aus Seide und zur Krönung: schwarze, kajalumrandete Augenlider.
Einige Jahre später, als ich immer noch in demselben viertklassigen Klaus-Kinski-Aufzug zum Schauspielschulvorsprechen ging, wurde ich, bevor ich überhaupt ein Wort sagen durfte, zum Abschminken auf die Toilette geschickt.
Den Studienplatz hab ich bekommen. Trotzdem.
Auch wenn ich damals sicherlich das Gegenteil erreicht habe, es war mir immer extrem wichtig, dass die Leute von mir das denken, was ich wollte, dass sie denken.
Und wenn ich die eben gewonnene Auszeichnung meiner Freundin mit meinem dämlichen Neid und halbverdauten Kanapees vollkotze und mir die halbe Welt dabei zusieht, fühle ich mich abgeschminkt und beschissen zugleich. So sieht es aus, wenn ein Kontrollfreak die Kontrolle verliert.

»Ich liebe dich – trotzdem!«
Was heißt das, verdammt nochmal?

Pause.
»Komm, wir gehen.«
»Geh, bist du deppert, Jan?« Fritz klingt drei Viertel entrüstet und ein Viertel amüsiert.
»Ey, komm, ist voll langweilig!«
»Sag a mal, willst mi veroaschn? Wir san im Burgtheata.« Er liebt es – trotzdem.
»Ach, so. Na dann.«

11.

Monolog in der Badewanne 2

»Hallo, Liebling.
Boah, das klingt jetzt vielleicht echt billig und unpassend, aber du siehst echt Hammer aus. Echt. Wahnsinn! Und deine Haare … und alles … toll!
Nein, warte! Bevor du was sagst, würde ich, mal ganz frech, vorschlagen, dass wir schnell rübergehen und ein bisschen Humpty-Dumpty machen!«
(Das wird wahrscheinlich nicht klappen. Okay, anders:)
»Schatz, hallo …
Ich weiß, ich hab alles falsch gemacht, was man falsch machen konnte. Das ist die eine Sache, die andere Sache ist, dass … als ich mich unverzeihlicherweise im Bad eingeschlossen habe und über der Klobrille hing, da hab ich an diesen Ring gedacht … *(Ring rausholen, wo auch immer ich jetzt noch einen herkriege.)* … der mir bei meiner letzter Wien-Reise in diesem kleinen Juweliergeschäft ins Auge gesprungen ist. Nach allem, was passiert ist, musste ich einfach da hin und …
(Oh. Ach so …)
Also … das ist jetzt ein Freundschaftsring … also, nicht dass du denkst … nee, nee … eher so ein Symbol für Freundschaft, also, mit Liebe und …
(Die Ringnummer geht definitiv nach hinten los. Vielleicht doch lieber einen Blumenstrauß. Dafür aber einen teuren.

Der darf dann auch ruhig mal fünfundvierzig Euro kosten, oder so. Wobei – in erster Linie muss er schön sein. Richtig schön muss er sein. Die gibt es ja auch schon günstiger. Es geht ja nicht ums Geld.

»Clara, ich habe keine Ahnung, was ich sagen soll. Es tut mir einfach nur leid. Alles. Die ganze Nummer bei der Verleihung. Dass ich abgehauen bin. Dass ich dich im Stich gelassen habe. Ich habe einfach keine Worte für das alles. Ich kann dir beim besten Willen nicht sagen, warum ich das gemacht habe. Auf den ganzen Fahrten und in Prag und Wien, da hab ich mir ständig Gedanken darüber gemacht, aber ich bin zu keiner Erklärung gekommen. Und das Schlimmste ist, dass das jetzt die erste richtige Extremsituation in unserer Beziehung war. Und es hat sich leider rausgestellt, dass du nicht auf mich zählen konntest. Ich bin ein Fragezeichen – aber ich werde daran arbeiten, für dich ein Ausrufezeichen zu werden.« *(Das ist gut. Das mit dem Fragezeichen. Das merke ich mir.)*
»Ich … bin das Fragezeichen, das dir so gerne ein Ausrufezeichen wäre.«
(Das ist noch besser. Ach, ich weiß nicht. Wenn mir währenddessen noch ein paar Tränen kommen würden, das wäre natürlich schon gut. Aber auf gar keinen Fall dürfte ich das spielen. Danach hätte ich bestimmt ein schlechtes Gewissen. Aber – Tränen wären schon gut.)
»Wie gesagt, Liebling …« *(schlucken, aber nicht übertreiben!)*
»… ich könnte verstehen, wenn ich jetzt bei dir komplett verschissen hätte, aber ich wäre natürlich auch wahnsinnig glücklich, wenn du versuchen könntest, mir zu verzeihen. Bitte. Bitte. Bitte.«
(Nee. Drei »Bitte« ist doof. Eins reicht. Dafür aber mit einer langen Pause, bevor sie was dazu sagen kann.
Pause:)

»Bitte.«
(Na? Vielleicht doch zwei?)
»Bitte.«
So könnt's gehen. Das Wasser ist kalt geworden.

12.

»Sag amal, bist du komplett deppert?«, fragt es hinter der Badezimmertür.
»Was … wieso?«
»Woart, i grob da schnell den Sigmund Freud aus. Viellaicht konn der dir jo hoelfn.«
»Was … wieso?« Mein Name ist Hase.
»Bütte. Bütte. Bütte … Was is'n los mit dir? Du klingst ja scho fast wie die Susanne.«
Das geht zu weit. Protestierend springe ich aus Fritz' Wanne, und da – kollabiert mein Kreislauf. Schwarz, Schwindel, Polter.
Ich fange mich ab und lege mich auf den Badezimmervorleger. Auch nicht unbedingt keimfrei, aber egal. Ich mache die Augen zu.
Ich mache die Augen wieder auf, und Fritz steht kopfschüttelnd über mir.
»Die Susanne!«, lacht er.
»Die Susanne«, lache ich, nackt und nass.

Die Susanne war mit uns in der Schauspielklasse. Eine Schauspielschülerin, wie sie im Buche steht: hormonell überzuckert, äußerst extrovertiert, sehr fühlig, mit Hang zum Esoterischen. Eher so die Richtung gutaussehender Vollpsycho.
Im fünften Semester hatten wir ein Kamera-Seminar bei so einem amerikanischen Coach. Drüben anscheinend eine

anerkannte Schauspiellehrerin. Heute würde ich das vielleicht differenzierter betrachten, aber damals war das, was wir da gemacht haben, für mich völliger Quatsch. Alles immer so US-positiv, und jeder Einzelne von uns sei ja so talented und can go where ever he or she wants. Ja, zum Beispiel zum Arbeitsamt!

Auf jeden Fall machten wir da auch so eine Meditation, in der wir unser inneres Kind finden sollten.

Ja, wo isses denn? Ja, komm einmal her.

Und wenn wir es gefunden hätten, sollten wir mit ihm spielen.

Hm?!

Und schließlich sollten wir uns von uns als Kind wieder verabschieden und mit einem zahmen Delphin wegschwimmen.

Klar. Kein Problem.

Ich war als Erster fertig.

Als alle mit der nächsten Übung beginnen wollten, lag Susanne immer noch auf dem Boden. Und fühlte und spielte und verabschiedete und machte und tat und heulte.

Fritz traute sich, sie anzusprechen: »Geh, Susanne, hörst. Wos is jetzt?«

»Entschuldigt, bitte«, sie erwachte kurz aus ihrer Trance, »gebt mir doch noch ein bisschen Zeit. I need more time to say goodbye to my childhood!«

Soweit ich weiß, macht sie heute irgendwas mit Ergotherapie. Und Fritz guckt mich an, als würde er mir allmählich was Ähnliches empfehlen. Ich kontere mit De-Niro-Blick und *Taxi-Driver*-Zitat: »You talkin' to me?«

Fritz kneift die Augen zusammen, legt den Kopf schief, wippt ein wenig mit dem Oberkörper. »No … Are you talkin' to me?« Zum Niederknien.

Während die anderen Schauspielschüler bei so einem amerikanischen Ding namens »Animal Work« das Parkett mit

Schweißtropfen übersäten, feilten Fritz und ich lieber auf der heizungswarmen Fensterbank an unserem De-Niro-Blick. Bei »Animal Work« imitiert man nämlich stundenlang ein Tier seiner Wahl, und irgendwann, wenn man »so weit ist«, soll man die Essenz von dem Tier mit in seine Rolle nehmen. Robert De Niro soll das angeblich perfekt draufhaben. Man sagt, dass der fünf Tiere kann. Gleichzeitig. Vielleicht ist es cool, vielleicht verarscht De Niro aber auch alle, keine Ahnung.
Fritz und ich haben uns jedenfalls meistens darauf beschränkt, seinen Siebenschläfer und mein Faultier zu perfektionieren. Äußerlich schienen wir stinkverwöhnte Schauspielschüler zu sein, aber in unserm Innern waren wir auf der Suche nach dem De-Niro-Gen. Wir haben es nie gefunden. Wenn wir besonders aktiv waren, gaben wir den Elefanten. So mit Hand an die Nase und den anderen Arm durch das Loch gesteckt. Es war eine Wahnsinnszeit.
Vielleicht hat Fritz diese Jahre noch mehr ausgekostet, bei ihm kam der ganze sexuelle Kram hinzu. Jeder mit jedem. Schloss sich für mich kategorisch aus, ich hatte ja Anne.
Anne war irgendwie immer schon da. Fremdgegangen bin ich in meinem Leben noch nie. Wozu auch?

Wo ich schon mal nackt bin, ziehen sich Fritz und Monika auch aus, und wir schmeißen die Sauna an. Sehr beeindruckend, seine »Stube«.
Aha. Jetzt lerne ich also auch den berüchtigten Monika-Arsch kennen und sehe die Knödel an Fritz' Bauch. Beides beeindruckend. Beides irgendwie schön. Ich glaube, hier möchte ich lange bleiben.
»Nebstbei, Jan, was mocht denn dei Vata?«
Zack – und schon möchte ich wieder weg.
»Wie immer. Wird nicht besser, wobei – gestern hat er mich auf einem Foto in der Zeitung wiedererkannt.«

»Gestern?«
»Ja.«
»Na servas«, kommentiert er trocken.
»Wos hot a denn, dei Vata?«, fragt Monika, die in der jetzt doch sehr heißen Sauna zu unseren Füßen sitzt.
»Alzheimer hat er.«
»Jessasmariaundjosef! Ihr Oarmen!«, sagt sie und streichelt mir übers Knie.
»Wann hast ihn denn 's letzte Mal b'sucht?«
Oh Mann, Fritz. Komm, lass es.
»Keine Ahnung … vor ein, zwei … Monaten?«
»Und dann wunderst di, dass er di nimmer erkennt? Entschuldige, aber du bist ein echter Vollkoffer! So ein Gfrast von Sohn tät i a lieber vadrängen.«
Das ist jetzt irgendwie nicht mein Lieblingsthema. Dann lieber Filmpreis. *Wisst ihr eigentlich, was mir vorgestern …*
»Geh hin, Oida, i sag dir, geh hin. Du bereust des sonst dei ganzes Lebm, des vasprech i da.«
Während Fritz mir ins Gewissen redet, streichelt Monika jetzt nicht nur seine, sondern auch meine Füße, was ich eher so mittel finde.
»Ja, ich weiß auch nicht. Ich mag ihn so nicht sehen. Wie er da so vor sich hinstarrt. Ich ertrage das nicht. Ich … –«
»Ich, ich, ich. Hast vielleicht an andan Text auch noch drauf? Weißt, warum dei Vata ins Narrenkastl schaut? Weil du ned da bist. Des eine versprich i dir in die hohle Hand, wann er stirbt, dann is a weg. Und zwoa komplett. Und dann … dann … vermisst eam. Dann tätst ihn für allas in da Welt gern wieder sehen wolln. A wenn er nur vor si hinstoart.«
Fritz ist offenbar richtig sauer auf mich.
Monika massiert in dieser unerträglichen Hitze mittlerweile auch noch meine schweißnassen Waden, was ein unpassendes und irgendwie anstößiges Geräusch macht: »Waaßt, Jan, dem Fritz sei Vota is a scho gschtorben.«

»Ich weiß, Monika. Und Monika, das mit dem Bein … das ist … lieb, aber … boah, ist das … heiß. Ich geh mal duschen.«
Raus. Frische Luft.

Ich bin nie da.
Nicht bei meinem Vater und nicht bei Clara.
Nicht bei Luca und damals auch nicht bei Anne.
Ich bin nie da.
Das hat gesessen.
Fritz ist mein Freund. Fritz darf so mit mir reden. Fritz hat recht.
Ich bin nie da.

Beim Duschen sehe ich durch die Glastür, wie Monika Fritz einen bläst und er dennoch einen ernsten und unentspannten Eindruck macht.
Sieht lustig aus, ist es aber nicht.
Ich lege mich besser schlafen.
Ich habe eine lange Fahrt vor mir.

13.

Nach einem ebenso herzhaften wie herzlichen Abschiedsfrühstück à la Fritz und neun Stunden Autofahrt stehe ich vor unserer Haustür, und der Schlüssel findet nicht ins Schloss.

Ich könnte natürlich wie immer die Tür öffnen, meinen Koffer in die Wohnung stellen und einfach »daheim sein«. Ich entscheide mich aber dafür zu klingeln.

Ich höre Claras Schritte zur Tür eilen. Ich weiß, dass sie mich jetzt durch den Spion sieht. Und dann passiert erst einmal nichts. Eine schreckliche Ewigkeit passiert nichts. Also grinse ich die Tür an, doch das Grinsen spürt selbst, dass es peinlich wirken muss, und friert augenblicklich ein. Clara scheint diesen Anblick nicht ertragen zu können und öffnet.

Sie sieht sehr schön aus. Wirklich. Aber ich sage es ihr nicht.

Viel schöner ist jedoch, dass in ihren blauen Augen kein Zorn auszumachen ist. Im Gegenteil. Sie schaut, als wäre sie ernsthaft froh, dass ich wieder da bin. Ein bisschen bemitleidend. Vielleicht aber auch eher mitfühlend.

Wir sehen uns an. Zum ersten Mal seit drei Tagen sehen wir uns an.

»Na?«, fragt sie.

»Na«, antworte ich.

»Kommst du nach Hause?«

»So gerne.«

»Dann komm.«

Sie breitet ihre Arme aus. Wir küssen uns innig und alles ist gut.
Denke ich.
»Komm, Jan«, sie zieht mich zum Sofa, »lass uns reden.«
»Okay«, sage ich und denke: warm anziehen, jetzt geht's los.
Wir setzen uns.
»Es tut mir sehr leid«, sagt Clara.
»Hm?!« Ich glaube, ich höre nicht richtig.
»Ja, es tut mir leid. Alles. Dass ich dich am Telefon angeschrien habe. Dass du dieses Scheißspiel bei der Verleihung über dich ergehen lassen musstest. Dass du dauernd … diesen ganzen Zirkus um meine Person mitmachen musst. Dass du überhaupt alles mitmachst, wo ich doch weiß, dass du es so hasst. Das … tut mir leid.«
»Ja, nee … das … stimmt, natürlich«, sage ich und denke: Das läuft ja super.
»Liebst du mich denn noch?«
»Ich? Dich?«
»Ähm … ja?« Sie lacht verunsichert. Meine Freundin ist einfach zu süß.
»Ja, klar. Voll. Ich liebe dich. Total.«
»Schön! Und dass du dich wie ein kompletter Trottel benommen hast und echt … wahnsinnig … eklige … Sachen gemacht hast, das steht auf einem ganz anderen Blatt!«
»Clara, ich bin das Fragezeichen, das dir so gerne ein Ausrufezeichen wäre.«
»Was?«
»Ähm, nichts. Also, ich meine … ich weiß, dass ich mich scheiße verhalten habe, kann da jetzt aber auch gar nichts mehr zu sagen.«
Clara streichelt mir über den Kopf. Wie Johnny der Italiener, in diesem Fall kommt aber noch ein schauriges Prickeln von Nacken bis Po hinzu.

»Ich kann ja absolut nachvollziehen, dass du da auch mal die Fassung verlierst und mal ausbrichst ...« Oh ja. »... ich meine, nach all dem, was du zurzeit mitmachst: das Casting, dein Vater, dein Jobfrust ... also, dass es halt bei mir gut läuft und bei dir nicht so. Also, ich meine, nicht so, wie du es dir wünschst ... und überhaupt deine ganze Situation.«

Ähm, Moment mal, ganz kurz. »Clara, ich ... –«

»Nein, ich meine, dieses Gefühl muss, glaube ich ... also, ich kann dich da verstehen, dass man da mal 'nen kompletten Aussetzer hat, wenn man ... der ›ewige Zweite‹ ist.«

»Bitte, was?« *Bitte, was?*

»Na ja ... du bist der ›ewige Zweite‹. Das hast du doch selber schon oft über dich gesagt. Das ist doch jetzt nichts Neues, oder?«

Nein, ist es nicht ... Stimmt. Ich bin der ewige Zweite.

Ja, hat denn der liebe Gott gerade Wochenende und einen Sack voll Zeit oder warum schickt er mir täglich Engel, in der Gestalt meiner Lieben, die mir meine Lebensthemen ins Ohr brüllen.

»Du bist nie da!«, »Du bist der ewige Zweite!«, Du bist ein Nichts!«

So, jetzt ist dann aber auch mal gut. Ich hab's verstanden.

Ich bin immer Zweiter, Clara gehört definitiv zu den Ersten, und deshalb fragt sie mich auch immer wieder so ängstlich, ob ich sie noch liebe. Weil es nämlich ganz schnell sein kann, dass die Ersten allein dastehen, da es die Zweiten nicht mehr in ihrer Gegenwart aushalten. Ich würde Clara gerne etwas auf ihren Monolog entgegnen, aber mir fällt gerade nichts Adäquates ein, und bevor wir uns jetzt im Kreis und um uns selbst drehen, gebe ich Clara ihre Heike-Dröste-Gedächtnismünze zurück. Das goldene Band war nicht mehr zu retten, deshalb war ich in Prag noch schnell im Bastelladen und habe aus bunter Wolle fünf Bänder geflochten. Das kann ich. Hab ich als Kind gelernt und mich

daran erinnert, als Luca neulich unbedingt ihren Kindergartenkameradinnen etwas schenken wollte. Sie war schon dabei ihre teuren Spielsachen und die schönsten Stofftiere in Einkaufstüten zu packen, als ich ihr vorschlug, Freundschaftsbänder zu flechten. Und die haben wir dann gleich in rauen Mengen hergestellt.
Ich finde, seit es Wolfgang Petry nicht mehr gibt, sind Freundschaftsbänder gesellschaftlich auch wieder vertretbar. Die Bänder an der Münze habe ich zusätzlich mit einer goldenen Banderole versehen, auf die ich »Für die Beste von überhaupt allen« geschrieben habe. In Schönschrift.
Clara freut sich. Sehr sogar. So sehr, dass es jetzt doch noch Humpty-Dumpty gibt.
Auf dem Weg ins Schlafzimmer zieht sie mich an zwei fetten Blumensträußen vorbei, die definitiv mehr als die von mir veranschlagten 45 Euro gekostet haben müssen. Das sind bestimmt so Scheiß-(»Toll, dass du den Preis gewonnen hast und schade, dass du so einen komischen Freund hast und lass uns mal wieder ein gemeinsames Projekt machen«)-Schleim-Produzenten-Präsente.
Die Frau ist, einzig und allein, meine.

Eine wundervolle Stunde später sitze ich am Schreibtisch und bearbeite meine Mails. Morgen soll ich zu Christian Kram in die Sendung. Die wollen einerseits *Haste nicht gesehen* bewerben, eine Komödie mit mir, die nächste Woche im Fernsehen läuft, andererseits aber natürlich meinen Fauxpas thematisieren.

Gerade kommt mir ein beängstigender Gedanke: Gibt es denn überhaupt Chancen für einen Zweiten, einmal zum Ersten zu werden? Oder ist das von oben und vornherein eine ausgemachte Sache? Gibt es ein Ersten-Chromosom, das dominant oder rezessiv vererbt wird, wie die Au-

gen- oder Haarfarbe? Ich google den Namen vom zweiten Mann auf dem Mond. Ich will mir den jetzt merken. Wie lief das denn damals? War das schon vorher klar, wer Geschichte schreiben würde oder haben die kurz vorm Start noch Schnick-Schnack-Schnuck gespielt?
Nee, viel besser.
Ich lese, dass der Mann Buzz Aldrin heißt, und dass er nur auf die Position im Shuttle nachgerückt ist, weil unfassbarerweise gleich zwei andere Piloten vorher umgekommen sind, außerdem war seine Mutter alkoholkrank und depressiv, was er ihr zwei Jahre nach der Mondladung nachgemacht hat. Ein gemeines Detail ist noch, dass das berühmte Foto vom Mann auf dem Mond gar nicht Neil Armstrong darstellt, sondern eben Buzz. Da das Foto von Neil aber nichts geworden ist und Neil nun mal Erster ist, wird fälschlicherweise immer behauptet, dass es sich bei dem darauf Abgebildeten um Neil Armstrong handelt. Tja, die Karriere eines hundertprozentigen Zweiten, würde ich mal sagen.

Ich muss mir überlegen, was ich morgen in der Sendung so erzählen will. Christian Kram ist der einfachste Talker des deutschen Fernsehens. Da kriegt man alles unter, was man unterkriegen will. Kram hakt nicht nach, und in diesem Fall ist das auch gut.
Pimmel-Edi hat geschrieben, dass er die Version vom verdorbenen Essen zwar anzweifelt, aber es wohl keine weiteren Anhaltspunkte für Drogenmissbrauch gäbe, er mich aber weiter im Auge behalten würde. Der Artikel war auf Seite sechs und nicht einmal eine viertel Seite groß, wobei die Hälfte für das noch mal abgedruckte Kotzfoto draufging. Damit er das Ganze relativiert und das Thema damit beendet, mussten wir ihm versprechen, mit dem nächsten »großen Ding« zuerst zu ihm zu kommen. Ekelhaft, aber wahr.
Ich bin müde. Ich will nicht mehr denken und mich nicht

mehr ärgern. Will nur noch kuscheln am Busen meiner Halbgöttin.
Plötzlich öffnet sich ein Pop-up-Fenster auf meinem Laptop: »Ziele immer nach dem Mond. Selbst wenn du ihn verfehlst, landest du zwischen den Sternen.«
Schnell. Licht aus. Schlafen.

14.

»Hallo …«

Keine Reaktion. War auch nicht zu erwarten.

Mit dem Rücken zu mir sitzt er in seinem alten Sessel.

Der Sessel ist aus Stoff. Nicht aus Leder. Das war ihm damals zu teuer. Obwohl er ihn sich gewünscht hatte und ihn sich hätte leisten können. So war das ganze Leben meines Vaters. Er hat sich was gewünscht und dann doch das andere bekommen.

Und jetzt ist dieser Stoffsessel das einzige Möbelstück, das er aus seinem alten Zuhause mitgenommen hat. Das durchgesessene Ding verbinde ich mittlerweile eher mit meiner Vergangenheit als mit demjenigen, der 18 Stunden am Tag darin sitzt und allmählich einzuwachsen droht. Zumindest in dem depressiven Restzustand, in dem er sich uns präsentiert.

Seit einigen Minuten schon stehe ich im Türrahmen und lasse mir die Möglichkeit offen, einfach wieder umzudrehen und zu gehen. Ich könnte behaupten, kurz vorbeigeschaut zu haben, ohne dass es gelogen wäre.

Von meiner Position aus sehe ich nur seinen Hinterkopf. Er bewegt sich nicht. Was, wenn er tot wäre? Ich schiebe den Gedanken beiseite. An so was darf man gar nicht denken. Heißt es.

Es gab Phasen, in denen mein Vater und ich uns weniger mochten, und kürzere, in denen wir uns sehr gut verstan-

den. Phasenweise bemühte er sich sogar, Gespür und Verständnis für meine Art zu leben zu entwickeln, auch wenn sie so gar nicht in seinen Vorstellungsrahmen passte. Mein Vater führte ein Leben, das einen Orden für Stringenz verdient hätte: Kindheit, Schule, Ausbildung, Arbeit, Arbeit, Arbeit, Kinder, Arbeit, Arbeit, Rente und das jetzt. Wie auch immer man diesen Abschnitt benennen will.
Neben seinen Münzen und den Briefmarken gab es keine Hobbys. Noch viel mehr Klischee als ein Ledersessel im Pflegeheim.

Ich gehe über die Schwelle und schließe die Tür hinter mir. Es ist immer komisch, mit meinem Vater allein zu sein. Es herrscht eine unangepasste Vertrautheit. Ich fühle mich wie ein Eindringling. Ein Eindringling in seiner Welt, in der kein Platz mehr für mich zu sein scheint. In der ich bald gar nicht mehr vorkommen werde.
Ich bin sauer und wütend. Ich weiß, dass er nichts dafür kann, trotzdem: Ich bin wütend, dass mein Vater dabei ist, mich vollständig zu vergessen.
Dann diese Stille. So schwer auszuhalten. Ich würde am liebsten sofort wieder die Tür aufreißen und den Raum mit Geräuschen füllen.
Für die dreieinhalbtausend im Monat bekommt man nicht viel geboten: etwa 20 qm. Kleines Bad mit Wanne, Zimmer mit Tisch und Stuhl aus den 60ern, einem 30 Jahre jüngeren Ikea-Regal, den Fernseher hat er von mir, und ein Krankenkassen-Krankenbett. Jedes Mal, wenn ich hier bin, hoffe ich inständig, dass die Pflegeleistungen nicht an die Innenausstattung angepasst werden.

Wie begrüßt man jemanden, dem man sein Leben zu verdanken hat, der einen selber aber als Fremden sieht?
Ganz, ganz früher habe ich ihn immer auf die Wangen ge-

küsst. Irgendwann dann nur noch die Hand gegeben. Dann wieder geküsst und schließlich nur noch, mit ausreichend Platz zwischen den Körpern, umarmt – und jetzt? Irgendwie ist es wieder an der Zeit, ihn zu küssen, aber da er keine Ahnung hat, wer ich bin, wäre es respektlos und verwirrend. Zu spät.
Meine Mutter küsst ihn, wie sie es die letzten vierzig Jahre getan hat. Mein Vater ist seit etwa zwei Jahren krank. Seit wie vielen Jahren er die Küsserei seltsam findet, sie aber stillschweigend oder mit einem müden Murren akzeptiert, weiß ich nicht.
Ich beschränke mich auf Worte: »Guten Morgen, Papa.«
Da er immer noch nicht reagiert, stelle ich mich demonstrativ zwischen ihn und den ewig laufenden, aber immer auf stumm geschalteten Fernseher.
Das mit dem »Papa« ist auch neu. Ich habe ihn seit meiner Jugend eigentlich immer »Vater« genannt. Vielleicht hängt das damit zusammen, dass ich vor einigen Jahren selbst Papa geworden bin. Keine Ahnung.
Er sagt nichts. Starrt abwesend vor sich hin. Ich will weg. Ich habe schon wieder die Schnauze voll.
»Hörst du mich überhaupt? Papa?«
»Ich bin ja nicht taub«, kommt es trocken zurück.
Ja, eindeutig. Den Humor habe ich von ihm. Bin gespannt, wie lange der noch braucht, um seine Sachen zu packen.

Mein Vater mag mich nicht.
Wie lange das schon so ist und wie lange er es verschleiern konnte, weiß ich nicht. Seit wir die Diagnose Alzheimer bekommen haben, macht er sich diesbezüglich keine Umstände mehr. Er lässt sein Umfeld, als sei es nicht schon genug gestraft, zusätzlich an seiner ordentlichen Depression und lethargischen Aggression teilhaben. Körperlich ist er recht fit, aber er ist nicht aus seinem Sessel zu bewegen. Er

hat weder Lust auf Bewegung, noch auf Kommunikation, und überhaupt können ihm seine Mitmenschen gestohlen bleiben. Nur die im Fernseher scheinen ihn nicht zu stören. Solange sie nicht reden. Deswegen läuft der Fernseher auch immer nur stumm.

Ich glaube, mein Vater will bald sterben.

Wenn ich ihm so ins Gesicht sehe, bin ich immer wieder überrascht, wie gut er sich für seine 74 gehalten hat. Fast faltenfrei und merkwürdig frisch. Ich sehe definitiv kaputter aus. Vielleicht hat er weniger Sorgen. Hat man Sorgen mit Alzheimer?

»Wie geht's dir?«

»Sie stehen mir im Bild«, raunzt er.

»Du kannst mich duzen.«

Lustig wäre jetzt, wenn er gleich mit »*Du* stehst mir im Bild« anschließen würde, aber so schnell ist er eben nicht mehr, und außerdem wäre das dann Comedy, und das hier ist eindeutig Drama.

Ich setze mich auf sein Bett. Überlege, ob ich mir die Jacke ausziehe, lasse sie aber an.

»Mit Straßenklamotten setzt man sich nicht aufs Bett«, höre ich ihn aus der Vergangenheit sagen. Jetzt bleibt er still.

Im Regal stehen Bilder. Wie bei allen Alten. Papa hat auch einen Stapel Alben im Regal stehen. Ein Best of Papas Leben.

Fotoalben zeigt man sich hier gegenseitig in der Gruppe und erzählt, was einem noch dazu einfällt. Meistens liest aber die Therapeutin oder die Pflegerin oder wie das hier heißt, vor, was die Angehörigen unter die Bilder geschrieben haben. Wie ein Clown, der mit bloßen Händen und einem Fotoalbum versucht, die Zeiger einer riesigen Uhr zu bändigen.

Über dem Bett hängen auch Bilder an der Wand. Eines zeigt meine Mutter. Es stammt aus ihrem letzten Urlaub, den er noch bewusst wahrnahm. Damals waren sie irgendwo in

Nord-Frankreich. Meine Mutter sieht einigermaßen zufrieden aus. Das ist ein nettes Bild. Das möchte ich auch.

Auf einem anderen sitzen meine Schwester und ich auf dem Teil der Couchgarnitur, zu der auch der Sessel hier gehört. Den Teil gibt es nicht mehr. Das Bild ist alt. Bestimmt 13, 14 Jahre. Eine Menge Leben liegt dazwischen und eine ganze Luca.

Die hängt gleich daneben. Ein neueres Foto. Komisch, von mir haben sie das nicht bekommen.

Als das mit der Krankheit losging, wollte ich meine Schwester überreden, von Düsseldorf nach Berlin zu ziehen. Hat nicht geklappt. Wir reden kaum miteinander. Jeder macht seins.

Anfangs fand ich's ganz gut, dass meine Eltern aus der kleinen Stadt nach Berlin zogen. Sie wollten, jetzt wo mein Vater in Rente war, noch was erleben. Wir waren von diesem Ausmaß an Veränderungswillen völlig überwältigt. Sie wollten als Großeltern auch Luca nahe sein. Oder sie haben diese elende Krankheit schon unterbewusst erahnen können, die ihnen durch alle weiteren Pläne ziemlich bald einen fetten, wasserfesten Filzschreiberstrich gemacht hat.

Die Krankheit hat uns noch nicht mal überrascht. Denn Papa ist nicht der erste Fall. Alle Geschwister seiner Mutter, inklusive sie selbst, sind erkrankt. Bei den Männern weiß man es nicht. Die meisten sind im Krieg gefallen oder, wie sein Vater, früh verstorben.

Tja, liegt in den Genen. Vielen Dank auch. Genauso wie Krebs, Zucker und Rheuma, war alles umfangreich in der Familie Beckmann vertreten.

Und das mir. Als Hypochonder. Ich kann mir immer schlechter Gesichter oder Namen merken, oder verlege irgendwas oder mache manche Sachen zweimal. Dann werde ich immer direkt von Panik erfasst. Das sind für mich schon die ersten und zweiten Vorboten.

Auch ein Grund dafür, dass ich nicht gerne hier bin. Ich habe Angst.
Aber wenn ich hier mal sitzen sollte, muss es erstens mindestens Leder sein und zweitens jemand mit Schusswaffe bereitstehen.
Aber daran darf man ja noch nicht mal denken. Heißt es.

»War Mama heute schon bei dir?«
Irgendwas grummelt er.
»Papa?« Vielleicht klappt es ja mit seinem Vornamen. »Günther? War deine Frau denn heute früh schon da?«
»Weiß ich nicht!«, artikuliert er jetzt Wort für Wort, sehr deutlich und sehr genervt.
Ist ja gut. Die Antwort hat mich eigentlich sowieso nicht interessiert.
Ist aber auch muffig hier, lüftet denn hier keiner?
»Ich kippe mal ein Fenster, ja?«
Ich ertappe mich dabei, lauter zu reden, als ich müsste. Er ist ja nicht taub. Hat er doch gesagt.
Das gekippte Fenster macht es auch nicht besser. Ja, dann …
»Ich gehe mal wieder, Papa. Ich muss noch ins Fernsehen heute Nachmittag.«
Und dann habe ich eine Idee. »Warte, ich zeige dir, wo der Kanal ist, wo ich heute Nacht im Fernsehen komme.«
Er sieht mich noch nicht mal an. Keinen einzigen Moment lang schenkt er mir seine Aufmerksamkeit.
»Ich bin's … Jannis … Dein Sohn, weißt du? Ich komme im Fernsehen. Du willst das bestimmt sehen.«
Ich greife nach der Fernbedienung, doch da ist mein alter Herr wohl anderer Meinung.
»Nein! Ich will, was ich will!«
»Jetzt lass mich doch. Ich schalte doch nur um.«
»Nein! NEIN!«
Er wird laut und ich lasse ab.

»Okay! … dann … ja … schönen Abend, Papa.«
Ich frage mich, ob ich ihm auch über den Kopf streicheln soll. So wie Johnny es macht, so wie Clara es macht. Ich mache es nicht. Sondern klopfe ihm vorsichtig, fast unmerklich auf die Schulter.
»Ich … komme bald wieder.«
Keine Ahnung, warum ich das sage.

15.

Wenn ich an Papa denke, sehe ich fast nur Urlaubsbilder vor mir. Bilder von Papa mit wechselndem Hintergrund: Strand, Berg, Restaurant, Sehenswürdigkeit. Papa in Badehose; mit dickem und nicht so dickem Bauch; mit und ohne Bart; mit braunem, vollem Haar; Papa auf der Luftmatratze in der Adria treibend; Italien, Kroatien; viel Griechenland; Papa, wie er lacht. Alles Kindheitserinnerungen. Alle im Urlaub.

Wenn nicht Urlaub war, war er nicht verfügbar, selbst wenn er abends von der Arbeit kam. Erzogen hat uns ausschließlich unsere Mutter. Papa war allerhöchstens ein Eventpapa. Und das auch nur an Sonn- und Feiertagen.

Nur drei bis vier Wochen im Jahr kamen wir in den Genuss seiner ungeteilten Aufmerksamkeit. Dann war »Familienzeit«. Es ging in den Urlaub, und der kostete schließlich Geld, und darum sollten wir alle Spaß haben.

Mein Vater war ja auch Karnevalist. Spaß auf Knopfdruck. Fünf Tage lang die Sau rauslassen, und dann wird der ganze Spaß wieder schön in Kisten weggepackt. Es muss ja alles seine Ordnung haben.

Trotzdem – wir haben auch gemeinsam gelacht. Daran will ich mich ganz sicher erinnern. Je jünger ich war, desto mehr haben wir gelacht. Lag das jetzt an mir oder an ihm? Lange dachte ich, dass einfach die Kombination aus uns beiden nicht stimmte, und dafür kann ja schließlich keiner was.

Wenn ich an meinen Papa denke, sehe ich aber auch seine verbrannte Hand vor mir. Wie sie letztes Jahr auf dem heißen Kochfeld kleben blieb. Verbrennungen zweiten und dritten Grades. Da war klar, dass es nicht mehr ging. Da hat Mama aufgegeben, und das war auch gut so.
Und dann der Einzug ins Pflegeheim. Ich habe genau gemerkt, dass er uns was vorspielt. Der Hund! Vielleicht war es das einzige Mal, dass er sich verwirrter und dementer gab, als er war. Ab dem ersten Moment, als er das kahle Heimzimmer betrat, gab er vor, sich wie zu Hause zu fühlen. Als wäre es ihm völlig egal, wo er sitzt, lebt oder stirbt.
Ich habe es in seinen Augen gesehen: In diesem Moment war er völlig klar. Das hat er nur für meine Mutter getan. Und das war die größte emotionale Geste, die ich von ihm bislang gekannt hatte.

Sieht bestimmt komisch aus, wenn ich hier so alleine herumsitze und auf meinen Milchkaffee starre. Ich bin im »Spielkind-Café«. Da trinkt man Kaffee und lässt das Kind spielen. Luca kommt gerade zur Tür herein. Samt Mama. Mein Kind hat die Sonne im Gesicht und meine Lieblings-Exfreundin ihre Tage.
»Hey …«, »Hi …«, »Papaaaa!!«, Knutsch-Knutsch.
»Na, Luca, hast du meine Postkarten bekommen?«
»Ja. Ich gehe spielen.«
Und zack, einmal durchgerannt mit Jacke abwerfen und Papa-Smalltalk in unter acht Sekunden. Anne macht indes einen eher schlappen Eindruck. Vielleicht ist sie aber auch angekränkelt.
»Hallo, Schönheit. Na, alles okay?«
»Ja, ja.«
Auf jeden Fall ist sie sehr wortkarg.
Ich hole ihr an der Theke eine Tasse Kaffee und uns beiden jeweils ein Stück von diesem unverschämt leckeren rus-

sischen Zupfkuchen, wegen dem wir eigentlich regelmäßig hierherkommen. Luca hat einfach nur Glück, dass in dem Raum neben dem Cafébereich so ein Indoor-auf-mehreren-Etagen-Spiel-Rumkletter-Ding aufgebaut ist.
Nicht einmal der Kuchen scheint Annes Glückshormone zu animieren. Sie wirkt so merkwürdig unausgeglichen und nervös. Ich muss einfach nur geduldig sein. Irgendwann wird sie mir schon sagen, was sie bedrückt.
»Du, Anne, in einer Stunde muss ich leider schon wieder das Taxi zum Flughafen nehmen.«
Sie redet nicht. Gut, dann mache ich eben weiter. »Ich bin heute Abend beim Kram zu Gast. Hier, wegen der ganzen Nummer und so … aber auch und eigentlich hauptsächlich wegen dem Film nächste Woche.«
»Ist Clara sauer?«
»Nee … äh, was? Ach so, nee, ich glaub, nicht mehr … so. Nee, kann man so nicht sagen.«
»Pff«, macht sie, was so viel bedeuten soll wie »Bei mir wärst du nicht so leicht davongekommen.«
»Mamaaa … Papaaaa …!!!« Man hört Luca durch den ganzen Laden brüllen. Sehr geschickt, in einer Stimmfarbe, bei der man nicht sicher sein kann, ob sie Erste Hilfe benötigt, weil sie irgendwo feststeckt oder ob sie von drei bösen Jungs geärgert, gemobbt und gefesselt in der Ecke liegt oder ob sie einfach nur will, dass man zusammen mit ihr spielt. Also müssen wir zwangsläufig aufstehen und nach ihr sehen, allein schon weil wir bei nochmaligem Rufen von allen anwesenden Eltern für asoziale Raben gehalten werden würden. Und natürlich will sie nur spielen. Also lassen wir uns von ihr durch dieses Kletterdings jagen. Gerade denke ich noch darüber nach, dass ich beim Begleichen der Rechnung unbedingt mal fragen muss, wie man dieses Spielungetüm im Fachjargon nennt, als mir blitzartig klar wird, was mit Anne los ist. Was da am Wochenende vorgefallen sein muss.

Nee, ne? Das kann nicht sein.
Ich rutsche und lande bei den beiden im Bällebad. Wusch.
Ich sehe auf die Hand meiner Exfreundin. Tatsächlich.
Anne weiß, dass ich es weiß. »Ja. War mir gar nicht so sicher, wie ich's dir sagen sollte. Na komm, Luca. Mal gucken, wie lange du brauchst, um ein Mal durch die gesamte Kletterburg zu rennen.«
Anne trägt einen Verlobungsring. Und mein erster Gedanke ist: »Ha, der Ring gefällt ihr nicht, das weiß ich, den findet sie nicht gut, olé, olé, ich weiß besser über Anne Bescheid als du, Steffen, ich kenne Anne am allerbesten, der Ring ist doof und ich hab den Längeren, ich hab den Längeren!« Was gar nicht stimmt, danach habe ich Anne schon gefragt.
Mein zweiter Gedanke ist. »Aha, es heißt also Kletterburg.«
Und mein dritter und eigentlicher Gedanke ist: »Sie hat *Ja* gesagt!«
Anne hat sich verlobt. Anne und Steffen heiraten. Anne, Luca und Steffen wollen eine Familie werden.
»Oh … wow«, ist das Einzige, was als Quintessenz über meine Lippen kommt.
Anne wartet aber auf mehr, und Luca kreischt sich schon um die vorletzte Kurve.
»Das … das ging aber schnell. Schön … also … wow.«
Scheiße. Mein peinlicher Weinimpuls bahnt sich an, beginnend mit einem Kloß im Hals, den ich krampfhaft versuche herunterzuschlucken. Aber Anne ist sowieso Erster und wischt sich lächelnd und schulterzuckend eine Träne aus dem Gesicht.
»Tja«, sagt sie.
»Wenn jetzt das Licht angeht«, zitiere ich hilflos und in falscher Reihenfolge, »seht ihr, ob ihr richtig steht.« Wir hatten keine Cafés mit Kletterburgen, damals, wir hatten Michael Schanze.
Wusch. Luca ist zurück.

»Und?«, hechelt sie.
»Was und?«
Ich bin vollständig konsterniert.
»Wie lange hab ich gebraucht? Einmal durch die Burg?!«
»Oh … jetzt hab ich gar nicht gezählt. Doof! Jetzt musst du noch mal!«
»Mann, Papa!«
»Auf die Plätze, fertig, … los!« Und Luca ist wieder weg.
»Und du hast Ja gesagt?«, frage ich mit gespielt verständnisvollem Lächeln. Echtes Lächeln geht noch nicht.
»Ja … ich liebe ihn. Und du liebst Clara! Stimmt's?!« Noch eine Träne.
Ich dagegen bin schon bei Träne zwanzig, aber das läuft außer Konkurrenz. Das kennt Anne von mir.
»Ja. Ich liebe Clara.«
»Trotzdem irgendwie komisch, oder?«
»Saukomisch.«
Ich nehme Anne in den Arm und wir heulen ganz kurz wie zwei, die zusammengehören, im Bällebad. Leise gratuliere ich ihr ins Ohr.
Wusch. Luca ist wieder da.
»Wie lange?«
»Bis dreißig gezählt«, lüge ich.
»Ist das schnell?«
»Sauschnell.«
»Warum weint ihr?«
Ach, mein Kind! Hoffentlich bewahrst du dir diese Trockenheit.
Anne wischt lachend ihre Tränen weg, zieht die Nase hoch und sagt: »Weil wir dich soooo lieb haben und sooo glücklich sind, dass du da bist. Komm mal her.« Sie zieht sie zu sich heran, Luca zieht mich mit, und wir machen Familiendrücken. Anne flüstert mir zu, dass sie es Luca noch nicht gesagt haben.

Während wir unseren Kuchen aufessen, reden wir zu dritt über Organisatorisches: über den Kindergarten, die anstehende Grundschulauswahl, Sinn und Unsinn der von Luca geforderten Taschengeldeinführung, über das Wetter und dass Luca neue Stiefel für den Winter braucht.
»Gefällt er dir?«, frage ich Anne, mit Blick auf ihren Ring.
»Ja, sehr. Dir nicht, stimmt's?«
»Doch … schön.«
Vielleicht kennt Steffen sie doch besser. Oder sie hat mittlerweile einen anderen Geschmack. Oder sie ist eine andere Anne.
Es ist Zeit. Ich steige ins Taxi.
Die beiden bleiben winkend zurück, und der Kloß in meinem Hals fährt noch ein Stück mit.

16.

Kaum bin ich im Flieger, falle ich in einen tiefen, komatösen Schlaf, aus dem ich erst wieder aufschrecke, als das Fahrwerk Kölner Boden berührt.
War das alles ein Traum? Muss ich jetzt ernsthaft in eine Late Show, weil ich mich auf dem Deutschen Filmpreis erbrochen habe? Wird Steffen nun offiziell Lucas Stiefvater? Habe ich wirklich meinen Vater erzürnt, in dem ich ihn dazu zwingen wollte, mich im Fernsehen anzusehen?
Ja.
Wäre auch ein bisschen viel Traum für einen so kurzen Flug.
Am Ausgang wedelt ein Fahrer der Produktionsfirma entnervt mit einem Schild, auf dem »Christian Kram Show« steht. Als ich mich zu erkennen gebe, werde ich in schönstem Kölsch begrüßt: »Dat wurd' aba auch mal Zeit?!«, als wäre ich aufgrund meines lahmen und jämmerlichen Flugstils persönlich schuld an der Verspätung.
Es eilt. In einer Stunde soll die Aufzeichnung beginnen.
Wir steigen ein, und der Mann gibt Gummi.
»Wissen Sie eigentlich«, frage ich den sichtlich entnervten Menschen am Steuer, »was uns beide verbindet? Beruflich, meine ich.«
»Nää …«, antwortet er, es interessiert ihn nicht im Geringsten. Trotzdem kläre ich ihn auf.
»Diese ständige Warterei. Sie warten, dass einer einsteigt, und ich, dass jemand anruft. Es gibt Zeiten, in denen ich

monatelang gelangweilt daheim rumhänge und nicht weiß, wie ich den Tag totkriegen soll. Das Telefon gähnt mich an, während das ganze Business um mich herum vor lauter Arbeit nicht mehr weiß, wo ihm der Kopf steht …«

»Business? Junger Mann, das nenn' isch Urlaub, was Sie da beschreiben.«

Vielleicht ist er doch der falsche Gesprächspartner. Egal.

»Ich nenne das Freiberuflichkeit. Wissen Sie, und genau dann, wenn ich mir von der ganzen Warterei mal Urlaub gönne, genau dann klingelt das Telefon. Sie warten stundenlang und holen sich ein Mal 'nen Kaffee, und, zack, rüttelt einer an Ihrer Beifahrertür. Verstehen Sie, manchmal könnte ich drei Jobs gleichzeitig annehmen, was natürlich nicht geht, und dann stehe ich wieder komplett ohne da oder halt nur mit einem oder … Wissen Sie, was ich meine?«

»Ja, ja.« Der Fahrer dreht das Radio ein wenig lauter und heizt weiter Richtung Innenstadt.

»Gar nicht so einfach … so eine Situation.«

»Mhmm.«

»Und außerdem heiratet meine Exfreundin.«

»Jetzt hab isch Sie gerade akustisch … –«

»Ich hab gesagt, meine … – Ach, nix.«

Anne heiratet. Anne … heiratet.

Es läuft ein Song, den ich mag. Er beginnt mit der Zeile: »Das Einzige, was bleibt, ist, alles ändert sich.« Aha. Nun ja. Als Anne und ich uns fest vorgenommen haben, schwanger zu werden, hat irgendjemand in der Matrixschaltzentrale alle Schwangeren der Stadt an mir vorbeigeführt, denn ich sah weit und breit nichts und niemand anderes mehr. Und jetzt will mir wohl jemand im Radio mit aller Vehemenz vor Augen führen, dass da irgendwas im Wandel ist. In meinem Leben. Und ich aufhören soll dagegen zu kämpfen, weil der Fluss nicht aufzuhalten ist, und dass ich mich mit ihm bewegen muss, anstatt meine Kraft damit zu vergeuden, stetig gegen den Strom zu schwimmen. Dass ich einsehen muss, dass einige Pfeiler, die mein bisheriges Leben stützen, nicht mehr unbedingt da stehen, wo ich sie vermute, und ich blindwütig vor den Trümmern stehen werde, wenn ich jetzt nicht genau hinsehe. Der Song wird unterbrochen, irgendwo ist ein Falschfahrer unterwegs.

Ich könnte nie über die Severinsbrücke fahren, ohne den Dom zu begrüßen oder mich von ihm zu verabschieden, wenn es wieder aus der Stadt Richtung Flughafen geht. Wenn man einen alten Bekannten in einer fremden Stadt begrüßt, fühlt man sich nicht so einsam.

Wir kommen in Rekordzeit im Studio an. Ich werde von einer Aufnahmeleiterin empfangen und gleich in die Maske geführt. Dort wartet auch schon Johanna auf mich, meine PR-Agentin, eine Spitzenkraft, die ich nicht missen möchte. Aber heute bin ich genervt von ihr. Sie sieht drein wie ihre heilige Namenspatronin von den Schlachthöfen. Mit so einem Märtyrergesicht. So ein Ich-kümmere-mich-die-ganze-Zeit-und-du-ruftst-mich-nicht-zurück-und-bedankst-dich-noch-nicht-mal-Gesicht. Sie wirft mir ein knappes, beleidigtes »Hallo« entgegen, und dafür nehme ich sie sogleich extra lange und extra fest in den Arm.

»Hallo, Johanna. Danke für alles und es tut mir wirklich leid, dass ich mich nicht gemeldet habe, okay? Das war blöd von mir. Aber jetzt ist auch mal wirklich gut, okay? Ich kann nicht den Rest meines Lebens rumlaufen und mich dauernd für was entschuldigen. So schlimm war es auch nicht, und wir kriegen das wieder hin. Und glaub mir, es waren ganz andere Leute noch viel persönlicher von meiner Reaktion getroffen. Also, lass uns nicht so das Leben schwermachen. Komm, wir düngen hier schön zusammen, so dass ganz schnell Gras über die Sache wächst, okay?« Und erst jetzt lasse ich sie wieder aus meinen Fängen.

»Na, du machst es dir ja einfach.«
»Glaub mir, Johanna, das mache ich wahrlich nicht«, sage ich zwar altklug, aber mit Überzeugung.
»Du musst es ja wissen.«
Christian Kram kommt schnell noch persönlich in die Maske, um mich vor der Aufzeichnung zu begrüßen. Routine. Macht er zum tausendsten Mal und das merkt man ihm an. »He, schön, dass du da bist ... Versuch Spaß zu haben ... Sag einfach, was du denkst ... Fühl dich wie zu Hause ... Bis gleich ...« Und schon ist er wieder draußen. Wie ein Bla, bla, bla-Tornado.
Zwei Gäste kommen noch vor mir dran: ein ergrauter Schlager-Barde, der von seinem erstaunlich jungen Liebesglück schwärmt. Will man gar nicht so genau wissen, so was. Wenn man sich das so vorstellt, kriegt man die Bilder ja gar nicht mehr aus dem Kopf. Und dann ist da noch dieser 10-jährige Held, der seinen 6-jährigen Bruder gerettet hat. »Wo warst du nur am Abend des Filmpreises, kleiner Retter?«, will ich ihm zurufen, und dann bin ich an der Reihe.
»Begrüßen Sie mit mir: Jan Beckmann!«
Applaus und 3, 2, 1: Auftritt. Kumpelhaftes Händeschütteln, nach dem Motto »Na, alter Gauner. Lange nicht gesehen«, ins Publikum winken, lächeln, »He, hallo«, hingesetzt, Musik aus.
»So. Jan?«
»Christian?«
»Filmpreis. Was war denn da los? Hm?«
Gekicher im Publikum.
»Ja, ich würde mal sagen, der Koch hat irgendwie schlechte Eier gehabt ... also, äh, benutzt.«
Vereinzeltes Gelächter. War ja auch eher ein dürftiger Einstieg. Egal, weiter.
»Wieso? Was gab's denn?«
»Na, so Meeresgetier und ... Hühnerfrikassee und so.«

»Ja, da schauen wir uns gleich mal ein Bild dazu an.«
Kram deutet auf die Studioleinwand, auf der jetzt Pimmel-Edis Zeitungsfoto eingeblendet wird. Es ist richtig groß und sieht richtig beschissen aus.
Lacher. Ich lache mit. Ihr Arschlöcher!
»Da! Siehste, da ist das Hühnerfrikassee.« Ich mache den Joke, bevor Kram ihn macht.
»Und was hast du da in der Hand?«, löchert Kram.
»Das ist die Heike-Dröste-Gedächtnismünze. Von meiner Freundin.«
»Die sie gewonnen hat an dem Abend. Und auf die hast du also draufge … na, ich nenne, es mal … gespuckt?«
Lacher.
»Auf meine Freundin?«, frage ich.
»Nee, auf die Münze.«
»Ja.«
Lacher.
»Warum?«, fragt Kram.
»Weil ich mit ihr getanzt habe.«
»Mit deiner Freundin?«
»Nee. Mit der Münze.«
Lacher.
Typische Klipp-Klapp-Unterhaltung. Aber was Besseres fällt mir nicht ein. Ich bin unangebracht gelangweilt.

In der ersten Nacht mit Anne, nach einer Party, als ich behauptet habe, ich hätte den letzten Bus verpasst, und wir die ganze Nacht brav auf dem Fußboden nebeneinanderlagen und uns unterhielten, da habe ich kurz vor dem übermüdeten Einschlafen »Du bist toll« in die Luft geschrieben.
Und viele Jahre später wurde aus »Du bist toll« Babygeschrei.
Ich kann mich nicht auf Krams blödsinniges Talkshowgelabere konzentrieren.

Anne heiratet. Ich fass es nicht.
Moment. Bekommt Luca dann einen anderen Nachnamen? Heißt die dann so wie Steffen?
Hör auf! Jetzt nicht. Konzentrier dich. Nur noch ein paar Minuten, verflixt nochmal.
Das Pappschild-Mädchen, das neben der Kamera steht und Kram mit ihren Anweisungen in Edding-blau-fett durch die Show navigiert, zeigt hektisch an, dass es gleich in die Werbung geht. Ich muss das jetzt hier mal in die Hand nehmen.

»Ja, weißt du, Christian, eigentlich wollte ich nur so was wie Cross-Promotion machen.«
»Cross-Promotion?«
»Ja, nächste Woche kommt mein neuer Film, *Haste nicht gesehen* heißt der, und meine Aktion beim Filmpreis hat ja auch für so einen bestimmten »Haste das gesehen?«-Effekt beim Publikum draußen gesorgt, und damit wollte ich vom einen zum anderen überleiten, sozusagen. Also mal eine ganz andere, neue Form der medialen … Werbe … vernetzungs … Dings eben.«
Na, das knirscht aber. Trotzdem: Lacher.
»Aha, und dein Film, Jan, der …«
»Ja. Ist auch eine Komödie«, falle ich ihm ins Wort.
»Und … kommt am … nächsten Donnerstag um … 22.15«, liest er vom Pappmädchen ab. »Warum so spät?«
»Ja, also für die beschissene Programmplanung bei euch im Sender kann ich ja auch nichts.«
Lacher und Autsch. Denn vor meinem inneren Auge sehe ich, wie sich Johanna hinter der Bühne verzweifelt auf die Lippen beißt und sich krümmend fragt, womit sie mich verdient hat.
Egal. Frechheit siegt. Und wenn nicht – auch egal.
Das Pappmädchen wird nervös und wedelt mit ihrer »Werbung + Beckmann raus«-Pappe.

Kein Platz für Stil auf deinem kleinen Karton, was?
Kram setzt zum Finale an: »Ja, gut, ich hoffe, deine Werbestrategie wird fruchten. Viel Glück mit dem Film. Und … komm doch mal wieder. Jan Beckmann, meine Damen und Herren.«
Applaus, Hände schütteln nach dem Motto »Mensch, hat Spaß gemacht, ist doch super gelaufen, super, Kumpel, du.« Ins Publikum winken, Band-Leader nett grüßen und raus. Innerhalb einer Millisekunde werden bunte Showtreppen zu miesen Sperrholzbauten, und die Gute–Laune-Showgesichter werden zur gequälten Johanna-Fratze, die mir ein »Joa, war doch okay« reindrückt. »Komm, Johanna, wir hauen ab. Ich lade dich zum Essen ein.«
Und wir hauen ab, und ich lade sie zum Essen ein, und am Ende des Abends habe ich tatsächlich das Unmögliche geschafft. Johanna hat einen im Tee und lacht sich locker und gutgelaunt scheckig. Irgendwann gesteht mir Johanna, dass es für mich jetzt wohl schwerer werden dürfte, an Jobs zu kommen, da man den »Kotzer vom Filmpreis« ja jetzt nicht unbedingt für die nächste anspruchsvolle Literaturverfilmung besetzen würde. Ach ja, Beckmann raus, hm? Was soll's, für so was wurde ich schließlich auch ohne Kotzen nicht gebucht.
Weil der Tag lang war und die Welt irgendwie komisch ist, lasse ich mir nachts im Hotel noch Badewasser ein.

17.

Monolog in der Badewanne 3

Lieber Gott.
(Nee, das ist ja Quatsch, jetzt, oder? Ach, aber warum nicht. Wenn's hilft?!)
Lieber Gott.
Oder der halt, der irgendwie Einfluss darauf nimmt, was uns auf Erden so passiert. Irgendwie bin ich zurzeit ein bisschen schräg drauf. Ich bin nicht unzufrieden mit meinem Leben. Bestimmt nicht. Aber irgendwie habe ich das Gefühl, den Fixpunkt verloren zu haben. Ich weiß halt nicht mehr so richtig, um was es so geht. Und da passieren Dinge. Und da wollte ich dich einfach mal um Unterstützung bitten.
Natürlich nur, wenn du es gerade irgendwie einrichten kannst. Ich mein', ich hab' eh das Gefühl, dass du dich in letzter Zeit ein wenig mit mir beschäftigst. Ein paar Zeichen hast du mir ja schon geschickt. Und wenn du eh gerade dabei bist, vielleicht könnten es ja noch ein paar Puzzleteile mehr sein. Wie gesagt: nur wenn es dir in den Kram passt.
Aber um eines wollte ich dich wirklich bitten, da wir gerade so schön plauschen: Nee, jetzt mal ernsthaft: Was bei mir ist, ist eigentlich fast egal, aber pass mir bitte schön auf meine Mädels auf. Auf alle drei. Okay? Das wäre mir echt wichtig. Gib Anne die Gewissheit, die richtige Entscheidung getroffen zu haben. Lass sie bitte glücklich werden. Lass Luca bei bester Gesundheit und lass sie weiter so prächtig wachsen

und gedeihen. Und lass vor allem Clara nie auf den Trichter kommen, mit was für einem Spacko sie zusammen ist. Mit einem Typen, der nachts in einer Kölner Hotelbadewanne den lieben Gott um Erkenntnis anpumpt. Das muss sie ja nicht wissen.
Okay? Hast was gut bei mir.
Ach so, und mach bitte auch, dass mein Vater … dass ihm noch so viel Hirn bleibt, dass es ausreicht, um mit der Welt in ihm und um sich herum im Reinen zu sein.
Danke dir.
(Vielleicht sollte ich mal meine Einstellung zum Alkohol überdenken.)

18.

Wieder zu Hause angekommen, packe ich Clara ins Auto. Wir wollen den Nachmittag für einen Spaziergang am See nutzen. Clara fliegt morgen für ein paar Tage nach London. Sie soll bei einem internationalen Mehrteiler fürs Fernsehen mitspielen.
Ein großes Ding. Clara macht nur große Dinger.
Trotz der Sonnenstrahlen ist es kalt. In Teilen des Landes fiel heute Nacht sogar schon der erste Schnee. Der klirrende Ostwind, von dem Berlin jährlich heimgesucht wird, scheint wieder seinen Weg zurück gefunden zu haben und zeichnet dieses schöne Kräuseln auf die Wasseroberfläche des Sees. Uns macht die Kälte nur bedingt was aus, denn Clara hat die Wintersachen aus dem Keller geholt und wir haben uns in Mantel und Schal gemummelt. Das fühlt sich schön an.
Ineinander verhakt stapfen wir schweigend los. Wir reden aber nicht nicht, weil wir nichts zu reden hätten, sondern weil wir nicht reden müssen.
Wenn man zum Beispiel Halbpension in einem Hotel bucht, ist es erschreckend, wie junge und alte Paare sich im Urlaub beim Abendessen nichts zu sagen haben und vor sich hin schweigend die fünf Gänge verschlingen, in der Hoffnung, es wären nur vier und die würden so schnell wie möglich aufeinander folgen. Ein unangenehmes Schweigen. Weil schon alles gesagt wurde. In dieser Beziehungsphase sind wir noch nicht, und ich hoffe, dass wir die Ausnahme der Regel bleiben werden.

Wir schweigen, weil wir es genießen, zusammen zu schweigen. Noch.
Aber nach ein paar Minuten vermutet Clara wohl hinter meinem Schweigen einen anderen Grund als Genuss, und da hat sie, ehrlich gesagt, heute nicht ganz unrecht.
»Was ist los?«
»Anne heiratet.«
»Wow … das ging aber schnell.«
»Genau das habe ich auch gesagt.«
»Und wie geht's dir jetzt damit?«
»Wie geht's mir damit? Wie geht's mir damit? Keine Ahnung. Komisch, irgendwie?«
»Wie genau: komisch?«
»Na, komisch eben. Anne und ich, wir waren … ewig zusammen, und Luca gehört ja auch eher zu mir, und wenn die heiraten, dann ist es endgültig Essig mit Familie.«
»Das ist es jetzt schon.« Clara stellt fest, was feststeht.
»Ja, weiß ich selber. Aber irgendwie halt auch eben nicht. Da ist und bleibt so ein Zusammengehörigkeitsding. Weißt du, das hat auch gar nichts mit dir zu tun, Clara. Also, du musst dir da jetzt keine Sorgen machen oder so, die Grenzen sind da mehr als gesteckt. Es geht mir nur um dieses … Familiengefühl. Ich vermisse das manchmal echt … ganz schön.«
»Ich weiß. Du leistest immer noch Trauerarbeit, und das ist okay. Das ehrt dich, dass du dich so … kümmerst. Und sorgst. Dass dir die Menschen in deinem Leben nicht egal sind.«
Ich blicke auf den See hinaus, stumm.
»Warum sagst du da jetzt nichts, Jan?«
»Nur so.«
»Wie, nur so?«
»Mir fehlt die Phantasie dafür.«
Wir schweigen einen Moment. Aus Angst davor ein Stück weiterzugehen.

»Für was? Für was fehlt dir die Phantasie?«
»Ich weiß nicht, ob ich noch mal ein Kind haben möchte.«
»Dann müssen wir uns trennen.«
Klare Worte. Wir sehen uns nicht an. Klipp und klare Clara-Worte.
»Jan, ich will es nicht dieses Jahr, auch nicht nächstes Jahr. Aber ich werde Mutter werden. Das wünsche ich mir schon seit ich denken kann. Ich werde Mutter und ... und ich werde keine alte Mutter.«
»Das sollst du doch auch. Aber du musst auch wissen, dass ich vorher *auch* eine Frau geliebt habe, die unter allen Umständen auch Mutter werden wollte. Es war genau so Annes Lebenstraum, ein Kind zu haben. Aber ... aber weißt du, die Gefahr, dass andere Dinge auf der Strecke bleiben oder bei der Erfüllung des Traumes übersehen werden, die ist erfahrungsgemäß sehr, sehr groß.«
»Hast du Angst, dass ich dich übersehe, Jan?«
»Nein, das habe ich nicht. Ich weiß, dass dir das nicht passieren wird ... Das weiß ich ... Ich weiß aber auch, dass ich unter gar keinen Umständen ... Ich möchte nie wieder eine Familie verlassen müssen, weil ich irgendwie unglücklich bin. Ich möchte kein Kind bekommen *müssen*, verstehst du? Wenn, dann nur, wenn ich mir hundertprozentig sicher bin, dass es die richtige Entscheidung ist.«
»Du hast ja auch schon eines«, stellt Clara nüchtern fest.
»Das stimmt. Ich habe ein Kind, ich kenne das alles schon. Das ist nun mal der Unterschied zwischen uns.«
Wir gehen ein Stück weiter. Wir haben einen ehrlichen Moment, der sehr kostbar ist. Mit dem man sehr behutsam umgehen muss. Sicherlich haben wir das ein oder andere Mal über dieses Thema gesprochen, aber nicht in dieser nackten Klarheit. Wir haben gerade Worte gewechselt, die man sich merkt. Beide hängen wir unseren Gedanken und den ehrlichen Sätzen nach.

Über dem See hängt der November. Wir gehen langsam, Körper an Körper. Wir atmen zusammen. Wir haben beide Angst, glaube ich.

»Liebst du *mich* denn?«

»Über alle Maßen. Und ich habe auch Angst, dich zu enttäuschen, Clara, wenn ich ... wenn ich dich jetzt um deine besten Jahre betrüge, falls wir uns eines Tages nicht einig werden sollten. Und wenn doch, hätte ich Angst davor, dass sich unsere Beziehung mit Kind verändern würde. So verändern, wie ... na ja, wie ich es schon kennenlernen musste. Ich hätte Angst davor, dass sich die Muster wiederholen.«

»Ich bin aber nicht Anne.«

»Ja, das ist das andere Problem. Du willst doch auch weiter arbeiten? Du willst weiter Karriere machen? Wie soll das denn deiner Ansicht nach gehen? Nimmst du dein Kind dann überall hin mit und drehst deine drei Filme im Jahr oder soll ich daheim bleiben und weniger arbeiten? Oder wechseln wir uns ab und keiner kriegt was vom anderen mit, weil er gerade beim Kind ist? Oder reisen wir mit Nanny durch die Weltgeschichte?«

»Jan, andere kriegen das auch hin.«

»Weiß ich nicht, ob das stimmt. Weiß ich nicht, ob die das wirklich hinkriegen. So hinkriegen, wie ich es auch cool finden würde.«

»Jan, wir würden das hinkriegen.«

»Was soll ich dazu sagen.«

Wir schweigen, eng beieinander, trotz der Worte, die klar und schneidend sind wie der Wind, der über unsere Köpfe fegt.

»Wir haben«, sagt Clara leise, »noch viel Zeit.«

Nicht verletzt, nicht frustriert. Weder ängstlich noch versöhnlich. Einfach nur leise und mit Bedacht.

»Das haben wir.«

Klare Worte.
Wir werden uns immer etwas zu sagen haben – auch wenn es die Wahrheit ist, beim Abendessen in einem Urlaubshotel mit Halbpension.

19.

Als wir schließlich wieder ins Auto stiegen, trafen sich zufällig unsere Blicke, und es fühlte sich an, als hätten wir uns seit Stunden nicht mehr angesehen. Die Stimmung während unseres Spazierganges fühlte sich so besonders an, dass wir beschlossen, sie für ein paar Stunden noch mit nach Hause zu nehmen. Wir kochten, aßen. Alles sehr ruhig. In Harmonie.
Wir sind uns unserer sicher. Wir lieben uns – trotzdem.
Wir liebten uns auch in dieser Nacht – ganz behutsam, voller Respekt, fast andächtig. Wie Queen Kitsch und King Pathos. Aber das ist auch mal okay. Ich bin sehr froh, dass Clara bei mir ist und ich hoffe, es geht ihr ähnlich. Trotzdem.

Ich fahre sie zum Flughafen. Sie steigt aus. Die Leute gucken. Jemand will ein gemeinsames Foto. Nun gut. Ich knipse. Die Person bittet auch mich um ein gemeinsames Foto. Sehr gut. Clara knipst.
Wir verabschieden uns und Clara reiht sich in das wirre Gewusel der Reisenden ein, bis ich sie im Menschenmeer nicht mehr ausmachen kann.
Auf dem Rückweg rufe ich aus dem Auto Anne an.
»Hi, Jan.«
»Hi. Na, alles gut?«
»Ja, wir kommen gerade zur Tür rein. Ich hab Luca vom Kindergarten abgeholt. Wir haben auch nicht viel Zeit. Wir essen gleich und in einer dreiviertel Stunde ist Ballett.«
Meine Tochter hat mehr Termine als ich.

»Ja, ich weiß. Kannst du sie mir trotzdem mal schnell geben?«

»Ja. Bis dann. Luca, kommst du mal? … Hier, der Papa für dich.«

»Hallo …«

»Hallo, mein Schatz. Du, sag mal … kannst du mir mal kurz sagen, was für Erinnerungen du an mich hast?«

»Häh? Wie, was Erinnerungen?«

»Na, wenn du an mich denkst, an Sachen … was wir so miteinander erlebt haben? So, wie … du findest, wie ich … für dich bin? Also … an was erinnerst du dich … denn … da?«

»Weiß nicht. Ich hab Hunger.«

»Okay. Mach mal schnell die Augen zu … Haste?«

»Ja.«

»Jetzt denk mal an den Papa … Machste?«

»Ja.«

»Und was siehst du?«

»Nichts.«

»Wie, nichts?«

»Na, ich hab doch die Augen zu.«

Vielleicht frage ich sie einfach nächstes Jahr noch mal.

»Ach so … na dann. Dann geh mal essen, mein Schatz, hm? Viel Spaß im Ballett. Vielleicht sehen wir uns ja morgen.«

»Hmm, tschüss.«

Im Hintergrund höre ich noch Anne, wie sie ruft: »Und sag dem Papa, dass er ganz lustig war, im Fernsehen gestern!« Aber Luca sagt es nicht, sondern legt auf. Scheint ziemlich großen Hunger zu haben.

Es gab eigentlich nur zwei Phasen in Lucas bisher kurzem Leben, in denen Anne und ich uns um ihren Seelenhaushalt ernsthaft Sorgen gemacht haben. Das war die Zeit der Trennung, die härteste und leerste Zeit unseres gemeinsamen Lebens. Die *nicht* schön war und aus der sich Dustin

Hoffmann für sein *Kramer gegen Kramer* den zweiten, noch härteren Teil hätte zusammenschneiden können.
Und die Zeit von Georgie, die dagegen natürlich ein Klacks war.
Luca war knapp drei Jahre alt, als sie, in Momenten, in denen sie sich unbeobachtet fühlte, begann mit dem Ficus neben dem Esstisch zu sprechen. Selbst wenn wir mit am Tisch saßen, machte sie plötzlich beschwichtigende Zeichen Richtung Zimmerpflanze. Das fanden wir schon etwas seltsam. Wir lauschten weiter. Nach einiger Zeit stellte sich heraus, dass eine Gestalt namens Georgie in unserem Ficus wohnte. Geogie war Lucas imaginärer Freund oder Feind, so klar war das nicht auszumachen. Aber für sie war er definitiv real. Georgie schien Luca teilweise so sehr zu provozieren, dass sie ihn in einer Lautstärke anbrüllte, in tiefster Verzweiflung vor der Pflanze stand und wild hineingestikulierte, er solle doch endlich bitte zu ihr herabsteigen, dass uns angst und bange wurde. Das war kein Spiel mehr. Das ging schon eindeutig Richtung *Poltergeist 3*. Und es kam der Moment, in dem auch wir uns durch Internetblogs zum Thema »Mein Kind spinnt« scrollten. Der Kinderarzt aber meinte, dass Luca sich mitten im Rahmen des Normalen bewegte.
Nach ein paar Monaten schien Georgie umgezogen zu sein, der Ficus ist irgendwann eingegangen, und Luca wurde wieder cool.

Das Telefon klingelt, und ich betätige die Freisprechanlage. Meine Agentin ist dran.
»Hallo, Annalena. Ich dachte schon, ich höre erst Weihnachten wieder von dir.«
»Im Gegenteil. Ich weiß auch nicht, was ich sagen soll.«
O je, was kommt jetzt?
»Es ist erst 11.30 Uhr und du hast heute schon vier Jobanfragen reinbekommen.«

»Das ist jetzt nicht dein Ernst? Was soll das denn?«
»Also: Das Büro von der Wanger hat angerufen. Der von Meuser jr. nimmt die Rolle, für die du ja auch gecastet wurdest, doch nicht an, da er in Kanada lieber einen Western drehen will.«
Mir kommen *ganz* viele *ganz* böse Kommentare in den Sinn, aber da ich gerade sehr auf Annalenas Rapport gespannt bin, spare ich sie mir für eine andere Gelegenheit auf. Ich bin so gespannt, dass mein Multi-Tasking-System versagt. Ich muss rechts ranfahren.
»Auf jeden Fall kam der Mann vom Sender …«
»Ach, du meinst den *Jürgen*?«
»Kann sein. Der kam auf die Idee, dir die Rolle jetzt doch anzubieten.«
»Ich dachte, der sucht einen glatten Komiker?«
»Das musst du beurteilen, inwiefern du dich jetzt für die Rolle qualifiziert hast«, antwortet sie vielsagend.
Das ist eine Farce.
»Absagen.«
»Echt jetzt?« Selbst meine toughe Agentin, die sonst kaum durch etwas aus der Ruhe zu bringen ist, scheint von meiner spontanen Konsequenz beeindruckt.
Ich bin aber auch ein wenig von mir selber überrascht und versuche mich in einer plausiblen Argumentationskette: »Ja. Wenn sie sich gegen mich entschieden haben, haben sie sich gegen mich entschieden.«
Stille. Das scheint sie noch nicht überzeugt zu haben.
»Und nur weil ich jetzt gerade mit so einer peinlichen Scheiße in der Presse bin, lasse ich die jetzt nicht auf *den* Zug springen, mit dem ich selbst gar nicht fahren will.«
»Gut. Finde ich gut, Jan. Bin stolz auf dich. Dann, ähm, ja … ich sage es dir trotzdem einfach mal. »Promi kochen« hat noch mal angerufen, und die Redakteurin fand deinen Auftritt gestern beim Kram so ›sweeeeet‹, wie sie sagte, und

wollte noch mal nachhaken, ob du nicht doch für eine Sendung zur Verfügung stehen würdest. Sie könnten sich auch vorstellen, mit der Gage noch ein Stück höher zu gehen.«
»Ich könnte mir auch vorstellen, mit der Zahl der Arschtritte ein Stück höher zu gehen.«
»Mach ich mit.«
Wir sind uns einig.
»Dann noch ein Film und eine Serie. Würde aber nur eines von beidem gehen, weil sich's überschneidet.«
War ja klar.
»Die Episodenhauptrolle in der Krimiserie ›Auf frischer Tat‹ und eine Hauptrolle in einer Comedy-Tragödie über zwei verkorkste Brüder, und du kriegst dann Krebs. Klingt ganz spannend. Ich glaube, das würde gut zu dir passen, und es wäre ein Angebot. Das heißt, du müsstest nicht mehr zum Casting, und die Casterin schwört auch hoch und heilig, dass sie schon vor dem verkotzten Wochenende auf dich gekommen sind und im Gegensatz zu den anderen eher überlegt haben, ob die … Eskapaden ein Grund sein könnten, von dem Angebot wieder abzurücken. Aber schlussendlich hätten sie das albern gefunden.«
Ich unterstelle denen jetzt einfach mal, nur ein wenig klüger zu taktieren als ihre Kollegen, fühle mich aber trotzdem anständig gebauchpinselt und plötzlich doch nicht so konsequent, wie ich vor wenigen Augenblicken noch dachte.
»Ja, dann … Sollen sie mir mal das Buch schicken.«
»Ist schon unterwegs. Es soll auch schon übernächste Woche losgehen. Sie suchen noch deinen Bruder in dem Film. Der soll ein … –«
»Fritz. Fritz Schilling.«

20.

Mein Vater sitzt in seinem Sessel, der Fernseher läuft, ich stehe im Türrahmen, und täglich grüßt das Murmeltier.
»Hallo.« Keine Reaktion.
»JANNIS!?« Direkt neben mir erscheint ein Gesicht. Es kommt rechts aus dem Badezimmer geschossen. Schock. Puls auf 180. Es küsst mich und ich erkenne es.
Ahhh!!!! Es gehört meiner Mutter. Doppel-Schock.
Nein, in Wahrheit ist es gar nicht so schlimm. Jetzt bin ich erstens nicht alleine mit Papa im Zimmer und zweitens habe ich meine Mutter schon seit Wochen nicht mehr gesehen.
»Mutter? Was … ähm … seit wann bist du denn wieder hier?«
»Gestern Abend bin ich von Naxos zurückgekommen. Wie geht es dir, mein Junge? Schön, dass du da bist. Lass dich nicht stören. Komm, setz dich zu Papa an den Tisch. Er freut sich. Ich mache das hier noch fertig.«
Und sie schiebt mich mit ihrem Ellenbogen in die Richtung meines Vaters. Ihre Hände stecken in schaumig-nassen Putzhandschuhen. Sie geht ins Bad zurück und putzt die Wanne. Das Zimmer meines Vaters wird zwei Mal die Woche gereinigt. Und da er beim Fernsehgucken nichts unordentlich macht, sieht es hier auch wirklich ordentlich aus. Auch seine Wäsche wird ihm hier natürlich gewaschen. Trotzdem bringt meine Mutter jedes Mal, wenn sie ihn besuchen kommt, eine ganze Reihe unterschiedlicher Fleckenentferner mit, um die gewaschene Wäsche

nach- beziehungsweise die verschmutzte Wäsche vorzureinigen.
Wenn sie könnte, würde sie natürlich am liebsten die Flecken in Papas Hirn entfernen, aber dafür hat sie das Mittel nicht.
Meine Mutter kann einfach nicht ruhig bei meinem Vater sitzen oder ihn dazu überreden, mit ihr durch den Park zu spazieren. Sie hat nicht die Ruhe, ihm Geborgenheit zu vermitteln. Irgendetwas Sanftes, irgendetwas, das ihm zeigen würde, dass er ihr Mann ist oder zumindest war. Sie ist immer in Bewegung. Immer am Putzen, Aufräumen, Flicken, Stopfen. Ich kenne das. Wenn innen nichts mehr stimmt, muss außen die Ordnung wiederhergestellt werden. Ich glaube, meine Mutter würde sofort anfangen zu weinen, wenn sie nur für einen Augenblick zur Ruhe käme.
Man kann meinem Vater nicht verübeln, dass er oft schon angenommen hat, es würde sich bei meiner Mutter um seine Haushälterin handeln. Dass er verheiratet ist, vergisst er immer öfter.
»Papa, guck«, sagt meine Mutter zu ihrem Mann, »der Jannis ist da. Der Jannis besucht dich.«
Meine Mutter spricht zu laut. Er ist doch nicht taub. Vielleicht wird man vom eigenen Instinkt in die Irre geführt, der einen glauben machen will, durch Lautstärke den Menschen erreichen zu können.
Ich stelle mich vor ihn. Ich streichle ihm über den Kopf und bin selber davon überrascht. Er zuckt, sieht mir skeptisch ins Gesicht und dann lässt er es geschehen. Es scheint ihn nicht sonderlich zu stören. Im Gegenteil, er scheint interessiert und damit beschäftigt, diese Geste von einem ihm wohl fremden Menschen emotional einordnen zu wollen. Es gelingt ihm nicht.
Nach ein paar Sekunden klopfe ich ihm auf die Schulter. Diese Geste kennt er, und er murrt vor sich hin.

Mutter hat ein aufgeschlagenes Fotoalbum auf seinen Schoß gelegt. Auf den Seiten sind Nachkriegs-Schwarz-Weiß-Bilder zu sehen, auf denen mir unbekannte Kinder und Erwachsene entgegenlächeln. Meinen Vater interessiert das nicht im Geringsten. Er sieht starr und stur in seinen Fernseher.
Ich kontrolliere seinen Blick. Ich prüfe den Glanzfaktor seiner Augen. Je glänzender seine Augen, umso wacher sein Geist. Gerade scheint sein Geist sehr müde.

Meine Mutter lebt den Großteil des Jahres in Griechenland. Sie hat die gemeinsame Eigentumswohnung letztes Jahr verkauft und finanziert mit dem Erlös die Kosten für das Pflegeheim und die Miete ihrer winzigen, spottbilligen Wohnung, nur ein paar Gehminuten entfernt. In Griechenland wohnt sie meistens bei Verwandten oder auch mal in günstigen Ferienappartements.
Als mein Vater ins Pflegeheim gezogen ist und sie sich nicht mehr rund um die Uhr um ihn zu kümmern brauchte, beschloss sie »*ihr* Leben wieder zu leben.« Sie erklärte meiner Schwester und mir, dass es jetzt an der Zeit wäre, an sich zu denken und dass sie jetzt vorhabe, ihr restliches Leben »wieder zu genießen«.
Sie meint, dass *der* Papa, den sie kannte, der Papa mit klarem Verstand, der *alte* Papa, der hätte das auch nicht anders gesehen.
Oft wünsche ich mir, sie hätte recht oder es wäre mir wenigstens egal. Ich vermeide es so gut es geht, mit ihr emotionale Gespräche zu führen. Und wenn sie dann mal da ist, putzt sie, räumt sie auf, flickt und stopft sie. Sie poliert ihr Gewissen, in Gummihandschuhen.

Heute ziehe ich meine Jacke aus.
Ich stehe am Fenster und blicke auf den Park. Vielleicht gehe ich das nächste Mal mit ihm ein wenig raus? Warum war ich

hier noch nie mit ihm spazieren? Warum erst nächstes Mal, warum nicht jetzt gleich?
»Soll ich den ausmachen?«, höre ich meinen Vater fragen.
Ich drehe mich zu ihm um und erschrecke vor seinem Blick. Ein ganz eigenartig bewusster Blick. Er wirkt ängstlich. Verletzlich. Ganz weich.
Ich mag das nicht.
»Hm?! Äh … wie … wie du willst, Papa.«
Er drückt an seiner Fernbedienung herum, findet aber nicht den richtigen Knopf. Ich helfe ihm.
»Nicht böse sein«, bittet er mich.
»Ich bin doch nicht böse. Das sind ja auch verflucht kleine Knöpfe auf der Bedienung, stimmt's? Mach dir keine Sorgen. Ich finde oft auch nicht gleich den richtigen.«
Der Fernseher ist aus, und obwohl er auf stumm geschaltet war, scheint es mir, als würde der Raum nun von einer noch intensiveren Stille heimgesucht. Falls es so etwas überhaupt geben kann.
»Soll ich ins Bett gehen?«, fragt mich mein Vater.
Ich bin über vierzig Jahre jünger und er fragt mich, ob er ins Bett gehen soll.
»Nee, wieso? Guck doch mal aus dem Fenster. Ist doch noch hell. Außerdem hast du doch noch gar nicht zu Abend gegessen?«
»Ach so?«
Meine Mutter ist zwischenzeitlich aus dem Bad gekommen und wollte gerade die Gunst der Stunde nutzen, den Fernseher abzustauben, als sogar sie kurz innehält.
»Mama? Was hat er denn nur?«
»Ich weiß es nicht. Günther, was hast du denn nur?«, fragt sie ihn eindeutig zu laut.
Ich mag solche seltsamen Situationen überhaupt gar nicht.
»Soll ich Bier holen?«, fragt er mich leise und schüchtern.
»Papa … wo sollst du mir denn jetzt ein Bier herholen?

Hm?« Ich versuche ganz ruhig auf ihn einzureden. Aber anstatt weiter auf ihn zuzugehen oder mich vor ihn hinzuknien, bemerke ich, dass ich instinktiv ein paar Schritte zurückgewichen bin. »Außerdem … mag ich gar kein Bier. Wenn, dann trinke ich Wein, weißt du? Aber das auch noch nicht mitten am Tag. Hm, Papa? Was ist denn los mit dir?«
»Papa«, murmelt mein Vater«, Pa …pa. Des heißt Bape. Du bist doch der Bape.«
»Jannis, jetzt verstehe ich.« Ich auch. Doch meine Mutter bringt Flutlicht ins Dunkle. »Er hält dich für Johann. Er denkt, du bist sein Vater. Die Frau Schlichter, seine Pflegerin, die hat mir schon so was erzählt. Sie hat mir gesagt, dass ihr Papa erzählt hat, dass vor ein paar Tagen sein Bape zu Besuch war. Das warst du.«
»Nee, ne?« So etwas kann ich jetzt aber gar nicht brauchen. Ich gehe zum Zeitungsständer und krame die Sonntagszeitung heraus. Ich halte ihm das Titelbild vors Gesicht. Mein Titelbild.
»Guck, Papa, das bin ich. Jannis. Das ist ein Foto von mir, wie ich spucken musste. Da hast du dich erst vor ein paar Tagen ganz fürchterlich darüber aufgeregt.«
Schnell reiße ich die Zeitung herunter, so dass er jetzt nichts als mein Gesicht vor Augen hat.
»Siehst du, das gleiche Gesicht. Nur ohne Spucken. Aber der gleiche Jannis. Dein Sohn. Nix Bape. Okay, Papa? Ich Jannis, du Papa. Ich Jannis, du Papa. Ich Jannis, du Papa. Also, wer bin ich?«
»Jannis.«
»Super, Papa. Soll ich dir jetzt wieder den Fernseher anmachen, Papa?«
»Ja«, bittet er überfordert und unterstützt dies mit einem nicht mehr enden wollenden Kopfnicken.
Wie ein Autist. Er tut mir leid. Scheiße, tut er mir leid.

Meine Mutter verschwindet heulend im Badezimmer. Was für ein Spuk.
Ich mache den Fernseher an und setze mich auf das Bett. In seinen Rücken, so dass ich ihm nicht in die Augen schaue.
»Mama?«, rufe ich, »komm raus. Hör auf zu weinen. War doch gar nicht so schlimm.«
»Ich bin nur auf Toilette«, gibt sie vor.
Ich atme tief durch. Noch immer halte ich die Zeitung in der Hand, was mich plötzlich auf eine Idee bringt. Ich reiße das Zeitungsfoto aus und nehme das alte Bild von mir und meiner Schwester von der Wand. Ich löse es aus dem Rahmen, ersetze es durch mein Kotzbild und hänge das neue Bild im alten Rahmen wieder über Papas Bett.
Beinahe muss ich lachen. Fügt sich nicht wirklich ein in den Rest der Galerie, aber wenn's hilft.
Ich gehe wieder ans Fenster, kippe es und nehme meine Jacke. Papa ist mit seinen verlorengegangenen Gedanken beim Nachmittagsprogramm. Dennoch spürt er meinen Abschiedsblick, sieht auf und lächelt mich so kurz wie unsicher an.
Papa wirkt ein wenig wacher als sonst, aber trotzdem bin ich mir nahezu sicher, dass er sich gerade fragt, in welche Schublade er mich stecken soll.
Aus den ganzen Schubladen, in die man mich stecken will, kann man mir bald 'ne Kommode bauen.
»Mutter, bist du erst mal eine Zeitlang in der Stadt?«, frage ich die geschlossene Badezimmertür, die kurz darauf geöffnet wird.
Ich sehe, wie sie gerade dabei ist, den Alibert-Spiegel zu wischen.
Das Atmen fällt mir plötzlich schwerer. Ich spüre diesen bekannten Druck auf meiner Brust.
»Ja. Eine Zeit.«
»Dann … bis bald.«

Sie bleibt stehen. Ich bleibe stehen. Ich gebe mir einen Ruck, gehe zu ihr hin und küsse sie flüchtig auf die Wange.
»Tschüss, Papa.«
Er murrt. Und im Fernsehen kommt irgendwas mit Zoo.

21.

Müde und ausgelaugt, werfe ich die Wohnungstür hinter mir ins Schloss. Stille. Aber dieses Mal eine erträgliche, eine fast schon angenehme.
Ich beginne mich auszuziehen, lasse überall Klamotten fallen und komme nackt im Bad an. Das ist das Coole, wenn die Frau nicht zu Hause ist: Man kann sich benehmen wie Sau.
Ich lasse mir Wasser in die Wanne ein. Ich fühle mich matt. Wenn ich zwei Stunden mit meiner Mutter unterwegs war fühle ich mich anschließend zwei Kilo leichter und zehn Zentimeter kleiner.
In der Badewanne quelle ich wieder auf Normalgröße auf. Zu müde für Selbstgespräche.

Das Baden ist ein essentieller Bestandteil meines Lebens. Ich denke, schreibe, lese, lerne, phantasiere, onaniere, vegetiere, referiere, telefoniere in der Wanne. Mir kommen die besten Ideen in der Wanne. Ich plane mein Leben in der Wanne. Und ich führe Selbstgespräche in der Wanne.
Na, und? Andere Leute schlafen mit Tieren. Ich bade nur viel.
Dieses Mal aber nur ganz kurz, denn sonst schlafe ich sofort ein, und ich will noch das Drehbuch lesen, das der Kurier mir im Laufe des Tages gebracht hat.
Das Buch ist nicht die Quadratur des Kreises, aber es ist interessant, hat eine spannende Wendung, und die Dialoge

haben Witz und Tiefe und sind gut spielbar. Mit einem so guten Partner wie Fritz könnte es sogar richtig anständig werden. Und vor allem wäre es ein Heidenspaß.

»Hearst, wenn des klappt und i di Rolln kriag, dann massier i di!«, verspricht mir Fritz lachend ins Telefon.

»Äh, was machst du?«

»Weißt eh, i hab doch den hawaiischen Massagekurs g'macht. Du kriegst von mir a scheene Massasch, da summ i dir a hawaiisches Gebet ins Ohr und massia dia mit meim ganzn Köapa a echt edles Öl ei.«

»Ja, weiß ich nicht, ob das unbedingt … Wer war denn da noch so in deinem Kurs?«

Wir besprechen den Inhalt des Buches. Dann erzählt er mir unaufgefordert ein paar geile Monika-Geschichten und ich erzähle ihm aufgefordert alles Neue von Clara, Luca, Anne und Papa, und er sagt zu fast allem: »Bist du deppert?«, und wir verabreden uns, für die Nacht vor seinem Casting, um die Szenen durchzuproben.

Aus dem Bad schlurfe ich zur Kaffeemaschine. Während der Vollautomat einen Capuccino in die Tasse zaubert, fällt mein Blick auf ein Urlaubsfoto von Clara und mir auf der Küchenablage. Es war unser erster Urlaub und der war gleich auf einer exotischen Insel. Sehr ursprünglich. Wir wussten kaum etwas voneinander und so nahmen wir uns einen Sack voll glückliche Zeit, um auf Entdeckungsreise nach dem Exotischen in und um uns selbst zu gehen.

Beim Verlieben, glaube ich, ist es auch so, dass das Unterbewusstsein zuerst viel mehr über das neue Gegenüber weiß als das Bewusstsein. Man entscheidet sich für jemanden und weiß gar nicht wirklich genau, warum. Es ist mehr so ein Gefühl. Man selbst vermutet, es läge an dem netten Äußeren oder an dem nettem Lächeln, der angenehmen Stimme oder so. In Wahrheit merkt man aber erst nach Jahren, woran die Anziehung gelegen haben könnte. Plötzlich entdeckt man

Parallelen zum Vater oder zur Mutter. Oder eben krasse Gegensätze.
Auf jeden Fall wird dies alles schon in den ersten Momenten vom Unterbewusstsein erkannt. Es erinnert sich beim Anblick des Gegenübers. Es erkennt etwas wieder.
Funktioniert das eigentlich bei Alzheimer ähnlich?, frage ich mich mit Blick auf den Capuccinoschaum. Was erkennt Papa in mir wieder? Was an mir erinnert ihn an meinen Großvater?
Im Arbeitszimmer muss noch irgendwo ein Foto sein.
Meinen Großvater habe ich nie kennengelernt. Er starb über zwanzig Jahre vor meiner Geburt. In der Familie wurde nie über ihn gesprochen. Wenn man nach ihm fragte, hieß es, der sei schon lange tot, das war alles.
Es ist sicher schon mehr als zehn Jahre her, da hab ich mit meinen Eltern und meiner Schwester an Heilig Abend, nach der Christmette, das Grab meiner Großeltern besucht, und auf dem Spaziergang nach Hause, in dieser melancholischen Weihnachtsstimmung, auf einem unbeleuchteten Weg, im Schutze der Dunkelheit, erzählt mir mein Vater plötzlich, was für ein Widerling mein Großvater eigentlich war.
Mein Großvater Johann ist in Berlin geboren, im Ersten Weltkrieg, sein Vater war Künstler, was seine Mutter gemacht hat, weiß ich gar nicht.
Soweit ich mich erinnern kann, ging er in ein Franziskaner Internat und später auf ein katholisches Gymnasium. Ich weiß auch noch, dass er in das »Neudeutschland« eintrat, so ein Bund katholischer, höherer Schüler, der den Militarismus bekämpft und die Ideale der Jugendbewegung vertreten hat. In die Hitlerjugend eintreten wollte Johann Beckmann nicht. Und das ging wohl deswegen noch relativ unproblematisch, weil es anfangs noch nicht Jugendgesetz war, in der HJ Mitglied zu werden.

Eigentlich ein cooler Typ, mein Opa. Hätte man zumindest vermuten können.

Als Funker für das Reichsluftfahrtministerium hat er es später immer irgendwie geschafft, sich um eine Parteimitgliedschaft zu drücken. Aus Mangel an Fachpersonal bekam er im Krieg einen guten Job an der Quelle und wurde in unsere kleine Stadt versetzt. Und da hat er angefangen, seine Informationen aus dem Funkverkehr an die alliierten Kräfte weiterzuleiten. Vor allem mit den Franzosen hat er zusammengearbeitet. Mein Opa wurde zum Spion, zum Kleinstadt-James-Bond. Mutig und cool.

Er hat sich sogar im jüdischen Untergrund der kleinen Stadt engagiert und war verdammt nochmal auf dem richtigen Weg, ein richtiger Held zu werden.

Nach dem Krieg hatte er viele Neider, weil er von den dankbaren Franzosen, die die Stadt besetzt hielten, mächtig Vorteile und Privilegien genoss. Außerdem gab's natürlich genug Leute, die ihn als Verräter sahen.

Kurz darauf wurde Johann Beckmann zum Schriftsteller, er veröffentlichte Groschenromane, schrieb für die französische Tageszeitung. Ein kreativer, talentierter und rechtschaffener Mann. Angesehen und berühmt. Wenn auch nur im Kleinen.

Nach außen wirklich das, was man heute einen coolen Typen nennt.

Zu Hause aber komplett indiskutabel. Mein Opa war ein Arschloch.

Er schlägt seine Frau, geht fremd, was das Zeug hält, und – das wirklich Unverzeihliche: Er misshandelt sein Kind. Meinen Vater.

Er schlägt ihn schier bis zur Bewusstlosigkeit. Wegen nichts. Aus reiner Frustration. Er wird zum Alkoholiker, depressiv, hält seine Frau für dumm, hasst jeden und alles um sich herum, und mit fünfunddreißig Jahren muss die Schere zwi-

schen Außen und Innen wohl so unerträglich groß geworden sein, dass ihm wohl keine andere Möglichkeit bleibt, als seinen Kopf in den Küchenofen zu stecken und erfolgreich am Leuchtgas zu ersticken.
Mein Vater war zu dem Zeitpunkt vierzehn Jahre alt und überglücklich, dass sein heimlicher Wunsch, der Alte möge endlich verschwinden, so überraschend in Erfüllung gegangen war. Und während er half, den Sarg zu Grabe zu tragen, bekam Beckmann jr. einen Lachanfall. Den ersten seit langem.

Das alles erzählte er mir an Weihnachten, zwischen Friedhof und Zuhause, ohne Punkt und Komma. Es war dunkel, ich konnte sein Gesicht nicht erkennen, seine Stimme klang nicht sonderlich berührt.

Wann immer ich ihn, nach diesem besagten Weihnachtsfest, auf seinen Vater ansprach, meinte er nur, das alles sei ja schon so lange her. Und als Johann Beckmann gestorben war, hat mein Vater ihn abgelegt im Schubfach mit der Beschriftung: »Dinge, mit denen ich mich nicht mehr beschäftigen will«.

Und vor ein paar Tagen ist ihm ausgerechnet diese Schublade aus dem Schrank gesprungen und um die Ohren geflogen. Plötzlich besucht ihn der Alte, während er einfach nur fernsehen möchte.

Als vor knapp zwanzig Jahren dann seine Mutter, meine Großmutter, starb, wurde am Morgen der Beerdigung das Familiengrab ausgehoben.
Aus reiner Neugier sah mein Vater bei den Arbeiten zu. Als die Friedhofsgärtner sich entfernten, wühlte mein Vater ein wenig in dem ausgehobenen Erdhaufen herum und ent-

deckte dabei zufällig die Messingbeschläge des Sarges von Johann Beckmann und einen Oberschenkelknochen.
Mein Vater hat den Knochen mit nach Hause gebracht und im Keller aufgehoben. Und heute liegt der Oberschenkelknochen meines Großvaters bei mir im Keller. Ich weiß, dass Papa ihn nicht weggeworfen hätte, warum sollte ich das jetzt tun.
Außerdem lagert da unten auch noch eine Kiste mit Schriften, Bildern und allem möglichen Zeugs, das von meinem Opa übrig blieb. Die letzten Dinge, die außer der Erinnerung noch an ihn erinnern. Meine Mutter hat sie mir gegeben, als sie die Wohnung auflöste.
Ich habe da nie reingeschaut.
Wozu auch? Oder wäre »Warum eigentlich nicht?« die interessantere Frage?

Ich finde das Foto nicht. Ich suche aber auch gar nicht richtig.
Stattdessen schlage ich noch mal das Drehbuch auf und beginne damit, den Text der ersten Szenen zu lernen.
Das ist das Tolle am Schauspielerberuf. Man lernt fremde Worte auswendig und verkauft sie als die eigenen Gedanken. Man geht zum Drehort und weiß, den ganzen Tag, was man zu denken und zu sagen hat, und braucht keinerlei Verantwortung dafür zu übernehmen.
Noch bevor ich die erste Zeile fremder Worte im Hirn habe, bemerke ich erleichtert, dass ich einschlafe.
Endlich.

22.

Clara kehrt aus London zurück und wir verschanzen uns in der Wohnung. Vorher mache ich noch Hamstereinkäufe und bemerke dabei, dass die Blicke im Supermarkt weniger werden. Zumindest die, die sich erkennbar auf den Filmpreisfirlefanz beziehen. So schnell gerät man wieder in Vergessenheit. In diesem Fall sehr erleichternd.
Wir verbringen zwei tolle Tage zu Hause. Mit Sex und Reden und Essen und Wein und Sex und Fernsehen und allem. Wie ein Best of … Album »Frau und Mann«. Was das angeht, sind Clara und ich erfreulicherweise gleich gepolt. *Ein* Schaltkreis. So soll es sein.
Am dritten Tag überkommt uns aber dann doch das schlechte Gewissen. Wir nehmen wieder Termine wahr. Clara Coaching, Frisör, Regiebesprechung, Essen mit Schieß mich tot, und ich muss zur Kostümprobe für den Bruderfilm und anschließend zum wichtigsten Termin des Tages, bei dem ich auf gar keinen Fall zu spät kommen darf: Ich hole Luca vom Kindergarten ab.
Heute hab ich mir was richtig Cooles ausgedacht, obwohl mir gleich wieder Bedenken kommen, ob ich so zum Eventpapa verkomme. Wir gehen in einen Indoor Funpark. Mit Trampolin und Elekroboot-Bumper und Seilbahn und Mega-Kletterburg und Minigolf. Das volle Programm. Die Freude ist riesig und ganz meinerseits. Luca hat richtig Spaß, und dann habe ich den auch.
Aber exakt nur so lange, bis meine Tochter mich doch tat-

sächlich im Minigolf schlägt. Und das obwohl ich, vom Ehrgeiz getrieben, unbedingt ernsthaft gewinnen will. Ich fasse es nicht. Der Generationswechsel hat begonnen, meine Fünfjährige braucht auf 18 Loch 7 Schläge weniger. I'm not amused.
Nach vier Stunden geballtem Spaß, Spannung, Spiel muss ich noch bei einem Burger-Restaurant in-driven und mit unserer Tüte, voll leckerem Fett und Kalorien, halten wir auf dem Parkplatz. Wir essen lieber gemeinsam einsam im bullenwarmen Halbdunkel auf der Rückbank, als in einem grellen und überlaufenen Fastfood-Tempel. Obwohl wir uns ein wenig sputen sollten, da Luca in eineinhalb Stunden im Bett sein muss, genießen wir unser amerikanisches Abendbrot.
Einen Burger und eine halbe Pommespackung verdrückt sie relativ gesprächsarm, bevor Luca plötzlich mit einer bahnbrechenden Idee aufschlägt: »Die Clara kann doch den Steffen heiraten.«
»Wie … kommst du denn jetzt darauf?«
»Na, das wäre … gut. Dann muss die Mama den Steffen nicht heiraten, sondern du kannst ja das dann machen. Die Mama heiraten, oder?«
Aha, Anne hat sie also mittlerweile in ihre Pläne eingeweiht.
»Du, Schatz, die Mama *muss* den Steffen nicht heiraten. Sie *will* das gerne. Sie heiratet den Steffen freiwillig.«
»Hm?!« Grübelnd steckt sie sich eine weitere Pommes in den Mund und kaut ein wenig darauf rum, bis sie sich wieder unbefriedigt zu Wort meldet. »Aber ich fände es viel besser, wenn *du* die Mama heiratest. Und außerdem will ich eine Schwester. Aber eine richtige Schwester und nicht eine halbe. Und deswegen will ich, dass du der Papa wirst von meiner Schwester, und darum musst du halt die Mama heiraten. Bitte!«

»Und was, wenn du einen Bruder bekommen würdest?«
»Ich will keinen Bruder.«
Luca war knapp vier Jahre alt, als sie mir eines Tages so extrem auf den Wecker ging, dass ich, aus einem unpädagogischen Racheanfall heraus, gesagt habe, ihr werde ab ihrem vierten Geburtstag ein Penis wachsen. Ui, das war vielleicht ein Geheule. Von 0 auf 100 in weniger als fünf Sekunden.
»Siehst du, und ich will die Mama nicht heiraten. Vor allem weil die Clara dann ganz arg traurig wäre. Weil sie nämlich in mich verliebt ist und ich auch in sie. Und außerdem will Clara den Steffen gar nicht.«
»Warum denn nicht?« Luca scheint sich diese Gedanken schon einige Zeit gemacht zu haben und ist jetzt umso mehr darüber enttäuscht, dass ihr schlüssiger Lösungsvorschlag nicht spontan freudejubelnd Anklang findet.
»Weil es halt so ist, mein Engel. Du musst dir aber keine Sorgen machen. Es wird alles so bleiben, wie es ist.« Wir essen die letzten Pommes und schweigen.

Wie würde es wohl sein, wenn Luca von Steffen und Anne eine Schwester bekäme? Anne hätte gerne noch ein Kind. Das weiß ich. Das hat sie mir schon gesagt, als wir noch zusammen waren. Und so ganz langsam rennt ihr die Zeit davon. Ich würde es ihr wünschen.
So viele Träume gönnt sie sich nicht. Andererseits hätte ich Sorge, meinen exklusiven Status aufgeben zu müssen. Der einzige Mann in ihrem Leben zu sein, der ihr ein Kind geschenkt hat. Der Einzige zu sein, mit dem sie so etwas Wunderbares teilt. Das ist ein schwachsinniger Egotrip, ich weiß, aber ich bin gerade ehrlich, zumindest zu mir selbst.
Luca hingegen plagt instinktiv die Sorge, dass ihr Papa von ihr weiter wegrückt, wenn ihre Mama einen anderen Mann heiratet. Diese Sorge werde ich ihr nehmen. Das kriegen wir hin, meine Lieben.

Ich liefere meinen Rohdiamanten bei Anne ab, und augenblicklich verschwindet der im Kinderzimmer.
»Wie hat sie denn darauf reagiert, dass ihr … jetzt … den Sack zumachen wollt?«
Ich scheine eine Art Blockade zu haben, in Annes Gegenwart das Wort »Hochzeit« auszusprechen. Wahrscheinlich war das schon immer so.
»Es scheint sie nicht sonderlich gekümmert zu haben. Ich glaube, sie hat sich für uns gefreut«, meint Anne.
Und ich glaube, dass sie einen wahnsinnigen Gerechtigkeitssinn hat und schon viel weiter ist, als wir denken.
»Du …«, druckst Anne herum, »es wird dich vielleicht überraschen, aber Steffen und ich wollen es ganz bald machen. Also, eigentlich schon am 30. Dezember.«
»Wow, das ist ja schon in knapp zwei Monaten. Wahnsinn.« Das Wörtchen »Wow« benutze ich nur bei diesem Thema. Außerdem kriege ich das mit den Gesichtentgleisungen nicht geregelt.
»Und du bist natürlich eingeladen. Also, ihr, Clara und du.«
»Echt?«
Komisch. Darüber habe ich mir noch gar keine Gedanken gemacht. So weit war ich noch nicht.
»Die Einladungen schicken wir in ein, zwei Wochen raus.«
»Okay. Freuen wir uns«, sage ich.
»Echt?«, fragt sie und sieht mir prüfend in die immer noch entgleisten Gesichtszüge.
»Ja … keine Ahnung?! Schon … ja. Ich freue mich, dass du mich dazu einlädst. Weiß nicht, was ich dazu noch sagen soll. Finde ich gut, dass du das machst. Also, mit der Einladung, also … mich jetzt. Ich gehe jetzt.«
»Hallo«, meldet sich ihr Zukünftiger, der aus dem Wohnzimmer in den Flur tritt, in dem wir gerade voreinander aneinander vorbeireden. Weiter als bis in den Flur sind wir noch nicht gekommen. Weiter kommen wir selten. Es ist

ihre gemeinsame Wohnung, in der aber größtenteils *unsere* alten Möbel stehen. Das finde ich irgendwie komisch.
»He … hi, Steffen.«
Tu ich es, tu ich es nicht. Tu ich es, tu ich es nicht. Ich tu es: »Na dann, ähm … herzlichen Glückwunsch zur Verlobung. Gute Wahl!«
Handschlag. Schwer, Augenkontakt zu halten, aber ich kriege es hin. »Wir kommen gerne.«
Steffen ist ein guter Mann. Bankangestellter in guter Position.
Mittel Gehalt, mittel gut aussehend, mittel groß, mittel Figur, mittel spannend, mittel alles. Aber echt gut für Luca. Er nimmt sie toll an, ohne sich in die Vaterrolle drängen zu wollen, wie ich es wahrscheinlich getan hätte. Er erzieht sie konsequent, sehr ruhig und mit unglaublicher Geduld. Steffen ist eine Bereicherung für uns.
Trotzdem kriegen wir zwei kein gehaltvolles Gespräch gebacken.
Anne bekommt bei ihm wohl genau das, was ihr bei mir gefehlt hat, sagt sie.
»Ich gehe jetzt«, beschließe ich zum zweiten Mal und brülle noch »Gute Nacht, Liebling!« in Richtung Kinderzimmer.
Mein flügelloser Engel kommt im Schlafanzug zum Abschiedskuss angeflitzt, um sich noch nebenbei von allen drei Erziehungsberechtigten ein Lob für ihre Selbstständigkeit abzuholen.
Kuss, Kuss, Handschlag, Tschüss.
Wenn ich zu Hause bin, werde ich erst einmal eine Seite fremde Worte auswendig lernen.

Aber Clara macht mir einen Strich durch die Rechnung.
»Du hast Besuch«, eröffnet sie mir, kaum dass ich zur Wohnungstür rein bin.

»Wie, ich habe Besuch? Wer ist es denn?«
»Er wartet im Schlafzimmer. Ich sage da auch nichts weiter zu.«
Hui, das ist aber unheimlich. Ganz ernst ist sie.
Sie sitzt auf dem Sofa und vertieft sich wieder in ihr Drehbuch und in ein Englisch-Wörterbuch.
Himmel, wer erwartet mich denn da nur?
Meine Schwester, meine Mutter, mein Steuerberater, Frank von Meuser jr? Alles gleich schlimm.
»Jetzt sag halt! Wer ist es?«, flehe ich Clara an, denn ich bekomme es so allmählich mit der Angst zu tun. In etwa wie früher, als man dem Nikolaus die Tür öffnen musste.
»Nun beweise mal Eier und stell dich dem. Ab ins Schlafzimmer!«, faucht sie mich an.
Ey, das ist nicht lustig. Mir wird heiß und Clara wirkt ganz eisig.
Oh, was habe ich nur angestellt? Ich bin mir keiner Schuld bewusst.
Außer natürlich dem Debakel bei der Gala. Hatte ich da vielleicht einen Filmriss? War alles noch viel schlimmer …
Ich sehe Licht durch das Milchglas der Schlafzimmertür.
Flackerndes Licht. Kerzenlicht?
Ich öffne vorsichtig. Wie ein Alienbaby springt mein Herz gleich durch meinen Brustkorb.
Doch bei dem Anblick, der mir jetzt geboten wird, fallen mir schier und zu Recht die Augen aus den Höhlen. Ich sehe Fritz, in Shorts, sich einölend, an meinem Bett stehen.
»Lumi-Lumi-Massasch!«, ruft er mir entgegen.
»Ach, du heilige Scheiße. Alter, was soll das denn? Ich mach mir fast in die Hose!«
»Des hoff' i ned. Weil i muss dir nämlich auch dein kleines Oarscherl durchknetn. Oida, Jan, die Trotteln ham mir eifach die Rolln geb'n! Ohne Casting, nur wegn meim Demo-Bandl.«

»Nein!?«
»Wann i's dir sag. Und jetzt kumm her, hau dich ausm Gwand und i zeig da des Paradies.«
Ich renne auf ihn zu und wir umarmen uns und springen und tanzen, und da ich jetzt eh schon voller Öl bin, ziehe ich mich aus und lasse mich massieren.
Boah, werde ich abstinken gegen Fritz. Egal. Ich freue mich. Das wird eine geile Zeit.
Clara steht in der Tür und freut sich mit. Darin ist sie super. In dem sich für andere Mitfreuen.
Endlich läuft mal etwas nach Plan. Bin ich gar nicht gewohnt.
Die Massage ist gut. Ja, sie ist sehr gut. Dieses Rumsummen und dieses hawaiische Rumbeten ist zwar irgendwie gewöhnungsbedürftig, dafür finde ich es aber ganz okay, dass Clara bei der Zeremonie zusieht, neidisch. Fritz bietet ihr auch eine an, aber das will ich nicht und ich muss schon eine Flasche von meinem Lieblingswein aus meiner kleinen Stadt entkorken, damit sie voneinander ablassen.
Fritz bleibt für ein paar Tage bei uns. Bis Drehbeginn.
Das ist schön. Prost.

23.

»AHHH …!!!«
Was war das? Ach, du meine Güte. Geträumt.
»Pssssstttt, alles gut. Du hast geträumt.« Clara tätschelt mir pseudo-beruhigend im Gesicht rum und ist zwei Sekunden später wieder in der eigenen REM-Phase.
Danke. Weiß ich selber.
Arghh, und Sodbrennen habe ich auch noch. Das kommt von diesem blöden Weißwein.
Ich werde alt. Ich schlafe immer schlechter, vertrage nur noch bestimmten Alkohol in bescheidenen Mengen, bekomme Sodbrennen, träume vom lieben Gott und meine Tochter schlägt mich in Sportarten.
Bald ist es vorbei.
Wahrscheinlich wälze ich mich die nächsten zwei Stunden wieder von einer Seite zum nächsten schrägen Gedanken.
Vor einem Jahr noch hätte ich jetzt Clara wachküssen können und wir hätten ein nächtliches Schäferstündchen eingelegt. Heute wäre ihr innerer Hirtenhund gar nicht mehr ruhigzustellen, wenn ich es wagen würde, ihren heiligen Schlaf zu stören.
Deswegen stehe ich jetzt lieber auf. Ist ja auch gar nicht mehr so früh. 5.30 Uhr.
Fritz hat die Tür zum Gästezimmer offen stehen lassen und es ist nicht das Einzige, was steht. Dass der selbst dann nackt schlafen muss, wenn er irgendwo zu Besuch ist. Er fühlt sich so irre wohl in seinem Körper, dass er ihn auch auf der

Bühne wahnsinnig gerne zeigt. Wann immer es sich in einem Theaterstück anbietet, zieht er sich als Erster aus. Er hat mir einmal erzählt, dass dies unter Umständen auch für bessere Kritiken sorgen kann. Denn kaum ein Kritiker würde es wohl wagen, schlecht über die Szenen zu schreiben, in denen der Schauspieler nackt war, denn das sind ja *so* intime Momente, und da einen zu verreißen, wäre in vielerlei Hinsicht verletzend und böte eventuell sogar Grund zur Annahme, der Verriss hätte persönliche Gründe. Na ja, dass er sich nicht auf seine Theorie verlassen kann, bewies zum Beispiel sein Lyrik-Abend, wo er seinen Anti-Adonis schon am Ende des dritten Gedichtes mit einem Wassereimer übergoss und schwer schnaufend Mohrenköpfe auf seinem Körper verschmierte. Alles sehr gekonnt und beeindruckend rezitiert, aber die Zuschauer 75+, die nun mal den Maximalanteil im Kurtheater Bad Löffhausen ausmachen, sahen das anders. Fritz wurde von den Herrschaften zum Antichrist gekürt und konnte sich glücklich schätzen, dass der Senioren-Schützenverein nicht vor Ort war.

Ich mach mal lieber die Tür zu. Nicht, dass Clara das nachher auch noch sehen muss.

Das war vielleicht ein abgefahrener Albtraum.

Papa starb. Kam in den Himmel. Die Engel, die seine Nachfahren werden sollten, fragten ihn über sein Leben aus, und er konnte ihnen nichts mehr erzählen. Er hatte alzheimerbedingt fast alles vergessen. Dann kam der liebe Gott und sagte zu den enttäuschten Engeln, dass er das absichtlich so eingerichtet hätte, damit sie nicht so viele schlechte Eigenschaften von ihrem Vorfahren auf ihre Schultern laden müssten und unvoreingenommener in ihr neues Erdenleben starten könnten.

Das ist schon wieder alles, was vom Traume übrig blieb. Hm. Was habe ich denn nur in letzter Zeit mit Gott am Hut. Ich mag die Kirche gar nicht. Kirchen an sich schon, in den Gebäuden halte ich mich sehr gerne auf, sie sind so schön erhaben und theatralisch und ruhig. Aber von dem römisch-katholischen Trip an sich bin ich runter. Und das nicht ausschließlich wegen der Kirchensteuer.

Ich war als Kind Ministrant. Ich habe immer schön bei allem mitgemacht. Leider habe ich das Ganze auch viel zu ernst genommen. Und von daher kann ich mit felsenfester Sicherheit sagen, dass ich der kirchlichen Glaubenslehre meine intensivsten, kindlichen Schuldgefühle zu verdanken habe. Ich hatte immer ein wahnsinnig schlechtes Gewissen, dem Pfarrer während der Beichte nicht all meine Sünden erzählt zu haben. Darum sah ich mich gezwungen, mir selber die Sühnarbeit zu erteilen, indem ich mich allabendlich in den Schlaf betete. Und das nur, weil ich unserem Pfarrer nicht abgenommen habe, dass er das Beichtgeheimnis wahrt und nicht doch mal meiner Mutter einen Tipp gibt, dass ihr Sohn zum Klauen geht oder den Mädchen, wann immer es geht, unter den Rock stiert. Vor Gott selber und seinem Einfluss auf meinen kindlichen Alltag hatte ich auch immensen Schiss. Wenn ich nicht an offizieller Stelle zur Beichte fähig war, dann würde bestimmt meine kleine Schwester todkrank werden oder meine Lehrerin bei uns zu Hause anrufen. Auch an Tschernobyl und der Explosion der Challenger, an meinem zehnten Geburtstag, war eine Teilschuld meinerseits denkbar.

Nee. Gott und Co. waren nie wirklich meine Kumpels.

Ich mache mir einen Tee, weil die Kaffeemaschine zu laut wäre, ich will die beiden nicht wecken. Mein Kalenderspruch für heute meint, ich soll meine Lebensfreude stärken. Ja, wie soll das denn gehen? Ohne Kaffee.

Ich setze mich an den Küchentisch und speise die Digitalfotos der letzten Wochen von der Kamera in den Computer. Was man halt so macht, um halb sechs in der Früh.

Während der Übertragung erscheinen die Bilder schnell hintereinander im Kleinformat auf dem Bildschirm. Ich freue mich kurz über mein abwechslungsreiches Leben und schäme mich im Verhältnis dazu etwas länger dafür, dass ich beim Anblick dieser glücklichen Vielfalt dennoch mit dieser seltsamen permanenten Unzufriedenheit durchs Leben gehe. Selber schuld, Jan Beckmann.
Schöne Bilder. Kurztrip mit Clara nach Barcelona. Paella am Meer. Sonnenuntergang, der unser Wohnzimmer in ein tolles Licht taucht. Clara hübsch angezogen und gestylt. Clara beim Grimassenziehen. Clara in Unterwäsche.
Ich habe ihr schon zu Anfang unserer Beziehung damit gedroht, dass, wenn sie mich mal betrügen oder verlassen würde, ich mit Pimmel-Edi zusammen so ein Enthüllungsbuch veröffentliche. Ich habe da Bildmaterial zur Verfügung, *mein lieber Herr Gesangsverein.*
Luca, Prag, Wien, Luca, Luca, Luca.
Dank der Digitalfotografie wird Luca einmal tausende und abertausende Bilder von ihrer Kindheit zur Verfügung haben. Ich glaube, von mir gibt es aus der Zeit nur zwei olle Fotobücher. Und meine Eltern besitzen aus ihrer Jugend bestimmt nur eine Handvoll Fotografien.
Jetzt rasen die Bilder von Luca, Anne und mir, letzte Woche im Zoo, von dem Kamerachip auf die Festplatte.
Was Anne und Clara gemeinsam haben: Sie können nicht fotografieren. Das nervt. Da sie ja die beiden Einzigen sind, die mich in meinem Privatleben vor die Kamera bekommen. Alles meistens schräg, zu weit weg, zu nah dran, falscher Bildausschnitt, unscharf oder verwackelt. Oder liegt das etwa am Motiv?
Jetzt schmeiße ich die Kaffeemaschine doch an. Egal. Und gehe erst mal aufs Klo. Weißwein macht Grummelbauch.
Das letzte Bild, das über den Monitor huscht bevor ich mich ins Bad aufmache, zeigt, wie Luca und ich vor dem Gehege

der Giraffen stehen und in die Kamera winken. Und Anne hat uns zugerufen: »Na, ihr Kurzhalsgiraffen?«
Ich sitze auf der Toilette.
Na, ihr Kurzhalsgiraffen.
Kurzhalsgiraffe. Langhalsgiraffe. Was war da noch?
Ah, ja. Darwin. Evolutionstheorie. Ich bin eine Kurzhalsgiraffe. Wer ist dann die Langhalsgiraffe?
Scheiße! Ich falle gleich vom Klo.
Darwin sagt, dass sich die Giraffen mit den langen Hälsen evolutionär durchgesetzt haben, da sie die Fähigkeit hatten, auch an die Früchte in den Baumwipfeln zu gelangen. Die Artgenossen mit dem kurzen Hals waren die genetischen Verlierer und bekamen viel weniger zum Fressen ab. Die Kurzhalsgiraffe kann sich zwar strecken und hüpfen oder sich Gegenstände und Lebewesen zur Hilfe holen, um auf diese draufzusteigen und so doch irgendwann an die Baumkrone heranzureichen, aber auf lange Sicht hat sie es viel mühsamer als die relaxte Langhalsgiraffe, die nur das Maul aufzumachen braucht und entspannt abwarten kann, bis die Früchte in den Schlund plumpsen.
Heißt das jetzt, ich kann mich bemühen, wie ich will, ich werde nie eine Langhalsgiraffe?
Ich muss dran denken, mir das Klopapier gut einzuteilen. Kaum noch was da.
Oder kann eine Kurzhalsgiraffe nicht auch irgendwann einen langen Hals bekommen? Doch – wenn sich genügend Langhalsgiraffen über Generationen mit den Kurzhalsabkömmlingen paaren.
Wo ist eigentlich das Raumspray?
Mein Großvater war ein brutaler Vater, der seinen Aggressionen freien Lauf ließ. Ein kreativer Mann, ein verzweifelter Mann. Ein Mann, der sich selbst nicht mehr aushielt. Immerhin war er konsequent. Ein Selbstmörder.
Mein Vater war ein zurückhaltender Vater, der alle Aggres-

sion verdrängte. Der überhaupt die meisten Gefühle verdrängt. Ein geordneter Mann. Ein Mann, der Vorurteile gegen Kreativität hat. Ein Mann, der keinen Zweifel lassen will. Ein kranker Mann.
Ich bin ein Mann, der Probleme mit dem Vaterwerden hatte. Der nicht bei seiner Familie geblieben ist. Der durch seinen Beruf seine Aggressionen kreativ ausleben kann. Der seinem Glück, durch ständigen Zweifel, selbst im Wege steht. Eine astreine Ahnenreihe von der kurzhalsigen Kurzhalsgiraffe zur langhalsigen Kurzhalsgiraffe.
Und was mache ich denn jetzt mit meinem kurzen Hals?
Ich lege mich noch mal auf das Sofa.
In der Wohnung nächtigen zwei Kinderlose, deren natürlicher Schlafrhythmus nicht über Jahre so konsequent malträtiert und fremdbestimmt wurde, dass er sich, wie bei mir, unnatürlich deformiert hat.
Das heißt, die pennen ohne Probleme bis zehn. Gut.
Und mit dem Gedanken, wie die Leiter aussehen müsste, mit deren Hilfe ich doch noch an die Früchte herankäme, schlafe ich selber wieder ein, während in der Küche der Kaffee kalt wird.

24.

Es ist 11.30 Uhr. Ich wecke die beiden jetzt. Wie kann man nur so lange schlafen? Wenn man schon keinen ordentlichen Beruf hat, muss man wenigstens zu einer ordentlichen Zeit aufstehen.
Ich habe mir gerade die Quoten von *Haste nicht gesehen*, der gestern Abend gesendet wurde, im Teletext angeguckt. Ziemlich mittel. Da kann der Sender nicht zufrieden sein. Und ich auch nicht.
Dieses Quotengemesse ist eine komplette Farce. Ein paar tausend anscheinend repräsentative Familien haben zu Hause so eine kleine Kiste stehen, die registriert, welches Familienmitglied zu welcher Zeit was im Fernsehen guckt. Oder wer einfach nur vergessen hat, die Glotze auszumachen, während er zum Einkaufen gefahren ist. Ich habe schon in Filmen mitgespielt, die anscheinend acht Millionen Zuschauer gesehen haben sollen, und man bekommt Champagner von der Produktion zugeschickt, als hätte die Quote nur im Ansatz irgendetwas mit der eigenen Leistung zu tun. Und wenn man sich umhört, hat keiner den Film gesehen. Dafür habe ich dann auch in Produktionen mitgewirkt, die nach Quotenmessung so dermaßen abgekackt sind, dass sogar das Testbild mehr Zuschauer hatte. Auf diese Rollen werde ich aber viele Jahre später noch angesprochen, und die DVDs verkaufen sich wie heiße Semmeln.
Die Stimmung heute Morgen ist hier an sich eher mittel. Ganze Scharen von Katern schleichen in der Wohnung um-

her. Fritz hat ähnliche Magen-Darm-Schwierigkeiten wie ich vorhin, und Clara Kopfschmerzen. Außerdem regt sie sich darüber auf, dass sie schon wieder eine Menge Weißwein getrunken hat, obwohl sie weiß, dass ihr Gesicht am nächsten Morgen aufquillt wie ein 3-Kilo-Hefezopf. Und da wir irgendwie alle aussehen, als hätten wir die ganze letzte Nacht im Wasser gelegen, beschließen wir, dass es jetzt eh egal ist und wir richtig fett brunchen gehen sollten. Mit Nudeln, Kartoffeln und Ei und allem.

Wir entscheiden uns für ein Café in Charlottenburg. Wir schlemmen, was das Zeug hält, und Fritz und ich beschließen, dass es vorerst aber das letzte Mal sein soll, denn in vier Tagen ist Drehbeginn und wir wollen gut aussehen, am liebsten sehr gut, und ich noch ein bisschen besser, das behalte ich aber für mich.

Die miese Laune des Morgens scheint verflogen, verdrängt sind Quotenproblematik und das Geheimnis der Kurzhalsgiraffe.

Jetzt will Fritz in ein Museum. Ein durchgeknallter argentinischer Künstler stellt seine Visual- und Klanginstallationen aus. Clara will ins Möbelhaus. Mir wird die Wahl gelassen, und ich entscheide mich fürs Möbelhaus. Das klingt weniger anstrengend und ist eventuell schneller vorbei.

Für mich bedeutet Möbelhaus, im schwedischen Steckmöbelparadies den Pfeilen auf dem Fußboden zu folgen und irgendwann Hackbällchen mit Soße und Pommes zu essen. Für Clara ist Möbelhaus Schick-Schick-Arschteuer-Stil-Dings. Sieht zwar alles aus wie beim Schweden, nur eben in massiv und ohne Fleischbällchen.

Clara hat viel mehr Geld als ich. Das ist okay. Ich will ihr nur nicht dabei zugucken, wie sie's ausgibt.

»Joah, geht so«, kommentiere ich eine Hängelampe für über den Esstisch.

Meine Freundin scheint sich unterdes gerade zu verlieben.

»Die ist doch total schön. Ich glaube, die würde super gut reinpassen.«
Was ich wirklich bewundernswert und großartig an Clara finde, ist ihre Begeisterungsfähigkeit. Ich bin noch nie einem Menschen begegnet, der sich so ungefiltert freuen kann, ohne naiv, kindisch oder irgendwie doof zu wirken. Fast immer, wenn ich Clara weinen gesehen habe, war es aus Freude. An das Gute glauben, das Schöne sehen, das kann sie beneidenswert gut. Wenn der Regen aufhört, zwei Kugeln selbstgemachtes Eis, ein kleines Kompliment, ein schöner Kuss zwischendurch, ein gemaltes Bild von Luca. Selbst über ein Bild von mir würde Clara sich freuen.
»Ach du Scheiße, hast du gesehen, was die kosten soll? Für eine Lampe? Für den Esstisch? Was sollen wir denn da noch essen, wenn die ganze Kohle an der Decke hängt?«
»Ich finde sie aber richtig schön.«
»Ich finde sie aber richtig teuer.«
»Du urteilst immer nur nach dem Preis.«
»Na, klar. Nach was denn sonst?«
»Wenn ich mir was Teures kaufe und mich jedes Mal, wenn ich's angucke, daran erfreue, dann hat sich der Kauf doch gelohnt, oder etwa nicht?«
»Dafür werde ich mich jedes Mal fürchterlich aufregen, wenn das Ding über meinem Teller schwingt. Für die Kohle könnten wir eine Woche richtig fett in Urlaub fahren. *Mit* Fritz. Oder ich könnte Luca dafür die nächsten zwei Jahrzehnte jedes Jahr neue Winterstiefel kaufen. Für die Knete staffiere ich dir ein komplettes Hochhaus mit Hängelampen aus, Clara, dafür wür … –«
»Mit dir gehe ich nicht mehr Möbel kaufen.«
»Ich mit dir auch nicht.«

In meinen eigenen Lucajahren verbrachten meine Mutter und ich, später dann auch mit meiner Schwester, die meisten Sommer im Schwimmbad unserer kleinen Stadt. Und weil Schwimmen hungrig macht, entwickelte sich mein sehnsüchtiges Verlangen nach den leckeren und knusprigen Pommes im Schwimmbadbistro. Jeden Tag bettelte ich meine Mutter an, mir doch die zwei Mark für das Schälchen Pommes zu geben. Und es war jeden Tag der gleiche Kampf.

»Für zwei Mark bekomme ich zwei Kilo Kartoffeln, Jannis. In Griechenland bekommst du für zwei Mark sogar einen ganzen, großen Sack voller Kartoffeln.«

»Ich will aber keinen Sack Kartoffeln, ich will Pommes.«

In den meisten Fällen und immer dann, wenn ich es auch wirklich wollte, bekam ich das Geld. Im Nerven war ich gut. Aber kaum dass ich die Schale Pommes erstanden hatte, überkam mich das schlechte Gewissen. Es war doch ganz schön wenig, was man da für zwei Mark an geschnittenen Kartoffeln in der Hand hatte. Auf dem Rückweg zu unserem Platz auf der Liegewiese versuchte ich die Pommes so schnell wie nur möglich aufzuessen, damit Mama die kleine Portion nicht zu Gesicht bekam. Die Pommes waren so heiß, dass ich mir oft die Zunge oder den Rachen verbrannte. Aber wenn ich mit leerer Schale beim Handtuch ankam, beschwerte sich meine Mutter enttäuscht darüber, dass ich ihr nichts von meinen Pommes abgegeben hatte.

Ich würde sagen, dass meine Mutter zusammen mit Gott den Löwenanteil zur Ausprägung meines Schuldbewusstseins beigetragen hat. Aber sie hat mir auch beigebracht, wie man mit Geld umgeht.

»Kauf dir doch, was du willst, Clara. Ich will dir da ja auch gar nicht reinreden.«

»Nee, ist schon gut. Ist ja auch wirklich ganz schön überteuert. Für so eine Lampe.«

»Siehst du.«

Clara wirkt mindestens genauso wenig überzeugend wie ich.
Sie will mir noch was in der Kinderzimmerabteilung zeigen.
Mir schwant Böses. Es wäre aber taktisch äußerst unklug, mich von vorne herein zu sperren.
Wir stehen vor einem sehr schönen Kinderhochbett mit Leiter und Rutsche, in dem im oberen Stock geschlafen werden soll und im unteren gespielt werden kann. Ein tolles Bett. Keine Frage.
»Ja, und?«
»Für Luca. Für ihr Zimmer. In unserer Wohnung.«
Scheiße.
»Nee. Finde ich nicht so gut«, sage ich.
Sie schnaubt entnervt durch die Nase. Ich weiß gar nicht richtig, warum, denn ich habe es mir zumindest verkniffen, auf das Preisschild zu gucken.
»Was gibt's denn daran auszusetzen? Was glaubst du, wie Luca sich freuen würde?«
»Na, eben.«
»Wie?« Sie stutzt, aber eigentlich weiß sie, was ich meine.
»Das Ding hier, das ist der absolute und wahrscheinlich … ich sage es einfach trotzdem mal: sauteure Kindertraum. Und der steht dann bei uns.«
»Ja, ist doch schön.«
»Nein. Ich will nicht, dass sie es bei uns schöner hat als bei Anne. Ist total lieb von dir … nee … nee, eigentlich ist es nicht nur lieb von dir, sondern auch ein bisschen kacke. Du weißt nämlich genau, dass ich ihr so ein teures Bettdings niemals kaufen würde, und dann kommst du mit deinem »Koste es, was es wolle« und »Nur teure Dinge sind gute Dinge« und kackst mir ignorant auf den Kopf.«
Clara macht kehrt, verlässt schweigend das Geschäft und geht die Straße hinunter. Nach einer Schrecksekunde renne ich, mit furchtbar schlechtem Gewissen, aber auch irgend-

wie endgenervt, wie so ein Vorstadt-Woody-Allen, erst hinter und dann neben ihr her.
»Ich weiß ja, dass du es gut meinst, aber Lucas Zimmer wird gerade mal drei, höchstens fünf Nächte im Monat von ihr bewohnt. Soll ich dann die restlichen Tage in ein perfekt und … und … voll ausgestattetes Kinderzimmer ohne Kind gucken? Was soll ich denn da sehen? Mein … mein Scheitern, oder was?!«
»*Mein Scheitern! Meine Familie!*«, äfft sie Gesagtes und Nicht-Gesagtes nach.
»Was?!« Jetzt werde ich richtig sauer.
»Clara, was meinst du? Was soll dieser Ton? Was soll der Scheiß?!«
»Ach komm! Deine ›gescheiterte Familie‹ ist dir viel wichtiger als deine intakte Beziehung.«
»Ach, so ein Blödsinn … Wie meinst du denn das? … Hä … Weiß ich nicht … Natürlich sind die mir super wichtig!«
»Dieses Heiligtum: *Deine* Familie. Das kotzt mich an. Diese Familie, um die du da trauerst. Wovon ich ja überhaupt keine Ahnung habe. Wo ich nicht weiß, wie sich so was anfühlt. Und vor allem dann, wenn sie nicht mehr da ist.«
»Was ist denn nur los mit dir, sag mal?«
So habe ich Clara noch nie erlebt. Ihr Gesicht ist ganz rot geworden. Die Wut lässt ihre Augen feucht glänzen. Sie gestikuliert unkontrolliert. Sie sieht hässlich aus, und ich will sie so nicht sehen.
»Und Anne … Anne ist die heilige Mutter Maria, die ja alles *so* richtig macht. Und immer: ›Anne sagt dies, Anne sagt das …‹ Aber wenn sie dich mal ein bisschen kritisiert, kommst du da hergeschlappt wie so ein verprügelter Straßenköter. Und ich darf dich dann wieder trösten und aufbauen. Trösten und aufbauen, das ist ja sowieso meine Hauptaufgabe. Aber ich sage dir eins: ich bin nicht dein Zivi, okay? Ich bin deine Freundin.«

»So, jetzt ist aber genug!«
Ich bin zu streng und zu laut.
Ich halte sie an den Oberarmen fest, so dass sie nicht mehr weitergehen kann. Ihre Augen sind tränengefüllt.
Zum Glück bekommt kaum niemand diese Szene mit, und die, die davon Kenntnis nehmen, scheinen uns nicht zu erkennen und gehen uninteressiert weiter. Hoffentlich. Sonst dürfen wir morgen wieder Trennungsgerüchte in der Tagespresse lesen.
»Clara, was … was hast du denn? Warum sagst du denn so was? So denkst du doch eigentlich gar nicht.«, beschwöre ich sie.
»Woher willst du denn wissen, wie ich denke? Was ich denke, wenn ich weiß, dass du mit Anne gerade in irgendeinem Café sitzt und ihr eure Partnerschaft aufarbeitet. Vielleicht denke ich ja dann an dich und stelle mir vor, wie du sie ansiehst und dich wieder in sie verliebst, weil alles dann ja so viel unkomplizierter wäre. Dann wärst du wieder der Mann, der das Geld nach Hause bringt, der Bestimmer und so. Weil du ja schon ein Kind hast und nicht noch eines kriegen musst.«
Da liegt der Hund begraben.
»Das ist es, oder? Die Kindernummer?«
»Das ist keine Kindernummer, du Arschloch! Das ist keine Nummer!«
»Ey, Clara. Bitte nicht so, ja? Nicht so!«
»Wie denn … wie soll ich … ich …?«
Wir sind mitten auf dem Savignyplatz gelandet, da stehen zwei gleiche Bronzeskulpturen. Ein Knabe, der vor einer Ziege flüchtet. Clara weint und setzt sich auf eine verschmutzte, weiße Bank. Es beginnt zu nieseln.
Und schon setzen die Geigen und das Cello ein. Top-Shot. Kranfahrt gen Himmel. Ausblende. Ende der Szene.
Wenn es ein Film wäre. Ist es aber nicht.

Hier muss ich mir meinen Text selber ausdenken, hier gehen nicht noch einmal drei Autoren drüber und prüfen nach Hieb- und Stichfestigkeit, ob da das ein oder andere Wort missverstanden werden könnte. Hier bin ich für alles selbst verantwortlich.
Und aus diesem Grund fällt mir dazu auch nichts ein.
Clara weint. Clara sieht mich an und wartet.
Und es kommt nichts. Gerade spürte ich noch eine riesige Last, jetzt, wo ich weiß, worum es geht, fühle ich mich wieder leicht und leer. Ich habe keine Gefühle parat für diesen Moment.
Sie hat gerade, das erste Mal, mit einem Eispickel in den Gletscher geschlagen, der noch lange nicht so weit war abzutauen.
Sie steht auf, wischt ihre Tränen weg und sagt, dass sie jetzt fährt und ich sage, dass ich jetzt noch ein bisschen sitzen bleibe.
Und sie sagt: »Gut«, und sie geht.

Clara hat den Schalter umgelegt. Den Knopf gedrückt oder wie auch immer man es nennen mag.
It's baby time.
Sie will es, und ich werde nichts dagegen tun können. Friss oder stirb. Diese ganze Szene gerade war die 1. Runde im Geschlechterkampf, und es ist eigentlich nur eine Frage der Zeit, wann der Mann gedenkt, k.o. zu gehen, oder ob sie über die lange Distanz gehen muss, um schlussendlich erschöpfter, aber zumindest nach Punkten gesiegt zu haben. Sie wird ihren Willen eisern und konsequent durchsetzen.
Ich könnte das Handtuch werfen und mich feige aus dem Ring schleichen, auf und davon, konsequent, aber scheiße.
Ich kön … – Scheiße.
Scheiße, keine Ahnung, was ich jetzt machen soll.

25.

»Hallo.«

Keine Reaktion. Wie immer.

Das nächste Mal lasse ich mir etwas Neues einfallen. Vielleicht überspringe ich die Begrüßung aber auch einfach.

Moment mal. Irgendetwas ist hier heute anders. Kein Hinterkopf. Fernseher aus. Sessel leer. Papa weg. Was ist denn jetzt los?

Schlagartig wird mir ganz heiß. Ich selber habe solche Szenen schon gespielt, in denen ein Angehöriger in das aufgeräumte Patientenzimmer kommt und ihm kurz darauf eine gestresste Krankenschwester, emotionslos und in Eile, mitteilt, dass der Vermisste plötzlich und unerwartet verstorben sei. Wo ist die Schwester? Ich will ins Schwesternzimmer. Ich will wissen, was mit Papa ist. Sofort. Ich mache kehrt und bemerke, wie sich die plauschige Winterdecke auf dem Krankenbett bewegt, das rechts neben der Tür steht. Ich trete heran und sehe in das schmale Gesichtchen meines Vaters. Es lebt. Es ist nicht rosig, eher fahl und grau, aber definitiv am Leben. Seine Hände nesteln nervös am Saum der Decke herum. Er scheint sehr konzentriert auf diese Arbeit, aber auch sehr unzufrieden damit.

»Hallo, Papa. Du hast mir ja einen Schrecken eingejagt.«

Er sieht mich nur kurz an.

»Das gehört nicht so«, beschwert er sich.

»Was, Papa, was ist?«

»Das gehört nicht so!«

»Meinst du die Decke, Papa? Stört sie dich?«
Nach dem Schrecken eben helfe ich ihm liebend gerne.
»Ja … ja, das stört mich.«
Ich ziehe ihm die Decke, die ihm zum Kinn reicht, bis kurz über seine Brust.
»Nein!«, fährt er mich an. »Lass das!«
Och nee. Für so ein Hin- und Herspiel reicht meine Geduld jetzt doch nicht.
»Was ist denn? Warum liegst du denn im Bett?«
Keine Reaktion.
»Willst du nicht aufstehen? Papa!?«
»Schon seit gestern nicht mehr.«
Frau Schlichter, die Heimleiterin, von der die Antwort auf meine Frage kam, steht plötzlich in der offenen Tür.
»Guten Tag, Herr Beckmann.«
»Tag.«
Frau Schlichter tritt auch an das Bett und beide sprechen wir fortan über Bande, wobei die Bande in diesem Fall Papa ist, der seine Saumnestelei ab und an kurz unterbricht, um, in einer Mischung aus Irritation, Skepsis und Verachtung, zu uns aufzusehen.
»Er will weder aufstehen, noch konnten wir Ihren Vater dazu bewegen, sich in seinen Sessel zu setzen. Leider verweigert er auch die Nahrungsaufnahme. Schon seit dem gestrigen Mittagessen. Wenn das so weitergeht, müssen wir Ihren Vater spätestens heute Abend fixieren und sondieren.«
»Was ist das denn jetzt für eine Nummer?«
»Das ist keine Nummer, Herr Be–«
»Was, wie – sondieren, fixieren?«
»Bedauerlicherweise, ja.«
Die Schlichter macht ihr dämlich professionelles Mitgefühl-Gesicht.
»Sie meinen festschnallen und einen Schlauch mit Essen durch die Nase oder was? Was sind das denn für Metho-

den? Ich meine, ist das jetzt hier Guantánamo, oder wie? Vielleicht kochen sie einfach mal ein bisschen besser? Ne, Papa?«

Doch der Solidarisierungsversuch bleibt von Papa unbeachtet.

»Herr Beckmann, es erscheint mir vollkommen ungerechtfertigt, dass Sie sich derart aufregen. Ich kann Ihnen versichern, dass sich unser Fachpersonal nach bestem Wissen und Gewissen um Ihren Vater kümmert.« Während die Schlichter zu schlichten versucht, wird sie zeitgleich rot im Gesicht wie ein Pavian am Arsch.

»Ja, dann bringen Sie doch mal was zu essen und ich zeige Ihnen, was möglich ist. Fixieren und sondieren, so weit kommt's noch, sach mal …«

Ich bin voll in Fahrt und die Schlichter bremst: »Noch einmal, Herr Beckmann. Ich würde mich freuen, wenn Sie Ihren Tonfall überdenken könnten. Ihr Vater hat es bisher sehr gut bei uns gehabt. Es gab keinen Grund zur Beschwerde. Und Ihre Mutter … –«

»Meine Mutter, meine Mutter«, unterbreche ich sie, »hören Sie mir doch mit der auf!«

Meine Worte überraschen mich selbst, aber so etwas passiert, wenn man sich in Rage reden will.

»Und hören Sie vor allem mal damit auf, über Anwesende in der dritten Person zu sprechen. Verdammt nochmal! Bisschen mehr Respekt. So. Und jetzt haben wir Hunger. Wir wollen jetzt Happi-Happi machen und zwar mit dem Mund und nicht mit der Nase. So, wie es sich gehört. Und außerdem lüften wir jetzt mal. Hier ist aber auch immer ein Mief drin?! Kein Wunder, dass man da schräg drauf kommt, wenn es der Sauerstoff nicht ins Hirn schafft.«

Ich gehe zum Fenster und Frau Schlichter aus der Tür.

Natürlich werde ich mich nachher für mein Benehmen entschuldigen. *Ach nee*, auch zu anstrengend! Ich schicke ihr

lieber ein Kärtchen und eine Flasche Sekt oder ein bisschen Konfekt oder so. Keine Ahnung. Tut mir leid. Von oben nach unten treten hat keinen Stil. Ich weiß. Trotzdem. Das musste jetzt sein.
Ich bin aber gerade mindestens genauso verwirrt wie mein alter Herr und würde mich auch gerne unter so eine Kuscheldecke legen und über die Grütze in meinem Hirn nachdenken. Wahrscheinlich habe ich, genauso wie er, nichts als Konfetti im Kopf.
Krankheit hat ja schon was. Man hat ein Thema, mit dem man sich den ganzen Tag beschäftigen kann. Alle Ängste haben eine Berechtigung und eine klare Richtung. Alle kümmern sich und niemand erwartet was. Aber so was darf man gar nicht erst denken. Sagt man.
Ich bin hierhergekommen, weil ich meine Ruhe haben wollte. Und hier herrscht die Ruhe. Normalerweise. Außerdem ist dies der einzige Ort, an dem ich eine akzeptable Entschuldigung dafür habe, ein paar Stunden lang nicht ans Telefon zu gehen.
»Mensch, Papa. Was soll denn der Käse? Du musst doch was essen.«
Nestel, Nestel, keine Antwort. Ich reiße ihm den Saum aus den Händen.
»Hallo? Papa? Ich rede mit dir! Du musst essen!«
Ich bin schon wieder laut.
»Ich mag nicht!«
Papa auch.
»Ja, aber … wenn die Tante von der Folterabteilung kommt, dann wirst du das noch viel weniger mögen.«
Ich ziehe mir einen Stuhl heran und setze mich. Papa zupft sich unbeeindruckt wieder in seine Welt zurück und ich bemerke, dass das ›Ich erkenne meinen Sohn nur, wenn er kotzt‹-Bild wieder gegen das alte Sohn-Tochter-Sofa-Foto ausgetauscht wurde. Das war bestimmt meine Mutter.

Die Schrankwand, die hier in Papas Zimmer steht, muss schon ziemlich alt sein. So alt, dass die Bilderrahmen anderer Bewohner Schattenspuren auf dem Holzbelag hinterlassen haben. Meine Mutter hat extra neue Bilderrahmen in der Größe der alten »Farbflecken« gekauft, um diese dann auf die Stellen der verstorbenen Vorbewohner zu platzieren. Damit man nichts mehr sieht. So denkt sie. Sie macht Dinge, damit man nichts mehr sieht.
Wird sowieso mal Zeit, dass hier neu möbliert wird. Zu seinem Geburtstag schenke ich Papa eine neue Schrankwand. Ich finde, wenn hier jemand Spuren hinterlassen sollte, dann mein Günther Beckmann.
»Du hast ja bald Geburtstag, Papa, stimmt's?«
»Geburtstag?«
»Ja, weißt du denn wie alt du wirst?«
»Ha …« Er überlegt und bedient sich dann, etwas lächelnd und unsicher, der Floskel: »Zwanzig werde ich wohl nicht mehr.«

Irgendwie habe ich das Gefühl, dass die letzte Runde eingeläutet wurde. Die Runde, in der ich mich noch richtig als Sohn fühlen kann. Wie wird das wohl sein, wenn man niemanden mehr Papa und Mama nennt?
Ich fische mein Handy aus der Jackentasche und suche im Netz nach Fachliteratur zu diesem Thema. Man kann ja Lebensratgeber schon lesen, bevor man den Lebensrat braucht. Zumindest zu Hause vorrätig haben.
Selber Papa zu werden, war für mich ein zweischneidiges Schwert. Auf der einen Seite die unbändige Freude und dieses bis heute anhaltende Staunen über die Natur und unsere Fähigkeit, überhaupt so etwas Komplexes und Beeindruckendes produzieren zu können. Andererseits verlor ich komplett den Boden unter den Füßen, war endlos überfordert und konnte der Mutter meines Kindes kaum Halt bieten,

da ich selbst völlig am Schwanken war. Denn plötzlich verrückte der Mittelpunkt meiner Welt, und ich sollte mich mit der Frage konfrontieren, was *wirklich* wichtig war. Was hatte ich denn als Vater zu bieten? Was konnte ich dem Kind mitgeben? Während der Zeit im Krankenhaus damals konnte ich beobachten, was für Männer Neugeborene mit nach Hause nehmen durften; die meisten von denen sahen nicht so aus, als würden sie sich ähnliche Gedanken machen. Sie sahen so aus, als würden sie sich freuen, mal wieder mit den Kumpels so *richtig* einen saufen zu gehen.

Der Lebensbeginn meiner Tochter war auch der Beginn vieler Ängste und Unsicherheiten, von denen ich vorher keine Ahnung hatte. Bei den Frauen gibt es dafür konkrete Bezeichnungen. Wochenbett, postnatale Depression, pränatale Verstimmungen und so weiter. Bei den Männern ist man da unkomplizierter. Die nennt man in diesem Zustand einfach nur: Loser. Männer müssen berechenbar bleiben. Wenn ein Mann Rat sucht, zum Beispiel, in einer Männergruppe oder bei einem Therapeuten, muss sich die Frau dazu veranlasst fühlen, sich vor der Familie und Freunden zu rechtfertigen und redet sich und allen anderen verzweifelt und pausenlos ein, dass ihr Mann sich gewiss bald wieder gefangen haben wird. Er war doch schließlich früher nicht so.

Und das ist sicher auch ein Grund dafür, dass ich den Zeitpunkt ganz klar mitbestimmen will, wann ich ein weiteres Kind bekommen möchte und wann nicht. Ich nehme die ganze Sache mit dem Kinderkriegen sehr ernst. Vielleicht nehme ich mich zu ernst. Und wenn ich hier sitze und Papa so in seinem Bett liegen sehe und meinen Blick über die Ahnengalerie an der Wand schweifen lasse, dann will ich unbedingt ein guter Vater sein.

Wenn überhaupt noch mal, dann möchte ich ein richtig guter Vater sein. Und dazu muss ich den Zeitpunkt mitbestimmen dürfen.

Ich höre die Rollatoren über die Gänge fahren. Das Klappern des Bestecks auf den Tabletts. 17.30 Uhr. Wer will denn um diese Zeit schon Abendessen?
Ein Zivi bringt uns das Essen ins Zimmer. Er guckt mich komisch an und ist kurz davor, mich zu erkennen. Er sagt nichts, aber ich sehe, wie es bei ihm arbeitet. Er sieht noch mal auf seine Liste, liest den Nachnamen meines Vaters und kommt dann endgültig auf den Trichter. Er ist aber so feinfühlig, angesichts der Situation und des Ortes nicht weiter darauf einzugehen, was ich schön finde.
»So, Papa, was gibt es denn Feines? Hmmm … eine Suppe. Eine … ja, Kartoffelsuppe mit Würstchen und ein Brötchen und ein bisschen Obst und Wurst und ein Scheibchen Käse und alles. Das ist ja voll der Luxus hier?! Komm, setz dich doch mal auf, hm? Du musst doch riesigen Hunger haben?«
Grummel, Grummel.
»Komm jetzt! Aufsetzen! Wir essen!« Kindergarten hier …!
Ich packe ihn unter den Achseln, schaffe es aber dank seiner Widerspenstigkeit nur, ihn in eine halb sitzende, halb liegende Position zu ziehen. Nicht ideal, aber so kann man wenigstens Nahrung zu sich nehmen. Papa ist erschrocken darüber, plötzlich so rumgezerrt zu werden. Tut mir auch gleich schon irgendwie leid. Aber sonst kommen wir nicht weiter.
»So, jetzt komm. Ich will, dass du von der Suppe isst.«
»Ich will nicht«, trotzt er, wenn auch vorsichtig.
»Wie ein Kind. Du bist wie ein Kind.«
Papa guckt mich an.
»Mach jetzt den Mund auf.«
Wer nicht hören will, muss fühlen. Eines der ersten Sprichworte, das meine Mutter im Deutschen kannte und mir bei sehr vielen Gelegenheiten entgegengebrüllt hat. Ich füttere ihn jetzt.

Er gibt dem Löffeldruck auf seine Lippen nach und öffnet ein wenig den Mund.
»So ist es recht. Schmeckt doch, oder?«
Papa lässt mich nicht aus den Augen.
»Bisch du mein Papa?«, fragt er mich. »Bin i dein Kind? Weil du mich füttersch?«
Ich antworte nicht. Ich möchte, dass er weiterisst, aber schon nach dem dritten Löffel Suppe stemmt er sich nach hinten und wendet den Kopf von mir ab. Ein paar Löffel Suppe werden der Schlichter aber nicht reichen.
Okay?! Wer nicht hören will … – »Iss jetzt! Ich bin dein Papa. Hörst du? Und der Papa möchte, dass du jetzt deine Suppe ist. Ich bin dein Papa.«
Er sieht mich an, mustert noch einmal mein Gesicht. Meine Augen, meine Haare, meinen Mund. Er scheint sich jetzt auch sicher zu sein und öffnet anstandslos den Mund. So, jetzt alles rein, was reingeht, und die Papa-Nummer kriege ich später auch wieder aus ihm raus. Wahrscheinlich vergisst er es sogar von selbst. Hoffentlich.
»So ist es gut. Brav.«
Ich bin stolz auf meinen Papa, denn er isst, was das Zeug hält, und ich bin mir fast sicher, dass es ihm auch schmeckt.
Die Schlichter spitzelt zur Tür herein.
»Herr Beckmann, darf ich Sie darauf hinweisen, dass Sie Ihrem Vater die Eigenständigkeit nehmen, wenn Sie ihn füttern. Sie sollten die Fähigkeiten, die vorhanden sind, unterstützen.«
»Frau Schlichter, darf ich Sie darauf hinweisen, dass ich dabei bin, Ihre Unfähigkeit auszumerzen. Und von daher denke ich, dass wir mein Fehlverhalten heute alle mal verkraften werden, oder?«
Zack. Weg ist sie.
Geht mir aber auch auf den Sack. Vielleicht schicke ich ihr eine ganze Kiste Sekt. Auf jeden Fall kommt heute kein

Schlauch mehr in Papa. Das wäre geschafft. Papa ist es auch. Er scheint sehr müde zu sein. Er muss mit dem Schlafen aber noch ein wenig warten, denn wenige Minuten später kommt in Windeseile ein junges Mädchen osteuropäischer Abstammung ins Zimmer gerauscht, um Papa für die Nacht fertig zu machen.

»Wollen Sie machen?«, fragt sie mich knapp.

»Ähm, nee, nee. Machen Sie ruhig mal. Ich guck zu.«

»Zugucken geht nix. Musst du helfen.«

Und ich helfe. Ich helfe ihn aus dem Bett zu hieven, ihn ins Bad zu bringen, ihn obenrum auszuziehen, seinen schmalen, faltigen und so gebrechlich wirkenden Körper mit einem Waschlappen zu säubern, ihn auf die Toilette zu setzen, ihn abzutrocknen, ihn zu windeln, ihn wieder anzuziehen, ihn wieder ins Bett zu bringen. Fertig.

Ich könnte heulen.

Das Mädchen könnte nebenher wahrscheinlich noch telefonieren, Kuchen backen und Kreuzworträtsel lösen, so schnell und routiniert geht das hier alles vonstatten. Jeder Handgriff sitzt. Bestimmt und trotzdem respektvoll. Das gefällt mir.

Papa weiß gar nicht, wie ihm geschieht, und ich auch nicht. Denn mir ist das Ganze eigentlich viel zu intim.

»Gute Nacht, Papa. Ich setze mich noch ein bisschen in deinen Sessel. Wenn was ist, rufst du mich einfach, ja?«

Er schaut mich an, aber sehen tut er mich nicht. Die Konfettikanone hat wohl gerade wieder einen Schuss abgegeben.

»Gut … Gute Nacht.«

»Gute Nacht.« Ich streichle ihm über seinen Kopf. Mittlerweile kann ich das ganz gut.

Ich mache den Fernseher an. Mit Ton. Ich zappe mich durch das Vorabendprogramm. Mann, Mann, Mann. Ich kann nachvollziehen, dass Papa so was nur lautlos erträgt. Ein Sender zeigt eine Reportage über Nordindien. Eine Fami-

lie in einem Bergdorf. Dort herrschen interessante Regeln, vielleicht sind's sogar Gesetze, so ganz habe ich das nicht verstanden. Jedenfalls ist es dort so, dass der erstgeborene Sohn vom Vater das ganze Land, den Hof und alle Güter erbt. Der Zweitgeborene wird automatisch buddhistischer Mönch, und die nachkommenden Söhne helfen dem Ältesten bei der Bestellung der Felder. Finde ich super. Da wird den Zweiten von Geburt an Dankbarkeit gelehrt. Neid kann im Buddhismus ja gar nicht erst aufkommen, da ihnen Güter egal sind und sie sich an sich selbst und ihrer inneren Befindlichkeit erfreuen. Genial gedacht. Gut, die Dritten und Vierten und so weiter haben die Arschkarte gezogen, aber um die geht es jetzt nicht. Die Buddhistennummer ist klasse. Die Sprecherstimme erklärt mir, dass das gemacht wird, um ein Gleichgewicht in der Gesellschaft zu schaffen. Die Inder, ey?! Und … – Oh … wie heißt er jetzt noch mal? Ah … das gibt's doch nicht … ah ja, Buzz Aldrin. Wollte ich doch nicht mehr vergessen.
Ich merke, dass mir die Augen zufallen.
Als ich sie das nächste Mal öffne, sehe ich mein Spiegelbild im Fenster. Ich sehe aus wie Papa in anders und kapiere, dass es mittlerweile dunkel geworden ist. Egal, ich bleibe noch ein wenig. Zu müde, um aufzustehen. Gerade vermisst mich niemand.
Das nächste Mal wache ich auf, weil mir eine Hand durch das Haar fährt. Das ist Clara. Schön. Sie ist nicht mehr böse auf mich. Sie versteht mich. Das ist schön. Moment mal, woher weiß sie, dass ich hier bin? Das ist … nicht Clara. Ich sehe mich um. Meine Mutter.
»Hallo …«
»Hallo, Jannis. Ich bin erschrocken, ich dachte, du wärst Papa. Dein Haar fühlt sich an, wie seines früher. So voll und kräftig.«
»Ja.«.

Irgendwie ist mir das unangenehm. Ich stehe auf und zerstöre diese Intimität zwischen uns, wie es sie schon etliche Jahre nicht mehr gegeben haben mag. Mit etwas Abstand und auf Augenhöhe stehen wir uns jetzt gegenüber, und das ist mir lieber.
»Du darfst nicht so böse sein zu Frau Schlichter. Sie bemüht sich sehr um Papa.«
Ja, im Gegensatz zu dir, denke ich.
»Die wollten Papa fixieren und sondieren. Die bemühen sich zu wenig. Ich habe ihn dazu gebracht, sein Essen zu essen, und jetzt ist der Schlauch in der Nase auch erst einmal wieder vom Tisch.«
»Das hast du gut gemacht, Jannis.«
»Weiß ich selber«, wollte ich denken, habe ich aber gesagt.
Und da ist sie wieder, diese komische Stimmung zwischen uns. Wir schweigen und können uns kaum in die Augen schauen.
Tja, zu spät am Abend, um jetzt mit dem Wischmopp die Stimmung wegzuputzen, was?
»Ich wollte sehen, wie es Papa geht. Ob es ihm gut geht. Ob er wieder isst. Vielleicht war es ja nur eine Verstimmung. Das gibt es manchmal, sagt Frau Schlichter. Wir wollen ja auch nicht immer essen. Ich wollte morgen wieder nach Griechenland fahren, aber nur, wenn es Papa gut geht, weißt du, Jannis? Deswegen bin ich kurz heute Abend noch einmal gekommen, um zu sehen, ob es Papa gut geht …«
»Es geht ihm gut.«
Ich ekele mich selbst vor meiner Kälte.
»Du kannst ruhig fahren.«
Aber durch mehr Text wird es hier auch nicht wärmer.
»Dann ist gut. Ich habe kein Rückflugticket, das heißt, ich kann jederzeit zurückkommen. Ganz kurzfristig.«
»Hast du denn da jemanden?«
Ich weiß nicht, wie mir das jetzt in den Sinn kommt.

»Wie meinst du?«, fragt sie ertappt.
Volltreffer.
»Mama, hast du einen Freund da in Griechenland? Triffst du dich mit jemandem? Einem Mann?«
»Ach, Jannis«, druckst sie herum, »mein Leben geht weiter. Ich bin erst 62. Ich fühle mich noch jung und ich fühle mich sehr einsam. Papa ist auch einsam, ich weiß, aber er kommt vielleicht besser damit zurecht. Jannis, das musst du doch verstehen. Deine Schwester hat es verstanden. Britta freut sich für mich. Ja, Jannis, ich habe einen netten Herrn kennengelernt und wir treffen uns hin und wieder zum Reden.«
»Zum Reden? Ja, nee, ist klar.«
»Werde jetzt nicht unverschämt, Jannis. Bitte. Das Ganze fällt mir schwer genug.«
»Und da fährst du jetzt wieder hin, zu dem Herrn, ja?«
Sie antwortet nicht. Na gut.
»Aber zu Papas Geburtstagsfeier kommst du schon wieder zurück, oder?«
»Was für eine Feier?«, fragt sie erstaunt.
»Na, Papas Fünfundsiebzigster. Der wird doch gefeiert. Groß. Clara und ich wollten da eine kleine Party organisieren. Am Sonntag, in zwei Wochen. Ah, blöd, dass ich dir das jetzt noch nicht gesagt habe. Tschuldige.«
»Aber Papa will doch gar keine Party. Das ist doch viel zu viel für ihn.«
»Ja, erstens weißt du nicht, ob er das will oder nicht will. Und zweitens will ich ja auch nicht mit ihm aufs Oktoberfest. Halt mit Kuchen und Kaffee und Gästen und ein bisschen alte Musik und allem. Du kommst doch, Mama, oder?«

26.

Ich muss so sieben, acht Jahre gewesen sein, als ich mit meinen Eltern und meiner Schwester wieder einmal in Griechenland war, in den Sommerferien. Wie meistens lagen wir auch an diesem Tag am Strand. Es war stürmisch und ich durfte nicht ins Wasser, denn die Wellen konnten in dieser Region mehrere Meter hoch werden. Mir war aber wahnsinnig langweilig und ich sagte zu meinen Eltern, dass ich Muscheln sammeln gehe. Meine Eltern hatten alle Hände voll mit meiner quengelnden kleinen Schwester zu tun und waren wohl ganz froh, dass ich mich ein wenig selbst beschäftigen wollte.

Als Vater würde ich das Luca heutzutage auf gar keinen Fall erlauben, aber früher sah man das wohl nicht so streng. Heute reibt man aber auch im Strandurlaub sich und vor allem seine Kinder jede halbe Stunde mit Sonnenschutzfaktor 50 ein, früher gab es eben einen ordentlichen Sonnenbrand und uns Kindern machte es noch Spaß, uns gegenseitig die sich pellende Haut vom Leib zu ziehen.

Als ich weit genug weg war, so dass meine Eltern mich nicht mehr sehen konnten, stürzte ich mich in die Fluten. Es machte mir einen Heidenspaß in die Wellenbrechung hineinzuspringen und mich von ihr wieder an Land spülen zu lassen.

Doch natürlich passierte genau das, wovor mich meine Eltern gewarnt hatten. Mit einem Mal wurde ich plötzlich von einer großen Welle überschwemmt und es zog mich unter

Wasser. Ich war in eine Art Strudel geraten. Wie in Schockstarre, schluckte ich eine Menge Wasser und verlor die Orientierung. Obwohl es Salzwasser war, riss ich panisch die Augen auf, in der Hoffnung, ich könne erkennen, wo oben und unten ist, aber außer Luftblasen und Dunkelheit war nichts auszumachen. Die Sekunden kamen mir unendlich vor. In diesem Moment dachte ich, zum ersten Mal in meinem jungen Leben, dass es das jetzt auch schon wieder gewesen sein könnte. Schließlich führte mich mein Instinkt doch noch an die Wasseroberfläche und zwischen all dem Husten und Wasserspucken gelang mir auch der ein oder andere Atemzug. Das war knapp. Ich stand unter Schock, setzte mich in den Sand und versuchte mein wild pochendes Herz zu überreden, doch in meiner Brust zu bleiben. Erst als mein Atem zur Ruhe gekommen war und ich aufhören konnte zu weinen, machte ich mich wieder auf zu meiner Familie. Auf dem Weg dorthin sammelte ich noch schnell ein paar Muscheln und wartete bis Haut und Haar wieder einigermaßen getrocknet waren. Seelenruhig setzte ich mich zu meinen Eltern und mein Vater fragte, ob ich mit ihm eine Runde Mau-Mau spiele. Und ich begann mit ihm Karten zu spielen, als wäre nichts gewesen.
Ich weiß noch genau, dass ich mich damals sehr darüber wunderte, dass meine Eltern mir nichts anmerkten. Im allerletzten Moment war ich dem Tod durch Ertrinken von der Schippe gesprungen, und meine Erziehungsberechtigten hatten kein Gespür dafür, keinen elterlichen Instinkt, dass sie ihrem Unglück und lebenslangen Selbstvorwürfen gerade nur ganz knapp entkommen waren. Weder an diesem Tag noch an einem anderen habe ich ihnen von den großen Wellen erzählt.

Meine Eltern wissen kaum etwas von mir. Und mein Vater weiß gar nichts mehr. Aber auch mit meiner Mutter wollte

ich nie meine Erfahrungen teilen. Ich wollte nicht, dass sie mein Leben bewertet. Ich weiß nicht, warum das so ist. Von den wichtigsten Ereignissen, von meinen größten Gefühlen hat sie keine Ahnung. Es gab unzählige Nächte, in denen ich wach lag, mein Gewissen mich plagte, weil ich meiner Mutter mein Leben vorenthalte. Sie weiß nicht, wer ich bin.
Aber auch ich habe wohl wenig Ahnung von ihr. Einen Liebhaber jedenfalls hätte ich meiner Mutter im Leben nicht zugetraut. Wie er wohl aussieht? Ist er wie Papa oder genau das Gegenteil von ihm? Ist er der Mann, den sie sich schon seit Jahren gewünscht hat? Auch schon, als Papa noch Papa war? Ist er der Prinz, der am griechischen Strand angeritten kam, um sie aus ihrer Tristesse zu retten? Und ist sie jetzt glücklich? Eigentlich müsste ich es ihr gönnen.
Andererseits – sie betrügt Papa. Ich empfinde das so. Sie begeht Ehebruch, basta. Prinz hin oder her, meine Mutter hat sich um meinen Vater zu kümmern. Aus die Maus. Ende Gelände.

Ich hänge noch in Gedanken dem zweiten Frühling meiner Mutter nach, als ich vor unserem Haus den Motor abstelle. Ich sehe in den hell erleuchteten dritten Stock, den Clara und ich bewohnen. Sie scheint in jedem Zimmer Licht gemacht zu haben. Komisch.
Ich öffne die Haustür. Im Eingangsbereich und in der Küche erwartet sie mich schon mal nicht.
Natürlich schreie ich jetzt auch nicht »Hallo, ich bin zu Hause. Wer noch?« durch die Wohnung, sondern beschließe, erst mal, in der Küche ein Glas Wasser zu trinken.
Im Wohnzimmer ist Clara auch nicht. Sehr still ist es hier. Komisch. Komisch war auch, wie wir heute Vormittag auseinandergegangen sind. Überhaupt häufen sich unsere komischen Momente in letzter Zeit.

Aber wo ist eigentlich Fritz, und was ist das denn für ein komisches Gegrunze?
Ah ja. Fritz ist im Gästezimmer und stöhnt.
Er stöhnt?!
Eindeutig, Fritz hat Sex. Er vögelt. Das sind Vögel-Stöhner. Mein bester Kumpel und meine Freundin haben Sex im Gästezimmer.
Meine Beine werden ganz wackelig. Ich kippe gleich um. Ich muss mich an der Wand abstützen. Kann man denn wirklich so dreist sein?
Ich konzentriere mich noch einmal auf die Frauenstimme in dem Lustduett. Tatsächlich, ich erkenne sie eindeutig wieder. Clara. Wie widerlich! Ich verneble ihr mittags noch die Aussicht, in nächster Zeit ein Kind für sie zu zeugen, und abends wirft sie sich schon dem Nächstbesten an den Unterleib. Dieses Miststück! Du Schlampe! Und wie hemmungslos sie vor sich hinstöhnt. Na komm, so toll kann Fritz doch auch nicht sein.
»Hallo, Schatz.«
Ich erschrecke fürchterlich und drehe mich abrupt zu der Stimme in meinem Rücken um. Es ist Clara.
Clara steht hinter mir und lächelt mich an.
Clara ist nicht in dem Zimmer. Nicht bei Fritz.
Da habe ich mich wohl verhört. So was kommt vor.
»Das geht schon seit einer knappen Stunde so«, flüstert sie mir zu und wirkt sogar ein wenig beschämt.
»Was … wie, das …? Und ich dachte …«
Mir gelingt es nicht meine innere Erleichterung in eine unverfängliche äußere Form zu packen.
»Wie? Was dachtest du? Doch wohl nicht etwa, dass ich das bin, oder?«
»Hm?«, frage ich, um Zeit zu gewinnen.
»Jan, hast du gerade gedacht, ich wäre das da drin? Hast du gedacht, ich habe gerade Sex mit Fritz?«

»Neeeiiinnn. Quatsch! … Wo warst du … denn die ganze Zeit?«
»Im Schlafzimmer. Da kriegt man am wenigsten davon mit.«
»Klar, das Schlafzi … –«
»Jan, du hast nicht echt gedacht, dass ich mit deinem Freund schlafe, stimmt's?«
»Ach, Blödsinn! Jetzt hör aber mal auf … Wer ist das denn … dann, mit der er da drin … rum …dingst.«
»Na, Monika natürlich. Wer denn sonst? Ist heute Nachmittag überraschend zu Besuch gekommen.«
»Ja, nee … logisch … Klar … Jetzt … geh doch schon mal zurück ins Schlafzimmer und ich komme gleich nach. Ich hole uns nur noch schnell eine Flasche Wein. Okay?«
»Okay.«
Monika, logisch. Ich schäme mich ein bisschen.
Als ich mit der Flasche Rotwein samt Gläsern am Gästezimmer vorbeigehe, stelle ich mir anhand der Geräusche sehr skurrile Szenen vor, die sich da drinnen abspielen müssen, und ich beschließe, mich nicht weiter damit zu beschäftigen, sonst träume ich heute Nacht wieder schlecht.
Ich mache die Schlafzimmertür hinter mir zu und muss feststellen, dass Clara hier wohl den Gegenentwurf zu der Szenerie im Gästezimmer inszeniert hat. In Jeans und Rollkragen-Pullover bei voller Festtagsbeleuchtung sitzt sie auf dem Bett. Um sie herum Papierkram, Computer und Handy.
»Du, wollen wir gleich mal die Termine durchgehen?«
»Ähm, klar … können wir machen.«
Romantik geht anders.
Ich zücke mein Mobiltelefon, sie nimmt ihr Laptop auf den Schoß und in die Kalenderfunktion werden jetzt die Drehpläne, Fernsehauftritte, Pressetermine, Reisedaten eingetragen. Wir werden uns nicht viel zu Gesicht bekommen in der nächsten Zeit. Clara arbeitet in London und Barcelona, ich

in Berlin und Hamburg. Momentan wissen wir wohl beide nicht, wie sehr wir uns vermissen werden.
»Den ersten November«, sage ich, »da wäre es gut, wenn du dir den freihalten könntest.«
»Wozu?«
»Da hat mein Papa Geburtstag.«
»Okay. Und warum … ähm, soll ich mir jetzt den Tag freihalten?«
»Warum nicht? Ich würde den gerne feiern.«
»Feiern? Den Geburtstag von deinem Vater?«
»Ja, den Geburtstag von meinem Vater. Den würde ich gerne feiern und zwar mit ihm zusammen und zusammen mit der Familie und zusammen mit dir und das Ganze hier bei uns. Mit Kuchen und Kaffee und allem. Ist das 'n Problem?«
Sie sieht mich an, überlegt kurz. »Nein.« Und sagt dann noch: »Ich finde das schön.«
Clara hat immer die passenden Worte auf Lager, in jeder Situation. Irgendwie kann das aber auch echt ätzend sein. Man kommt sich so entwaffnet und doof vor. Und das macht sie noch nicht mal mit Kalkül. Nein. Sie ist einfach so. Sie ist perfekt, ganz einfach.
Ich schenke den Wein ein.
»Auf uns.«
Wir stoßen an und sie lächelt. Ein wenig traurig.
»Du, hör mal, wegen heute Mittag, ne … –«
»Jan, ich will da gar nicht drüber reden«, unterbricht sie mich.
Aber ich. Ich will jetzt auch mal was Passendes sagen. »Nee, Clara. Jetzt lass mich auch mal ein paar Worte zu dem Ganzen sagen.«
Eigentlich will ich … doch lieber gar nicht.
»Gut, was willst du mir denn noch dazu sagen? Hm?« Sie richtet sich auf und schaut mich auffordernd an.
Ich bin irritiert und nervös.

»Ich … ähm, weißt du … also, im Grunde, also, genau so, wie ich heute Mittag gesagt habe … Lass uns doch einfach sehen, was die Zeit …«
Muse, Muse, bitte küsse mich. Jetzt bitte nicht alles schlimmer machen. »Also, à propos Zeit, weißt du, Clara, wenn ich mir so die Terminpläne von uns ansehe«, jetzt habe ich den Faden, »wenn ich mir das so ansehe, dann weiß ich wirklich nicht, wie du da noch ein Kind …«
»Jan, hör auf. Hör einfach auf, das hatten wir doch schon alles. Wir werden einfach sehen, was die Zeit bringt, okay? Ich hab heute Mittag unfaire Dinge gesagt. Über Anne, über dich und dafür entschuldige ich mich bei dir.«
2 : 0 für Clara. Ich halte jetzt einfach den Mund.
Wir schweigen. Wir trinken. Durch die geschlossene Tür hören wir, wie Fritz kommt. Sehr laut. Animalisch. Erst versuchen wir beide es zu überhören. Dann treffen sich unsere Blicke und wir schmunzeln. Wir lauschen Fritz bei seinem Orgasmus und lachen. Irgendwie freuen wir uns mit ihm. Dann sind wir aber auch froh, dass es vorbei ist. Man will sich ja beim Frühstück noch in die Augen sehen können. Vor allem muss ich da auch fragen, wie er das macht. So über mehrere Stunden.
»Willst du dich in meinen Arm legen?«
Natürlich will ich. Den ganzen Tag schon, verdammt. Wir trinken weiter und wir schweigen weiter. Und dann trinken wir noch ein Glas und wir reden nicht.
Wir werden uns die nächsten drei Wochen nicht sehen. Sie fliegt nach Barcelona und ich beginne in vier Tagen mit meinem Film. Wir schlüpfen dann beide wieder in diese eigenartige Welt, die rechts und links von sich kaum Platz für etwas anderes lässt. Und trotzdem wird es nur wie eine Werbepause in unserem ganz eigenen Film sein, bei dem ich mir zurzeit nicht ganz so sicher bin, wie happy das Ende wird.

27.

Ich spüre das Kribbeln.
Ich versuche, so entspannt und freundlich wie möglich zu wirken. Wahrscheinlich ist das schon der erste Fehler.
Ich spiele mehr, als dass ich bin. Denn eigentlich bin ich fürchterlich aufgeregt. Gleich komme ich dran. Meine erste Textpassage. Jetzt …
Geschafft.
Im Grunde war das jetzt schon einer der schwierigsten Momente für mich.
Mein erster Einsatz in der Leseprobe. Alle sind sie da. Alle sitzen sie um einen Tisch, Produktion, Regie, Darsteller, Assistenten, Kamera und Autor. Und alle fragen sich, ob sie Freund oder Feind werden.
Wenn die Schauspieler zum ersten Mal eine Kostprobe ihres »Könnens« geben, ist die Stimmung zum Schneiden gespannt. Jeder möchte sich einen Daseinsberechtigungsschein abholen, jeder am Tisch stellt sich vor und auch ein bisschen bloß.
Zumindest als Schauspieler kann man hier schon viele, nicht revidierbare Fehler machen. Und zwar durch Dummschwätzen: »Das und das würde meine Figur nicht machen«, »Das würde meine Figur nicht sagen«, sind zum Beispiel die Klassiker unter den stumpfsinnigen Bemerkungen. Glücklicherweise scheinen wir dieses Mal keinen Vollpfosten in der Produktion zu haben.
Meine Figur ist ein Dokumentarfilmer, der einen Film über

das Thema »Glaube, Liebe, Hoffnung« drehen soll. Ein sehr zynischer Typ, den ich da spielen soll. Das liegt mir. Fritz spielt meinen etwas zurückgebliebenen Bruder, den ich unter meine Fittiche nehme, und wir fahren durch Deutschland, um zu drehen, und während der Fahrt geht natürlich eine Menge schief. Das ist der lustige Teil des Films.
Meine Figur bekommt aber im Laufe des ersten Filmdrittels vermehrt Hodenschmerzen, was er anfangs ignoriert, bevor er sich dann doch zu einem Arztbesuch aufrafft, bei dem ihm die Diagnose Hodenkrebs gestellt wird. Während er im Krankenhaus liegt und sich einer Operation und anschließender Therapie unterzieht, verändert er seine Haltung zum Leben, lernt dort einen Patienten kennen, der wegen Leukämie im Nachbarbett liegt, und die beiden drehen, mit Fritz' Hilfe, innerhalb des Krankenhauskomplexes seinen Film zu Ende, der plötzlich eine ganz persönliche Note bekommt. Ziemlich gut geschriebene Tragikomödie, und die größte Rolle, die ich je spielen durfte. Nie zuvor habe ich mir so wenig Gedanken darüber gemacht. Mein eigenes Leben ist zurzeit einfach tragikomisch genug.
In der Pause bin ich kurz mit Fritz allein. Wir stehen im Hausflur an einem offenen Fenster, Fritz raucht einen Zigarillo, ich trinke Tee.
»Und?«, frage ich.
»Jo, eh ollas leiwond. Noch sans erträglich, die Kollegen.«
»Find ich auch. Der Regisseur tut noch ein bisschen komisch rum und redet mir zu viel abgehobenes Zeug. Davon wird man am Schluss eh nichts sehen.«
»Geh, Jan, der is halt no jung. Der wird eifach an unheimlichn Druck von oben haben. Imma freundliche Nasenlöcher machn und devot nicken, dann ziang wir zwei des ganz gschmeidig durch.«
»Den Kamera-Peter kenne ich. Den hatte ich schon mal. Der ist cool. Alter Hase.«

»Der, der die ganze Zeit nix g'sagt hat?«
»Ja.«
»Cool.«
»Aber sonst?«, frage ich, »alles in allem?«
»I freu mich.« Fritz strahlt und bläst Kringel.
»Ich mich auch. Wir machen uns eine schöne Zeit.«
»Des mach ma.«
»Wird Monika dich denn oft besuchen kommen?«
»Na, eigentlich … i weiß ned. I mein, des muss a ned unbedingt sein.«
Ich lese in seinen Gedanken. »Hier, die Blondine ist süß, oder?«
»Total. Die Klane hat a wahnsinns Gestell und a großes Herz. Was will ma mehr?«
»So Schauspieler wie uns«, lache ich, »die kann man sich eigentlich nur wünschen.«
»Eh kloa! Ein Traum!« Fritz kommt vom Lachen übergangslos ins Husten.
Und auf dem Zettel meines Teebeutels steht: Freude ist das Geheimnis des Erfolgs.

28.

Heute habe ich drehfrei, und da mir mein schlechtes Gewissen und die Sehnsucht gleichermaßen auf der Seele brennen, beschäftige ich mich vormittags mit dem liegengebliebenen Bürokram und fahre nachmittags zum Kindergarten, um meinen Schatz abzuholen.
Ein Papp-Luca-Tag. Ein Begriff, den wir beide nach der Trennung kreiert haben. Ein Tag, an dem der Papa an der Luca pappt. Ein Vater-Tochter-Tag. Und heute soll er sogar zum Vater-Vater-Tochter-Tag werden.
Luca und ich gehen erst eine Runde auf den Spielplatz. Trotz Schweinekälte muss jedes Gerät zumindest ganz kurz bespielt werden. Es darf auf gar keinem Fall eines ausgelassen werden, weil Luca dann, mit Hummeln im Arsch, ganz unruhig vom Spielplatz gezerrt werden muss, weil das Gefühl sie nicht loslässt, irgendetwas Existenzielles verpasst zu haben. Bisschen neurotisch. Von wem sie das wohl hat.
Luca hat ihren Opa schon länger nicht mehr gesehen. Etwa ein knappes Jahr. Im Zeitempfinden einer Fünfjährigen entspricht das Lichtjahren. Ich bin, ehrlich gesagt, gar nicht erst auf die Idee gekommen, die spärliche Zeit mit Luca auch noch mit meinem Vater zu teilen, und Anne mag zwar meine Eltern und besucht meinen Vater sogar ab und an, aber auch sie hat unsere Tochter nie mit ins Pflegeheim genommen. Sie wollte Luca nicht mit Papas Krankheit und deren Folgen konfrontieren. Ich finde, da hatte sie recht, ich finde aber auch, dass es okay ist, wenn ich sie heute einfach mal mit-

nehme. Bevor es irgendwie komisch wird oder zu sehr aus dem Ruder läuft, können wir ja gehen.

»Weißt du noch, wer der Opa Günther ist?«, frage ich das Krümelmonster, das im Spielkind-Café gerade das letzte Stück ihres Zupfkuchens hinunterschlingt.

»Klar!«, spuckt es Brösel.

»Der Opa ist ja umgezogen und wohnt jetzt in einem Haus, wo nur Opas und Omas wohnen.«

»Schön. Da hat er bestimmt ganz viele Freunde.«

»Joa, geht so … Weißt du, der Opa ist ein bisschen krank … im Kopf.«

»Oh, der Arme.«

»Ja, der hat … einen kleinen Wurm im Kopf, der Sachen auffrisst. Erinnerungen. Das heißt, er weiß manchmal Dinge nicht mehr oder kann fast keine Gesichter mehr erkennen. Also, wenn wir den Opa jetzt mal besuchen würden, dann wird er wahrscheinlich nicht mehr wissen, wer du bist. Das ist aber nicht so, weil er dich nicht lieb hat, sondern weil der Wurm das Bild von dir in Opa Günthers Kopf angeknabbert hat.«

»Aha … und macht der Doktor den Wurm wieder weg?«

»Bestimmt.«

»Dann ist ja gut«, sagt Luca erleichtert.

»Willst du den Opa Günther heute mal besuchen gehen?«

»Klar.«

»Auch wenn er ein bisschen komisch ist und vielleicht nicht so lieb und nett wie beim letzten Mal, als du ihn gesehen hast?«

»Ist er denn dann böse zu mir?«

»Nee, nur halt … mit einem Wurm im Kopf.«

»Au ja. Opa Günther besuchen. Opa Günther besuchen.«

Ich rufe kurz Anne an und frage, ob es okay ist. Sie belehrt mich, dass ich zwar erst sie hätte unterrichten sollen, bevor ich mit Luca darüber spreche, was ich einsehe, und außerdem sagt Anne, dass ich immer wieder den gleichen Fehler mache, was ich auch einsehe, aber sie sagt auch, dass es okay ist. Super, wenn man sich versteht.

Im Pflegeheim grüßt Luca fröhlich jeden Bewohner, den wir im Eingangsbereich, im Aufzug und im Gang treffen, mit einem herzlichen »Hallo?!«. Die Rüstigen unter den Senioren grüßen zurück und krallen sich mein Kind für einen kleinen Plausch. Wie alt sie denn sei, ob sie schon zur Schule gehe, dass sie so aussehe wie ihr Enkelkind, das sie schon so lange nicht mehr gesehen hätten, wen sie denn besuchen würde und so weiter. Und da Luca auch so ein Klatschweib ist und ich nicht unhöflich sein möchte, brauchen wir bis zu Papas Zimmertür eine knappe halbe Stunde.
»Hallo!«, ruft meine Tochter in das Zuhause meines Vaters, das mir mit einem Mal noch viel trister erscheint, jetzt, da dieser kleine farbenfrohe Mensch hineinplatzt.
»Hallo«, kommt es zurück.
Mein Vater antwortet. Kaum kommt der fünfjährige Gummiball ins Zimmer gehopst, geht es also wieder, oder was?
»Na, Opa Günther, wie geht's?«, fragt Luca und schüttelt seine kraftlose Hand.
Opa Günther sitzt auf seinem Bett. Er liegt nicht und sitzt nicht auf seinem Sessel. Ist das jetzt ein Fortschritt?
»Na? Was macht der Wurm?«
Papa scheint interessiert an Luca. Fast lächelt er, zumindest schüttelt sie ihn kurzzeitig aus seinem dämmrigen Zustand.
»Opa Günther, du musst deine Hausschuhe anziehen, sonst kriegst du eine Erkältung. Papa, warum ist der Opa denn barfuß?«
Das würde ich auch gerne mal wissen. Die Schlichter – mit Schläuchen und Fesseln in null Komma nix dabei, aber Socken ziehen sie ihm hier keine an. Im Fast-Winter. Das gibt einen Einlauf.

»Ich zieh dir deine Hausschuhe an, Opa Günther, sonst wirst du krank oder so ein Wurm kriecht wieder an dir hoch und dann haben wir den Salat.«.

Mein Kind ist toll und mein Vater lässt alles mit sich machen. Luca versucht ihm seine alten, braunen Lederlatschen auf die nackten Füße zu ziehen und er beobachtet sie dabei, ohne eine erkennbare emotionale Regung. Das rührt mich. Papa sieht mich an. Bei Luca scheint er sich gar nicht mit der Identifizierung aufzuhalten. Bei mir bleibt er hängen.

Ja, ich weiß, ich sehe aus wie dein Vater. Ich bin's aber nicht. Es nervt.

Bevor Luca auch noch krank wird, befreie ich sie von ihrem dicken Wintermäntelchen und ihrer Mütze und lasse sie dann weiter an ihrem Großvater rumfuhrwerken. Ich setze mich auf die Armlehne des Sessels. Irgendwie komisch, die beiden so zu sehen. Ich finde es gut, dass wenigstens Luca sich noch selbst ein Bild von ihrem Großvater machen kann, sich selbst eine Erinnerung formen. Und wenn ihr irgendwann Geschichten von ihm erzählt werden, bleibt ihr immer noch die Möglichkeit, sich an diese Momente zu erinnern, die sie mit ihm persönlich verbindet.

»Wem g'hörsch du?«, fragt Papa plötzlich Luca, die gerade eine Schnabeltasse auf deren Inhalt überprüft.

Mein Vater spricht immer mehr wieder in seinem Heimatdialekt, das hat er sein Leben lang nur mit engsten Verwandten getan. Seinem Bruder, seiner Mutter, wenn er mal einen ganz alten Bekannten in der kleinen Stadt auf der Straße traf, und manchmal, ganz selten, ein, zwei Sätze mit mir.

Nach dem Selbstmord meines Großvaters hat er als ältester Sohn für die Familie gesorgt, hat sich vom Hilfsarbeiter über Jahrzehnte zum Konzernchef hochgearbeitet. Er wollte in Nichts seinen studierten Kollegen nachstehen, und den Dialekt der Provinz hat er abgelegt.

Aber nun ist er auf der Reise in seine Vergangenheit. Und in

den letzten Wochen und Monaten fand auch wohl der Dialekt wieder zu ihm zurück.
»Wem g'hörsch du?«
»Niemandem«, antwortet Luca irritiert und wirft mir einen fragenden Blick zu. Eine veraltete Redewendung aus unserer kleinen Stadt, die kann sie nicht verstehen.
»Wem g'hörsch duuuu?« Papa lässt nicht locker, wirkt dabei aber herrlich infantil.
»Niiiieeemaaaandeeeem!« Auch Luca kann hemmungslos penetrant sein. »Ich gehöre mir selber«, fügt sie noch versöhnlich und klug hinzu.
»Papa«, schreite ich ein, »die Luca ist meine Tochter. Die Luca ist deine Enkelin.«
»Enkelin«, wiederholt er.
Papa guckt sich Luca noch einmal genau an, scheint im nächsten Augenblick mit dem Thema wieder abzuschließen und greift neben sich, zu seinem Bettdeckensaum, an dem er sogleich rumzunesteln beginnt. Da ich vergessen habe, mein Handy auf lautlos zu stellen, ertönt jetzt »Eye of the tiger« aus *Rocky 3*, der Klingelton für meine Agentin.
»Entschuldigt«, sage ich zu meinen Lieben und gehe ran. »Hallo Annalena.«
»Grüß dich, Jan. Ich wollte dir nur kurz eine Rückmeldung geben, dass von der Produktion alle mit dir sehr zufrieden sind. Und der Produktionsleiter meinte, dass er selten so einen netten Schauspieler getroffen hat, der so auf dem Boden geblieben ist und so angenehm wäre wie du.«
»Hä? Komisch. Mit dem habe ich mich doch noch gar nicht richtig unterhalten.«
»Jetzt, nimm es doch einfach mal so an«, erwidert meine Agentin genervt.
Das Getuschel von Luca und Papa kann ich schwer ausblenden und möchte kurz raus auf den Balkon hinaus, aus Sicherheitsgründen wurde aber der Griff abmontiert. War ja klar.

Was tuscheln die eigentlich? Ich wusste gar nicht, dass mein Vater überhaupt tuschelt.
»Auf jeden Fall sind die von euch, als Brüderpaar echt begeistert und Fritz muss wohl eine absolute Überraschung sein.«
»Fritz ist keine Überraschung. Es hat vorher nur keiner richtig hingeguckt.«
»Mann, Jan! Wir können das Gespräch auch beenden.«
Luca scheint ihren Opa Günther etwas zu fragen und er scheint zu antworten. Und dann noch einmal. Frage Antwort. Frage Antwort. Sie sind leise. Zu leise. Als gesunder Mann war Papa nie leise. Verstehen kann ich nichts, bleibe aber ein paar Meter auf Abstand. Sie unterhalten sich wohl über seinen Bettsaum, den Luca jetzt in die Hand nimmt, und sie beginnt, seine Handbewegungen nachzuahmen.
»Jan?«
»Hm? Was? Entschuldige, Annalena, was hast du gesagt?«
»Jan, soll ich später noch mal anrufen?«
»Ja, das wäre wohl besser. Ich ... bin gerade mit Luca bei meinem Vater im Pflegeheim und ...«
»Ja, Mensch, dann sag das doch gleich. Bis später.« Sie legt auf.
Meine Tochter und mein Vater sitzen zusammen auf dem Bett und nesteln. Luca und Papa. Anfang und Ende.
»Hey Schatz? Was macht ihr denn da?«
»Sag' ich dir nicht«, lacht sie rotzfrech, die Kurzhalsgiraffe, deren Hals jetzt schon länger ist als meiner.
Papa steht ganz vorsichtig auf und bewegt sich langsam auf seinen Sessel zu. Er setzt sich und wartet. Er muss immer warten, bis jemand nach ihm sieht oder zufällig jemand an seiner geöffneten Zimmertür vorbeigeht. Er findet seit längerer Zeit nicht mehr die richtigen Knöpfe auf der Fernbedienung und aus diesem Grund muss er warten. Darauf, dass jemand die Zeit findet, für ihn das Fernsehgerät einzuschalten.

Ich mache den Fernseher an und wir setzen uns dazu. Luca beschwert sich zwar, weil der Ton zum Bild nicht zu hören ist, stellt sich aber, nachdem ich ihr das Prinzip erklärt habe, sehr schnell darauf ein, und alle drei gucken wir in das stumme Nachmittagsprogramm. Wir sehen die Fernsehbilder einer Gerichtsshow und lauschen Papas schwerem Atem. Regelmäßig und ruhig. Aber sehr, sehr schwer.
Wahrscheinlich werde ich meinen Vater nie mehr anschauen, ohne mir Sorgen zu machen.
Wer würde sich wohl um mich sorgen, wenn ich an seiner Stelle wäre? Hätte Luca auch keine Lust, mich besuchen zu kommen? Vielleicht hätte sie aber auch gar keine Zeit, weil sie Steffen, ihren Stiefpapa, besuchen müsste, der mit Parkinson im Zimmer nebenan vor sich hin tattert.
Der Angeklagte wird freigesprochen. Auch mein Atem geht ruhig, vielleicht ein bisschen schwerer als sonst. Manchmal kriegen die Gedanken keine Luft.
Und wenn ich irgendwann mal Alzheimer habe, was wird dann wohl in meinem Fernseher laufen?
Nach einer Zeit stupse ich Luca in die Seite.
»Komm, wir gehen.«
»Gut.«
Wir ziehen unsere Jacken an und verabschieden uns.
»Tschüss, Opa Günther!«
»Tschüss, Papa.«
Grummel. Grummel.

»Geht's dir gut, mein Schatz?«, frage ich Luca, als ich sie in ihrem Kindersitz auf der Rückbank anschnalle.
»Ja.«
»Hat es dir gefallen beim Opa Günther?«
»Ja.«
»War's irgendwie komisch?«
»Nö.«

»Und was habt ihr da jetzt genau gemacht, da … mit der Bettdecke?«
»Hab ich vergessen«, strahlt die kleine Ratte mir mitten ins Gesicht.
»Aha.«
Luca grinst.
»Und? Gehen wir jetzt zu meinem Nachhause und spielen noch was?«
»Ja.«

Als wir in die Wohnung kommen, erwartet uns eine sehr schöne Überraschung. Clara sitzt auf der Couch und wird sofort von Luca freudig angesprungen.
»Clara!«, brüllt sie, »Clara ist da!«
Und das Gleiche brülle ich auch, nur innerlich.
Meine Freundin hat das Wochenende frei und hat beschlossen, spontan zurückzufliegen, um bei mir zu sein. Das ist toll. Das war notwendig.
Schöner Kuss. Wir gehören zusammen.
»Hallo, Liebling.«
»Hallo, auch Liebling. Schön, dich zu sehen«, sage ich und will aber gleich noch mal mit Zunge.
»Was machen wir jetzt? Was machen wir jetzt? Langweilig! Langweilig!«, unterbricht Luca das Geknutsche, indem sie an uns rüttelt. Wenn Kinder hinzukommen, nimmt der Austausch von Zärtlichkeiten in der Beziehung schlagartig qualitativ und quantitativ ab.
»Schlittschuh laufen? Wie wär's mit Schlittschuh laufen, Luca?«
»Au jaaa. Cool!«
Meine abgebrühte Tochter ist ausnahmsweise mal verblüfft.
»Hast recht, Luca«, sagt Clara, »die Idee ist cool. Aber«, sie schaut mich an, »ich habe mir noch kurz einen Arzttermin reingeschoben, ich komm' dann nach.«

»Okay, dann machen wir schon mal die Choreo safe, und wenn du dann da bist, zeigen wir dir den legendären Papp-Luca-Eistanz.«

Morgen habe ich Muskelkater. Das steht jetzt schon mal fest. Und zwar auf der kompletten rechten Seite. Denn Luca kann sich so was von gar nicht auf den Kufen halten. Während sie sekündlich das Gleichgewicht verliert, lacht und kichert sie sich scheckig. Aber nur weil sie mir vertraut und sich sicher sein kann, dass ich sie nicht auf ihren kleinen Hintern plumpsen lassen würde. Meine Tochter baut ihr Vertrauen auf meine Muskelkraft. Tja.
Wir brauchen für die 400 Meter Eisbahn, 2 Currywürste und einmal Pommes etwa eineinhalb Stunden, und dann ist auch Clara da. Wir haben Spaß, Clara und Luca verstehen sich prima, mittlerweile ist es dunkel geworden, und mit all den Lichtern um die Bahn herum ist es für Luca gleich doppelt so aufregend.
Hin und wieder werden wir erkannt, das ein oder andere Fotohandy wird gezückt, und das Mädchen beim Schlittschuhverleih wurde ganz fahrig und hat sich auch gleich noch beim Wechselgeld verrechnet, aber alles ist gut an diesem Papp-Luca-Tag mit Extra Clara, wir sind cool und glitzern wie das Eis im Scheinwerferlicht.
Luca möchte hier und nur hier und ganz unbedingt ihren nächsten Kindergeburtstag feiern, aber das ist nichts Besonderes. Das will sie überall, wo sie zum ersten Mal ist und es ihr gut gefällt. Zwischen Clara und mir ist von den Anspannungen der letzten Tage nichts mehr zu spüren. Wir lächeln uns an, und wenn es Luca zulässt, ist auch ein Kuss drin oder zwei. Es ist kalt, unsere Nasen sind rot und die Jeans um Lucas Knie nass. Es ließ sich nicht vermeiden, dass sie den ein oder anderen Meter auf allen vieren geschliddert ist.
Wir machen eine Pause, die Mädels suchen sich einen Platz

auf der Zuschauertribüne, ich hole Glühwein und Kinderpunsch.
Als ich zurückkomme, ist Luca wie immer und Clara anders. Irgendwie blass und nervös.
»Alles okay?« Ich sehe sie fragend an.
»Tick jetzt nicht aus, Jan.«
»Wieso, was ist?«
»Versprichst du mir, dass du ruhig bleibst.«
So etwas macht mich ja nervös.
»Was ist denn passiert?«
»Wir werden gefilmt. Unten am Eis. Da steht ein Kamerateam.«
Ich drehe mich um und sehe in ein durch die Dunkelheit kaum erkennbares Objektiv, das sich nur durch das rote Lämpchen oben drüber verrät.
»Außerdem, glaube ich, waren die vorher schon da, als wir noch auf dem Eis waren. Ich war mir da nur noch nicht sicher«, fügt Clara hinzu.
Diese elenden Schweine!
Ich stapfe los. Sieht wahrscheinlich auch noch zusätzlich bescheuert aus, wie ich auf Kufen wütend die hohen Tribünenstufen runtereiere. Ich höre noch Lucas »Wohin geht denn der Papa?« in meinem Rücken, als ich schon den verantwortlichen Redakteur dieser Widerlichkeit ausgemacht habe. Der Kameramann erkennt seine Chance und zoomt mich wohl gerade heran.
»Wie habt ihr das denn schon wieder spitzgekriegt? Wieder nix zu tun gehabt? Ich dachte, das Sommerloch ist schon seit Monaten gestopft?«
Die beiden lassen sich nicht beirren, der Kameramann lächelt dumm und hält weiter auf mich drauf, und der dazugehörige Dumpfbackenredakteur stellt eine Frage mit dem journalistischen Gehalt eines Iltispupses: »Na, Herr Beckmann, machen Sie einen schönen Familienausflug?«

Ich versuche freundlich zu bleiben und kämpfe weiterhin darum, mir ein Lächeln auf die Lippen zu pressen. »Ich würde mich freuen, wenn Sie die Kamera ausmachen würden, denn Sie filmen gerade meine Tochter, und die ist eine nichtöffentliche Person, und Sie begehen eine Rechtsverletzung, wenn Sie diese Bilder veröffentlichen.«

Im nächsten Augenblick flüchte ich kurz aus dem Kamerawinkel, packe den Journalisten an den Schultern und flüstere ihm ins Ohr, damit das Kameramikrofon nicht hört, was ich sage: »Alter, ich reiß dir die Eier ab, wenn du das bringst, das schwör ich dir. Ich verklage dich bis aufs Äußerste. Macht, dass ihr wegkommt!« Und dann strahle ich ein »Schönen Abend noch!« in die Kamera.

Ich habe mich nicht im Griff. Ein Rüpel bin ich nicht, aber professionell ruhig kann ich auch nicht bleiben. Mir wird in solchen Situationen ganz heiß, mein Hals schwillt an, ich spüre richtig, wie sich das Blut in meinem Kopf staut und ich nicht die Worte finde. Aber wenn ich es runterschlucken würde, bekäme ich bestimmt umgehend irgendein ganz fieses Magengeschwür. Leider liefere ich dann meistens genau das ab, auf was dieser schmierige Boulevard gewartet hat. Glücklicherweise kam ich bisher nicht allzu oft in solche Situationen.

Mit zusammengepressten Lippen stapfe ich zurück.

»Was war?«, fragt Clara besorgt.

»Alles gut. Ich hab denen gesagt, dass sie Luca nicht filmen dürfen.«

»Wer darf mich nicht filmen?«, fragt der Hase, der von nichts weiß.

»Von welchem Sender waren die denn?«

»Ich glaube, das war so ein freies Team, das die Bilder später an Interessenten vertickt. War jetzt kein Logo auf der Kamera erkennbar oder so. Da wollte sich wohl jemand von dem Laden hier einen Euro dazuverdienen.«

»Gehen wir jetzt noch mal aufs Eis?«, fragt Luca, nachdem sie den letzten Tropfen Kinderpunsch aus der Tasse geleckt hat.
Clara und mir ist die Lust vergangen, und das Team da unten ist natürlich nicht von der Stelle gewichen. Vielleicht hoffen sie ja noch auf einen tätlichen Angriff meinerseits. Und um dem zuvorzukommen, schafft es Clara geschickt, Luca davon zu überzeugen, dass wir jetzt nach Hause fahren. Denn ihre Jeans und ihre Strumpfhose sind ja nass – »Gar nicht!« – und wir wollen nicht, dass sie sich erkältet – »Ach Menno …« – und wir könnten ja noch zusammen Sandmännchen schauen – »Au ja!« –, bevor es zur Mama zurückgeht.
Auf dem Weg in die Umkleiden schirme ich Clara und Luca, soweit es geht, mit meinem Körper und dem Mantel vor der Kamera ab, was aber wohl eher albern als hilfreich ist.
Ich bin tierisch sauer. Clara sagt nichts und Luca brabbelt am laufenden Band. So feinsensorisch ist sie noch nicht, dass sie merken würde, was hier gerade vor sich geht.
Obwohl Anne und Clara gut miteinander auskommen, wäre ein Foto von Jan, Clara, Luca mit der Bildunterschrift »Familienausflug« wohl auch für die coole Anne zu viel.
Die Stimmung im Auto ist scheiße.
Luca hat den Sandmann nicht gebraucht, denn sie ist mit dem Surren und der warmen Luft des Gebläses sofort eingeschlafen.
»Was für einen dämlichen Job diese Jungs haben, oder?«, flüstere ich.
»Tja.«
»Ich mein, was erzählen die ihren Kindern beim Abendbrot? Dass sie heute die Brehmer und den Beckmann samt Kind beim Schlittschuhlaufen abgeschossen haben und dass das echt *Spaß* gemacht hat?! Kann doch wohl nicht wahr sein, ey!«

Es fällt mir schwer, ruhig zu bleiben. Leise sein ist schon schwer genug.
»Reg dich doch nicht so auf.« Clara blickt aus ihrem Seitenfenster.
»Doch.«
»Es bringt aber nichts. Lass es einfach.«
»Trotzdem.«
Wir stehen gerade an einer Ampel, als Clara zu mir rüberschaut. »Lass uns einen schönen Abend machen, okay?«
Ich gucke sie an. Das rote Licht der Ampel auf ihrem Gesicht sieht lustig aus und steht ihr gut.
»Klar«, sage ich.

29.

Da Luca ins Bett muss, bringen wir sie jetzt gleich zu Anne nach Hause. Der erzähle ich nichts von den Journalisten im Eisstadion. Man muss ja keine schlafenden Hunde wecken. Ich kann schwer einschätzen, wie laut Anne bellen würde, wenn sie Lucas Bild in der Zeitung oder in einem Fernsehbericht entdecken müsste.
Als wir uns in Annes Hausflur von der schlaftrunkenen Luca verabschieden wollen, entdeckt Clara Annes Verlobungsring.
»Oh, der ist aber schön.«
Intuitiv halten wir alle drei kurz mal die Luft an. Alles stockt. Als hätten wir gerade *den* Ring aus *Herr der Ringe* zu Gesicht bekommen. Wir wechseln Blicke im Dreieck, bis Luca sich zu Wort meldet.
»Ich will schlafen.«
Dieser Satz dürfte in Lucas Leben gerade Premiere gehabt haben. So etwas sagt sie sonst nie. Sie kippt fast aus den Latschen.
»Ich bring sie noch ins Bett, okay?«, frage ich meine Gefährtin mit Hobbit-Ring und meine Geliebte auf Heimaturlaub, und im Kanon schallt es »Ja, klar!« zurück.
Luca und ich gehen in das mir fremde Badezimmer und die Mädels in die Küche.
Frodo – äh … Steffen scheint nicht zu Hause zu sein. Dafür hängen hier auf dem Wäscheständer seine Unterhosen zum Trocknen. Ach, den Slip von Anne kenne ich noch von

früher. Irgendwie unangebracht, die Unterwäsche Personen zuzuordnen. Ich konzentriere mich mal lieber auf Luca. Durch die geöffneten Türen lausche ich mit einem Ohr dem Frauengespräch. Anne berichtet von ihren Hochzeitsvorbereitungen. Soll sie mal. Weiberkram.
Während ich Luca, die ihre Augen geschlossen hält und auch sonst auf Stand-by heruntergefahren ist, die Zähne schrubbe, erinnere ich mich daran, wie Anne vor Jahren einmal gesagt hat, dass ein gemeinsames Kind sie niemals so stark an einen Mann binden würde wie ein Heirat.
Damals hat mich diese Aussage geschockt. Ich sehe das nämlich genau umgekehrt. Vielleicht war das auch ein Grund dafür, warum ich sie nie gebeten habe, meine Frau zu werden. Irgendwie kann ich mir nicht vorstellen, dass sie heute immer noch dieser Meinung ist. Fragen werde ich sie nicht.
Ich ziehe Luca schnell um und lege sie ins Bett.
»Tschüss, Papa.«
»Tschüss, Engelchen.«
Sie dreht sich um und schläft sofort ein.
Ich sitze neben ihrem Bett auf dem Fußboden und sehe mich im halbdunklen Kinderzimmer um.
Was sieht Luca, wenn sie im Bett liegt? Das Licht der Straßenlaterne dringt ein wenig durch den Schlitz zwischen den zugezogenen Vorhängen und verleiht dem Puppenhaus, ihrer Kuschelecke und dem Kinderschreibtisch Konturen in Grau. Ich erahne den schönen Stuck an der Decke. Lucas Reich im Dunkeln. Erst jetzt fällt mir auf, dass ich das Zimmer meiner Tochter noch nie nachts gesehen habe.
Ich höre Anne auflachen, ein wenig Gemurmel, Lucas ruhiger Atem neben mir, Dunkelheit. Für einen Augenblick ist alles wie früher.
Ich stehe auf, freue mich über Lucas Friedlichkeit, betrete den Flur und bin sofort wieder im Heute. Ich höre, wie Anne und Clara über die geplante Geburtstagsfeier für Papa spre-

chen. Sie scheinen sich ein wenig davor zu gruseln, aber im Grunde machen sie durch ihr Gequatsche alles nur komplizierter, als es ist.

»Alles wird gut. Wir kriegen das schon hin und es ist nur ein Kaffeetrinken, kein stundenlanges Staatsbankett.« Die beiden fühlen sich ertappt, als ich plötzlich in der Küche stehe.

»Nee, wir finden das ja gut, dass du das für deinen Papa machst«, beschwichtigt Clara.

»Und für dich«, stichelt Anne.

»Ist ja gut.«

Ich freue mich über die charakterliche Vielfalt an diesem Tisch und entdecke darauf auch einen handgezeichneten Sitzplan.

»Hey?! Ist der für das Hochzeitsessen? Wo sitzen wir denn? Oder muss ich an einen Stehtisch?«

»Wir dachten, es wäre am besten, wenn ihr neben Heike und Stephan sitzt. Außerdem sitzen noch Tante Christa und ihr Mann an dem Tisch«, erklärt Anne etwas angespannt ihr Aufgemaltes.

»Okay?! Aber … ich mein … ich kenne die ja alle eigentlich kaum. .. Wo sitzt denn Luca?«

»Neben mir. Natürlich. Aber die wird schon hin und her wuseln, keine Sorge.« Bisschen biestig heute, die Anne.

»Ach, ist doch egal, wo wir sitzen. Hauptsache, wir dürfen dabei sein.« Clara versucht zu entschärfen, wo eigentlich noch gar nichts richtig scharf war.

»Wir sitzen ja ganz schön weit hinten«, sage ich, »ganz schön weit weg vom Brautpaar.«

»Boah, bin ich müde«, pariert Anne kurz und trocken, »ich schmeiß euch jetzt raus …«

Wir lachen ein bisschen, wobei ich es gar nicht so richtig lustig finde, und gehen.

Vor dem Haus dreht sich Clara zu mir um, und wir begrüßen uns noch einmal richtig. Der erste Moment alleine.

Ohne Kind, ohne Anne, ohne alles.
»Und jetzt?«, fragt sie.
»Und jetzt … “, ich hake mich bei ihr unter, »gehen wir ein bisschen spazieren und du erzählst mir, was bei dir so los war und ich erzähl dir, was bei mir so los war, und dann gucken wir mal, wo es uns so hintreibt.«
Wir stapfen los. Schweinekalt.
»Findest du Annes Ring echt schön?«, frage ich.
»Ja, klar. Du nicht?«
»Doch, doch.«
Nach einem kurzen Spaziergang trudeln wir, zu Johnnys Freude, in seiner Vinothek ein.
»Dottore, Signora?! Wie schön! Ich bringe Vino Rosso und Prosecco. Habt ihr Hunger? Schön, dasse ihr gekommen seid.«
Und wir trinken und essen und sehen uns lange in die Augen und Clara sagt mir, wie sehr sie mich vermisst hat, und wir trinken weiter, und irgendwann tanzen wir mit Johnny und trinken und lassen das Auto stehen und nehmen ein Taxi und lieben uns und schlafen ein und aus.

Der Samstag wird zum Pyjamatag erklärt, über den Pumuckl sagen würde: »Schööööööööööön, aber kurz!«, und am Sonntag werde ich sehr früh zum Dreh abgeholt, und ein Flugzeug bringt Clara wieder nach Barcelona zurück.

Schöne 36 Stunden liegen hinter uns, von denen ich meiner Maskenbildnerin Jule erzähle, während sie mir das Gesicht anmalt.
Fritz scheint nicht so viel Neues erlebt zu haben, denn er erzählt seiner Maske versaute Witze, die ich alle schon seit der Schauspielschule kenne. Fritz kann noch immer über sie lachen. Hauptsache, er findet jemanden, der mitlacht.
Jule erkundigt sich über das Verhältnis zwischen Luca und

Clara und ich sage, dass eigentlich alles prima sei, und sie sagt, dass man uns das auch ansehe, und ich frage, wie sie das meine, und sie zeigt mir die heutige Sonntagszeitung, und ich denke »Scheiße!«.
Ein großes Bild von uns dreien, schlittschuhlaufend, auf der letzten Seite. Wir sehen alle drei gut gelaunt aus. Ich vielleicht etwas dämlich, aber das ist fast immer so. Romantisch und harmonisch wirkt es, eine Vorzeigefamilie. Ein sehr privates Bild. Und im Privaten hätte es eigentlich auch bleiben sollen.
Die Überschrift lautet: **»Clara Brehmer: Führt ihr Freund sie aufs Glatteis?«**
Im Artikel darunter, der, samt Bildern, die ganze letzte Seite umfasst, wird über mich abgelästert, was das Zeug hält. Teilweise Altbekanntes, teilweise Neues. Die Filmpreisnummer, und dass ich mit Claras Erfolg nicht zurechtkäme. Und wenn überhaupt, dann nur, um ihn für mich zu nutzen. Und jetzt würde ich wohl, auf berechnende Weise, den verantwortungsbewussten Familienvater geben, in der Hoffnung, meinen schlechten Ruf retten zu können. Ansonsten nur bla, bla, bla. Bis der Absatz kommt, der mich völlig unerwartet trifft und sofort ausknockt:

»Doch vielleicht präsentierte sich Jan Beckmann in letzter Zeit nur im falschen Licht? Vielleicht hat Clara Brehmer letztlich doch das große Los gezogen, wie sie nicht müde wird, öffentlich zu behaupten. Vielleicht sprechen die Bilder tatsächlich eine ehrliche Sprache.

Jan Beckmann – der Familienmensch?

Aus Beckmanns Umfeld wurde bekannt, dass er sich in den letzten Wochen und Monaten sehr intensiv um seinen von der Alzheimerkrankheit betroffenen Vater kümmert. Er besuche ihn fast täglich in dem Berliner Pflegeheim, das für

Beckmann senior (74) seit mehreren Jahren sein neues Zuhause geworden ist.«

Mir ist schlecht.

Auch Jule ist die Situation unangenehm, denn sie hat mir selbstverständlich angemerkt, dass ich von der Veröffentlichung keine Ahnung hatte. Ich werfe die Zeitung zu Fritz rüber, der gerade die Augen geschlossen hat, um sich irgendetwas Meditativem hinzugeben.

»Schau dir das an!«

Fritz wirft einen kurzen Blick darauf und weiß sofort, was Sache ist.

»Na geh … hübsch!«, kommentiert er zynisch.

Ich schaue hektisch auf die Uhr über dem Wandspiegel. Clara müsste gerade am Flughafen in Schönefeld sein. »Sonntagszeitung kaufen!«, tippe ich in die SMS. »Alles wegen dir …«, schreibe ich nicht dazu.

So, und jetzt? Machen kann ich jetzt sowieso nichts. Nur meinen Anwalt anrufen, der soll sich überlegen, was zu tun ist, und dann muss ich mich auf meinen Drehtag konzentrieren.

Ich weiß nicht, was ich schlimmer finden soll. Das Foto von Luca oder die Information über Papa?

Jule ist froh, mit mir fertig zu sein, denn ich kann mich kaum mehr auf dem Stuhl halten. Ich gehe schnell in meinen Wohnwagen, um ungestört telefonieren zu können.

Von wem wissen die das mit Papa? Wer hat da gequatscht? Wer wollte sich die paar lausigen Euros dazuverdienen? Der Zivi, der Papa immer das Essen bringt und mich neulich erkannt hat? Die Schlichter selbst, um sich für mein hässliches Benehmen neulich zu rächen?

Dabei fällt mir ein, dass ich mich weder bei ihr entschuldigt, noch ihr ein Versöhnungspräsent geschickt habe. Blöd! Aber der Schlichter würde ich das zutrauen. Dem zackigen

Mädchen aus Osteuropa, die Papa meistens ins Bett bringt, eher weniger. Die ist zu professionell für so einen Scheiß. Ich kenne aber auch nicht das ganze Personal.

Jetzt muss ich also diesem Typen von gestern wie versprochen die Eier abreißen. Blöd! Aber erst einmal müssen wir verhindern, dass der eine vom anderen abschreibt.
Ich habe noch etwa zehn Minuten Zeit bis zur ersten Probe und rufe den Medienanwalt Dr. Meyer an. Nachdem ich ihm die Schweinerei geschildert habe, erklärt er mir, dass er bei Gericht eine einstweilige Verfügung erwirken will, außerdem wird er pro forma heute schon einmal die üblichen Verdächtigen in der Kategorie TV-Magazin und Schundheftchen anmahnen, damit sie erst gar nicht auf die Idee kommen, sich auf das gesattelte Pferd zu setzen.
Da meine Mutter die Vollmachten über Papa übertragen bekommen hat, wäre es an ihr, die Verletzung seiner Persönlichkeitsrechte anzuzeigen. Als Erziehungsberechtigter von Luca kann ich das tun, und das werde ich auch. Aber so was von! Und zwar mit Geldentschädigung und dem ganzen Programm.
Ich bin wütend. Stinkwütend. Ich möchte die Sau auf die Schlachtbank ziehen und sie bluten sehen.
Mein Anwalt meint, er sieht gute Chancen, das Blöde ist nur, wenn man vor Gericht geht und der zuständige Richter wertet die Klage als unbegründet, muss man auch noch für die Kosten aufkommen. Und die sind nicht unerheblich. Ist mir jetzt aber gerade egal.
Mir bleiben noch zwei, drei Minuten, um meine PR-Frau anzurufen.
»Ja …? Hallo?«
»Hab ich dich geweckt, Johanna? Hier ist Jan.«
»Ja … hast du. Was … was gibt's?«
»Die Sonntagszeitung …« Der Aufnahmeleiter hat ge-

rade die Tür meines Wohnmobils geöffnet und gestikuliert. »Ich … ich muss gleich drehen.« Während ich ihn zum Set begleite, bringe ich Johanna auf den neuesten Stand.

»Auf jeden Fall große Scheiße. Ich habe schon den Meyer drauf angesetzt, der schickt gleich was an die anderen Magazine raus, damit die nichts bringen, und morgen schickt er Unterlassungserklärungen an den Verlag und einen Antrag auf einstweilige Verfügung ans … –« »Halt, halt, halt. Jan! Um was geht es eigentlich?«

»Kann ich jetzt nicht erklären. Kauf dir doch bitte ein Exemplar und guck's dir selber an.«

»Und warum rufst du nicht erst mich an, bevor du deinen Anwalt heiß machst?«

»Ähh.« Die Frage bringt mich kurz aus dem Konzept.

»Na, weil die Reihenfolge vollkommen irrelevant ist. Ich werde sowieso dagegen vorgehen.«

»Aha. Und wozu brauchst du dann eine Beraterin in Pressefragen?«

Da ich mich aber mittlerweile in Sicht- und Hörweite zu den Kollegen und dem Regisseur befinde und diese nicht auch noch gegen mich aufbringen möchte, reiße ich mich zusammen, ignoriere ihre Profilneurose und beende das Gespräch.

»Johanna, wir telefonieren später, okay?«

Ich lege auf und der offizielle Teil meines Arbeitstages beginnt.

In einer Umbaupause erreiche ich auch endlich Anne.

Erstaunlicherweise findet sie es gar nicht so schlimm und ich würde den Teufel tun, sie vom Gegenteil überzeugen zu wollen. Trotzdem soll ich sie auf dem Laufenden halten und alles dafür tun, dass das Foto aus den Pressearchiven verschwindet. Das kann ich zwar nicht, verspreche es ihr aber dennoch.

Anne war immer die Coolere von uns beiden.
Deswegen kriegen die Frauen die Kinder. Männer würden allesamt während des Geburtsvorgangs sterben. Ausnahmslos.

Der Drehtag verläuft gut. Sehr gut. Fritz und ich machen viel Quatsch vor der Kamera, und das Team amüsiert sich sehr, was aber nicht unbedingt ideal sein muss. Im Gegenteil. Manchmal verleitet es auch dazu, zu sehr auf die Tube zu drücken. Aber ich glaube, wir pegeln uns ganz schön auf das richtige Maß ein.
Schauspielen kann kurzzeitig wie ein Antidepressivum wirken. Wie dieser Energydrink. Es verleiht Flügel.

Drehschluss.
Während der Tonmann mich noch von meinem Mikrophon im Hemdkragen befreit, schalte ich mein Handy an. Ich tippe meinen Namen in die Suchmaschine meines Handybrowsers. Dann betätige ich die Newsfunktion, die mir die neuesten, online erschienenen Artikel der letzten Stunden anzeigt. Keine Treffer, außer dem aus der Sonntagszeitung. Gut.
Auf der Mailbox ist eine Nachricht von Johanna.
»Jan, lass uns morgen bitte noch mal reden. Du solltest jetzt nicht mit der Machete blind um dich schlagen. Vertrau mir, ich mach das schon. Und mit Dr. Meyer rede ich morgen auch noch mal. Bis morgen. Ja?«
Clara hinterlässt vier Anrufe in Abwesenheit und eine Textnachricht, in der sie mich bittet, mich bei ihr zu melden, wenn ich ein paar Minuten Zeit habe.
Carmen, Fritz und Mike wollen noch was essen gehen. Ich habe zwar Hunger, aber keine Lust. Der Fahrer lässt die drei bei einem Japaner in Mitte raus und fährt mit mir weiter. Alleine auf der hintersten Rückbank des Multivans, rufe ich Clara zurück.

»Endlich! Hallo, Schatz!«
»Hallo. Gut wieder in Barcelona angekommen?«
»Ja. Voll schönes Wetter hier. Ich sitze gerade mit ein paar Leuten vom Team in einem Strandrestaurant und gucke aufs Meer. Voll schön. So schade, dass du nicht hier sein kannst. Die Sonne geht gerade unter …«
»Meine ist heute überhaupt nicht aufgegangen.«
Ein etwas zu melodramatischer Übergang, ich weiß, aber bevor sie mir jetzt noch von dem Duft einer Paella vorschwärmt, würde ich dann doch gerne mal zum Thema des Tages kommen.
»Also gut.« Ihr Ton ändert sich. »Was genau stört dich an dem Artikel?«
»Was mich stört? Was mich stört … ähm … Was für eine … bescheuerte Frage! Entschuldige. Zum Beispiel, dass Luca zum ersten Mal in einer Zeitung abgedruckt wurde, vielleicht? Und dass da mein Vater und seine Krankheit erwähnt werden, vielleicht?«
»Okay. Aber dagegen gehst du doch juristisch vor, oder?«
»Ja, klar gehe ich da juristisch gegen vor!«
»Dann ist ja gut. Was stört dich noch?«
»Ich will nicht weiter als Depp der Nation gesehen werden. Das schadet meiner Karriere, dafür habe ich mir das letzte Jahrzehnt nicht den Arsch aufgerissen. Ich … ich will nicht, dass so was geschrieben wird und ich will nicht, dass davon abgeschrieben wird.«
»Aber in deiner Mail, heute Mittag, hast du mir doch geschrieben, dass du vorhast, auch dagegen juristisch vorzugehen, oder?«
»Ja klar!«
»Also?«, fragt sie.
»Also was?«
»Dann ist doch alles gut.«
»Wie, gut?«

»Was bringt es denn noch, sich so aufzuregen? Mach dir doch das Leben nicht so schwer. Du kannst jetzt doch nichts daran ändern.«

»Clara, so einfach ist das aber nicht.«

»Vielleicht ja doch.«

»Das ist mir zu … positiv … zu Laissez-faire … fuck … ich hab einen Todeshass auf die … –«

»Aber das bringt dir doch nichts, Schatz. Ich muss schon ewig mit so einer Presse leben. Du bist jetzt öffentliches Gut, Jan. Du gehörst da jetzt dazu.«

»Ich gehöre da nicht dazu!«

Wir schweigen einen Moment.

»Was willst du denn jetzt noch machen, außer dass du die Johanna und deinen Anwalt losschickst?«

»Ja … nix. Weiß nicht? Nie mehr Interviews mit der Sonntagszeitung führen zum Beispiel? Vielleicht ziehst du ja solidarisch mit und redest auch nicht mehr mit denen?«

»Dann dürfte ich mittlerweile mit niemandem mehr reden.«

Wir schweigen erneut.

»Liebling, unser Essen steht jetzt schon seit ein paar Minuten auf dem Tisch. Ich finde es ein bisschen unhöflich, wenn ich telefoniere, während die anderen essen.«

»Na, dann …«

»Wir können ja noch mal später telefonieren, wenn ich ins Bett gehe, ja?«

»Ja.«

»Also, tschüss.«

»Guten Appetit.«

30.

Vier Tage später habe ich eine Unterlassungserklärung samt Kostenübernahme in meinem E-Mail-Ordner. Der Verlag der Sonntagszeitung erklärt sich bereit, das betreffende Foto nicht weiter zu verwenden oder zu verbreiten. Außerdem werden sie von spekulativer Berichterstattung, was meine Familienmitglieder sowie deren Gesundheitszustand angeht, künftig absehen. Ein Teilerfolg. Ich soll mir jetzt überlegen, ob ich es dabei belassen oder den langwierigen und nervenaufreibenden Weg eines Geldentschädigungsverfahrens gehen mag. Zum Glück sind weder Fernsehmagazine noch weitere Druck-Erzeugnisse auf die Schmierereien der Sonntagszeitung eingegangen. Auch Pimmel-Edi nicht.
Johanna rät mir dazu, nicht weiterzumachen, da man die Redaktion mit Nachdruck auf die Grenzen aufmerksam gemacht hat, der Schaden überschaubar bleibt und man dennoch an einer guten Zusammenarbeit mit diesem Verlagshaus interessiert sei, da es zu einem Konzern gehöre, der seine Finger auch in Fernsehsendern habe und so weiter.
Keine Ahnung.
Luca hat sich das Schlittschuhfoto ausgeschnitten und zum stolz Rumzeigen mit in den Kindergarten genommen. Sie findet es toll.
Tja, eigentlich alles gut. Ich werde mir die Entscheidung noch eine Weile offenhalten, Dr. Meyer hat gesagt, ich kann mir Zeit lassen.
Mach ich auch.

Die letzten drei Drehtage haben viel Spaß gemacht und so langsam glaube ich, dass es ein ganz guter Film werden könnte. Fritz ist der Liebling am Set, und der Regisseur ist mit uns mehr als zufrieden, und die nächste Drehwoche verspricht auch relativ entspannt zu werden.
Hoffentlich wird der kommende Sonntag auch annähernd so entspannt. Der 1. November. Papas 75. Geburtstag.
Ich hole meine Schwester Britta in Tegel ab, die mit der Maschine aus Düsseldorf landen soll. Sie hat absolut keinen Bock auf den Kaffeeklatsch mit Papa. Das hat sie mir unmissverständlich schon am Telefon zu verstehen gegeben, aber da sie unsere Eltern und vor allem meine Mutter gerne wiedersehen würde, und, ja, Luca und Anne auch und noch den einen oder anderen Bekannten und eine ihrer besten Freundinnen, die nach Berlin gezogen ist, kommt sie trotzdem gerne. Von mir war in der Aufzählung nicht die Rede.
Vom Flughafen aus werde ich sie in Mutters kleine Wohnung fahren, in der sie erst mal übernachten wird, denn Mama kommt erst am Samstag aus Griechenland zurück. Auf den letzten Drücker sozusagen.
Ich bin mir fast sicher, dass sich Britta insgeheim doch freut, mich zu sehen, und es ihr einfach nur unangenehm war, es mir zu zeigen.

Auf der Autobahn frage ich mich, welches Lied wohl gerade das Radio spielen würde, wenn ich einen tödlichen Unfall hätte. Wenn der große Krach abgeklungen wäre und ich tot. Vielleicht »My way«. Vielleicht irgendwas Kitschiges. Oder ein Werbespot, gesprochen von Frank von Meuser jr. Oder einfach nur 'ne Staumeldung.

Wären meine Schwester und ich uns äußerlich nicht so ähnlich, würde man uns bestimmt nicht in eine Schublade stecken. Ob wir uns bewusst so auseinanderentwickelt haben, kann ich schwer sagen. Britta ist Kriminaloberkommissarin in Düsseldorf. Britta ist wie Schimanski mit Titten, eine Art Lena Odenthal aus dem *Tatort*, nur in sehr weiblich, halb Griechin, mit großem Busen und Mann. Der heißt Udo und arbeitet bei der Bank. Mit Udo will man nicht tauschen. Wegen seines Jobs nicht und wegen seiner Frau.

Dabei gibt es sie auch in Nett. Britta wäre zum Beispiel eine tolle Tante. Für Luca finde ich es sogar fast schade, dass die beiden sich so selten sehen. Sie kann erstaunlich liebevoll sein und immens geduldig. Stundenlang können die beiden zusammen basteln oder malen, ohne nur einmal hektisch, genervt oder laut zu werden.

Ich weiß, dass Britta, wenn es nach ihrem Willen ginge, schon längst Mutter wäre und dafür auch bestimmt beruflich kürzer treten würde, aber ihre Hormone machen ihr da wohl einen Strich durch die Rechnung. Da soll es irgendein Problem geben, und deshalb geht das mit dem schwanger werden wohl nicht so gut. Aber mehr hat sie mir dazu nicht erzählt und sie hat auch nie den Anschein gemacht, als wollte sie bei mir ihr Herz ausschütten.

»Na, Bruderherz?!«, begrüßt sie mich und lässt eine kumpelhafte Umarmung folgen.

Sie meint das nicht so. Das mit dem Herz.

»Schön … Britta … Schönen Flug gehabt?«

»Na ja. Wie es halt so ist.«

Es ist halt so, dass Britta und ich uns nicht sonderlich viel zu erzählen haben. Und mit meinen Schauspielergeschichtchen, mit denen ich ansonsten peinlicherweise ebenso peinliche Gesprächspausen zu überbrücken weiß, brauche ich ihr erst gar nicht zu kommen. Schauspieler findet sie bescheuert. Und zwar nicht erst, nachdem ihr meine Eltern gesteckt haben, was ich manchmal so verdiene, sondern immer schon. Zumindest seit ich mit dem Spielen in unserer kleinen Stadt begonnen habe und sie das ein oder

andere Mal zu oft auf ihren großen Bruder angesprochen wurde.
Dass ich mit Clara zusammenkam, war für Britta anfangs sowieso der Super-Gau. Meine Familie für so einen Fernsehzombie zu verlassen. Das war für sie nicht akzeptabel. Nach dem ersten Kennenlernen hat sich das mit dem Zombie wieder ein wenig relativiert. Aber die Familie überhaupt verlassen zu haben, war nicht entschuldbar.
Britta, denke ich mir, du hast nur Glück, dass dein Udo so eine Lusche ist und Angst vor dir hat. Jeder andere hätte dich schon zehnmal verlassen.
»Und, was macht der Udo so?«
»Dem geht's gut. Hat auch viel zu tun. Der macht gerade so einen Fortbildungslehrgang an drei Abenden die Woche, plus Samstag, Sonntag tagsüber. Damit erreicht er wohl eine weitere Qualifikation und kriegt in einem Jahr mehr Kohle und … ähm … wird dann innerhalb der Bank befördert … Ich denke halt, ja … wenn's ihn glücklich macht …«
»Okay?! Aber … dann seht ihr euch ja kaum.«
»Ja … Stimmt.«
Nach weiterem, schwer aus den Fingern gesaugtem Smalltalk sitzen wir im Auto auf dem Weg in die Stadt zurück. Aus Furcht vor langen Gesprächspausen schicke ich ein Stoßgebet in den Himmel, dass dieser Autobahnteilabschnitt bitte, bitte staufrei bleiben möge.
»Wer kommt denn alles zu deiner komischen Feier?«, fragt sie eher aus Langeweile als aus ernst gemeintem Interesse.
»Na … du, Anne, Clara, ich, natürlich. Mama, Fritz und seine Freundin Monika habe ich noch eingeladen …«
»O nee, der kranke Österreicher?«
»Ja! Mein bester Freund Fritz, ja.« Sie verschluckt sich fast an ihrem nächsten Kommentar, und ich zähle weiter auf: »Papas Cousinen Ilse und Heidi. Ja, und … Luca, klar. Und Papa eben.«

»Na, das kann ja heiter werden.«
»Sag mal, du hast ja jetzt die nächsten Tage Mamas Auto, dann kannst du sie ja auch vom Flughafen abholen, oder? Ich muss nämlich Samstag arbeiten.«
»Arbeiten?! Pfff …«
»Ja, also ich meine: Ich fahre für einen halben Tag und in etwa dein Monatsgehalt mit einem Auto im Kreis herum und sage ein paar Textzeilen auf. Besser so?«
Britta reagiert darauf mit dem Schnaufen eines untersetzten Zuchtbullen, schüttelt den Kopf und könnte sich schon wieder so was von dermaßen aufregen, was sie aber anscheinend in die richtige Betriebstemperatur für den nächsten Themenblock zu bringen scheint.
»Mama meinte, du verurteilst sie irgendwie für die Sache mit Christos?«
»Wer ist Christos?« Christos, ey! Warum nicht gleich Jesus. Mann! »Ja, kann schon sein, dass ich das eher nicht so toll finde, wenn Mama in Griechenland für Christos die Aphrodite spielt, hier die … äh, die Göttin der sinnlichen Begierde, während Papa unter Sinnlichkeit nur noch versteht, seine Kacke an die Badezimmertür zu schmieren.«
»Du bist ein Arschloch, das bist du«, ist Brittas dumpfe Antwort.
Ich überlege kurz, ob ich sie mitten auf der Stadtautobahn aussetzen soll, nehme sogar schon den Fuß vom Gas, finde es schließlich aber eher albern und fahre weiter, als wäre nichts gewesen.
Bis zum ersten Schimpfwort haben wir heute noch nicht einmal zwanzig Minuten gebraucht. Gut in der Zeit.
Sie tippt in ihrem Blackberry herum und bearbeitet wohl gerade irgendwelche Bullen-Mails.
»Wusstest du denn nicht, dass sich Mama schon seit Jahren von Papa trennen wollte?«, fragt sie mich, ganz bewusst nebenbei, in dem Wissen, dass sie einen Dolch in meine Brust

rammt, der so scharf und spitz ist, dass man ihn im ersten Moment gar nicht spürt.

»Nein.« Ich bin so fassungslos, dass mir keine schmuckvollere Antwort in den Sinn kommt.

»Siehst du.«

Britta, du bist ein armer, gehässiger Mensch. »Wie, siehst du? Gibt's dazu auch noch ein bisschen mehr Text?«

»Nee, eigentlich nicht.«

»Britta! Mann!«

Ich schlage wütend und mit beiden Händen auf das Lenkrad und das scheint auch die abgebrühte Kriminaloberkommissarin kurzzeitig zu beeindrucken.

»Sie wollte sich von ihm trennen, nachdem er in Rente gegangen ist und nicht mit ihr nach Griechenland ziehen wollte.«

»Häh, wie Griechenland? Davon weiß ich ja gar nichts.«

»Ja, frag dich mal, warum. Auf jeden Fall hat sie mehr als ihr halbes Leben in einem fremden Land verbracht, und jetzt wollte sie eben für die restliche Zeit mit ihm nach Hause zurück.«

»Nach Hause? So ein Quatsch. Komm, das kann sie mir aber nicht erzählen, dass sie wirklich davon ausgegangen ist, dass Papa nach Griechenland zieht. Was soll er denn da? Keine Freunde. Kann die Sprache nicht. Scheiß Gesundheitssystem. Dafür sind sie doch nach Berlin gezogen.«

»Ja, das war ja auch der kleinste gemeinsame Nenner, auf den sie sich noch einigen konnten. Aber eigentlich hatte Mama die Schnauze voll. Die wollte schon lange weg. Weg von Papa. Auch schon vor seiner Rente.«

»Das glaube ich nicht.«

»Na, dann glaub's halt nicht. Sie hatte aber nix zum Abhauen. Keine Rücklagen, keine Rentenansprüche, nix.«

»Ja, in dem Fall hat sie ja direkt Schwein gehabt, dass Papa ins Heim kam und sie die Wohnung verhökern konnte, was?«

Ich bin froh, dass ich fahre, so kann ich schön nach vorne gucken.
»So, jetzt hör mal zu, Jannis. Sie hat sich mehr als ihr halbes Leben um Papa gekümmert. Und in den letzten Jahren ganz besonders. Sie hat sich um uns gekümmert. Immer war sie für uns da. Sei mal ein bisschen dankbarer, du Arschloch.«
»Britta, wenn du mich noch einmal Arschloch nennst, kannst du sofort aussteigen.« Und da ich weiß, dass das nicht zieht, füge ich hinzu: »Und dann brauchst du am Sonntag auch nicht in meine Wohnung zum Geburtstagskaffee zu kommen.«

Wenn meine Eltern nicht meine Eltern wären und meine Schwester nicht meine Schwester, hätte ich sie mit ziemlicher Sicherheit nie näher kennengelernt. Wir wären nie gute Freunde geworden. Mir fallen keine schlüssigen Umstände ein, die uns dazu gebracht hätten, ein Bier miteinander zu trinken. In der kleinen Stadt hätten wir uns höchstens vom Sehen gekannt und uns bei zufälligen Begegnungen flüchtig mit einem Kopfnicken begrüßt. Mehr nicht. Aber ich vermute, das geht fast jedem so.

Wir verlassen die Stadtautobahn und das Navigationsgerät erzählt uns, dass wir das Ziel in 3,8 Kilometern erreicht haben. Ich hoffe, dass die Schicksalsgöttin Atropos, nur um bei diesen Griechen zu bleiben, weiß, was eine grüne Welle ist. Ich versuche es noch einmal mit einem neuen Schwung Freundlichkeit. »Britta, bitte?! Das ist doch jetzt Quatsch, wenn wir uns schon wieder gegenseitig so ankäsen. Findest du nicht? Hm?«
»Nö, finde ich nicht!«
Okay, dann eben die Asi-Nummer. Sie hat es nicht anders gewollt. »Ja, gut … ich sag mal so: Ich weiß nicht, ob Luca Bock hat, dich zu sehen, wenn ich ihr erzähle, dass ihre Tante zwei

Mal Arschloch zu ihrem Papa gesagt hat. Und das obwohl ich sie vom Flughafen abgeholt habe. Ich weiß nicht, ob das sooo gut bei ihr ankommt.«

Wie die Kinder.

»Lass mich aussteigen, Jannis! Ich geh hier einen Kaffee trinken. Ich rufe Anne selber an und Luca soll von sich aus entscheiden, ob sie mich sehen will oder nicht. Da brauchst du nicht so stasi-mäßig Gehirnwäsche bei deinem Kind zu betreiben. Du Arschloch.«

»So, das war das dritte Mal. Das war's.«

Ich fahre rechts ran, steige aus und reiche ihr das Gepäck aus dem Kofferraum.

»Bis Sonntag, Britta.«

»Mal sehen«, antwortet sie.

31.

»Gut. Dann fahren wir mal los«, sage ich zu Papa im Rückspiegel.
Er sitzt unruhig, dafür aber angeschnallt, auf der Rückbank neben dem Kindersitz und streicht ununterbrochen dessen Sitzfläche glatt, während er aus dem Seitenfenster guckt, als würde er nach etwas suchen.
Es war gut, dass ich ihn nach hinten gesetzt habe. Man kann ja nie wissen, ob er mir plötzlich panisch ins Lenkrad greift oder so. Bestimmt ist es hinten auch gemütlicher und er hat mehr Platz und da kommt er vielleicht eher zur Ruhe.
Obwohl ich ihm in der vergangenen halben Stunde bestimmt zwanzig Mal gesagt habe, dass wir jetzt in meine Wohnung fahren und da schon ganz viele liebe Leute auf ihn warten, um mit ihm seinen Geburtstag zu feiern, macht er den Eindruck, als hätte er von Tuten und Blasen keine Ahnung. Hoffentlich muss ich am Ende des Tages den lieben Leuten nicht auch noch recht geben. Hoffentlich überfordert ihn das Ganze nicht.
»Wohin gemma?«
»Na, wir fahren zu deiner Geburtstagsfeier!«
Grummel, grummel.
»Gell, Papa, hab ich dir doch erzählt: Du bist heute 75 Jahre alt geworden, und in meiner Wohnung, da feiern wir jetzt deinen Geburtstag.«
Grummel. Grummel.
Ursprünglich wollte ihn Mama mit mir zusammen abholen,

aber ich konnte sie überreden, lieber noch schnell ein paar Stücke Karidopita zu backen, den Walnusskuchen, den Papa so sehr liebt. Oder geliebt hat, ich weiß es nicht. Vielleicht verändert Alzheimer ja sogar den Geschmack.
Mama hat nach ihrer Ankunft gestern die halbe Nacht gekocht und gebacken, damit auch ja genug Leckeres auf den Tisch kommt. Tja, wer nicht putzen kann, muss backen. Jesos Christos! Hoffentlich ist nicht alles versalzen.
»Isch des mein Auto?«, fragt Papa eher sich als mich.
»Nee, Papa. Das ist meiner. Ist ein VW. Ein Sharan. Habe ich mir von meinem eigenen Geld gekauft.«
»Ah«, sagt er und ich finde, dass ich mit ihm rede, als wäre ich zwölf. Ich bin nervös und mein Bauch schwitzt. Wenn ich sehr aufgeregt bin, etwa bei Live-Auftritten oder bei Talkshows, werde ich zum Bauchschwitzer. Meine Achseln bleiben furztrocken, dafür geht meine Hauptschweißzone vom Brustansatz bis kurz unter den Bauchnabel. Mein Hautarzt sagt, das kommt vom vielen heißen Baden, da den Poren dadurch wohl zu wenig Zeit gewährt wird, sich wieder vollständig zu schließen. Oder so ähnlich. Wenn ich daheim bin, muss ich mich erst mal umziehen.
Und Papa fragt: »Wohin gemma?«

»Da ist ja das Geburtstagskind.«
Mama öffnet die Tür und nimmt Papa in Beschlag und auch in den Arm. Papa rührt sich nicht und hält es aus und lässt sich den Reißverschluss der Jacke öffnen und lässt sich auf eine Bank an der Garderobe setzen und lässt sich die Straßenschuhe aus- und die Hausschuhe anziehen und lässt Mama alles machen, was Mama mit ihm machen will. Braver Papa. Ich kann nicht so richtig dabei zugucken und jetzt kommt auch noch Britta hinzu, die mich mit gerade mal zwei Buchstaben begrüßt.
»Hi.«

»Auch hi.«
Und weil kein Apfel weit vom Stamm fällt, hilft Britta unserer Mutter eben diesen auszuziehen, anzuziehen, an ihm rumzuzupfen, abzuküssen, hinzusetzen oder »Vielleicht doch noch mal auf die Toilette?«
Mir ist das mindestens eine Beckmann-Pflegekraft zu viel und deshalb führt mich mein Weg direkt in die Küche. Dort treffe ich auf meine Mädels, die gerade dabei sind, das Griechenfutter und die gekauften Törtchen auf Teller zu drapieren und ins Wohnzimmer zu tragen. Ich nehme ihnen zwei gut gefüllte Kuchenteller und die Thermoskanne mit Kaffee ab und begrüße im Vorbeigehen Luca, Anne und Clara mit jeweils einem einfachen Kuss auf verschiedene Körperteile. Stirn, Backe, Mund. Ohne Gewusel, ohne Gezupfe.
Auf der Wohnzimmercouch sitzen schon ein paar weitere Gäste, die einzigen Verwandten, die Papa außer uns noch hat: Ilse und Heidi, Geschwister um die siebzig, sind die Töchter von der Schwester seiner Mutter. Ilse wohnt schon seit ewigen Zeiten in Berlin, und Heidi ist damals, kurz nach der Wende, mit der alzheimerkranken Mutter im Gepäck zur Schwester nach Berlin gezogen.
Ich weiß ehrlich gesagt gar nicht, ob sie Papa ab und an im Heim besuchen, in jedem Fall pflegen sie einen guten Umgang mit ihm.
»Ja, grüße dich, Günther, gut siehst du aus«, begrüßt Ilse meinen Papa, als er von Mutter an der einen Hand sanft gezogen und von Luca an der anderen ruppig ins Wohnzimmer gezerrt wird. Ilse und Heidi legen Zurückhaltung und Respekt an den Tag, das gefällt mir.
Die beiden hatten einen Kiosk am Rosa-Luxemburg-Platz und pflegten zusätzlich, fast ein ganzes Jahrzehnt lang, zu Hause ihre Mutter. Bis zu ihrem Tod. Ein Wahnsinn. Wären die beiden nicht tragischerweise schon so früh zu Witwen

geworden, wären sie heute, aller Wahrscheinlichkeit nach, geschieden.
Mama macht das schon richtig. Mama hat ein Recht auf das eigene Leben. Es tut mir leid. Asche auf mein Haupt. Sie hat ja recht. Aber auch nur irgendwie.
Ich platziere Papa so an den Tisch, dass er neben Heidi sitzt. Heidi hat die Ruhe weg, alzheimermäßig. Heidi hat alles gesehen und wird den unruhigen Papa bestimmt beruhigen.
Papa kämpft. Einzelne, unverständliche Wortfetzen finden ihren Weg nach draußen. Unmut.
Wird Zeit, dass sich jetzt alle mal an den Tisch setzen, denke ich, damit ein wenig Ruhe einkehrt. Der Jazz, der im Hintergrund dudelt, auch wenn er leise und smooth ist, stört. Ich schalte ihn ab. Wenigstens ein bisschen Pflegeheimstimmung, ein bisschen Gewohntes.
Luca setzt sich ungefragt auf den noch freien Platz neben ihrem Opa.
»Luca, du musst die Oma erst mal fragen, ob du dich neben den Opa setzen darfst«, interveniert Anne. »Weißt du, vielleicht will die Oma ja da sitzen.«
»Nein, ist schon gut. Lass die Luca ruhig zum Opa. Günther, ist doch schön, wenn die Luca bei dir sitzt, oder?«
Papa perforiert mit der Kuchengabel unsere Tischdecke.
Und während die allerletzten Vorbereitungen getroffen werden, die Kerzen angezündet und die Gäste sich setzen, kann Luca nicht an sich halten und holt unter dem Tisch ihr Geschenk hervor.
»Schau, Opa Günther. Für dich. Hab ich ganz alleine gemalt.«
Sie legt eine Papierrolle vor ihn auf den Tisch, die von einer roten Geschenkschleife zusammengehalten wird. Opa Günther zupft an der Schleife herum, und nach wenigen Sekunden hält es Luca nicht mehr aus und beschleunigt den Vorgang, indem sie für ihn die Schleife löst.

Drei selbstbemalte Blätter rollen sich aus. Auf dem ersten sieht man eine Sonne und eine grüne Wiese, Kinderbildstandard. Zusätzlich hat sie ein Männchen mit Falten im Stirnbereich gemalt. Das soll wohl ihren Opa darstellen. Die Mundwinkel von Opa zeigen nach unten.
»Guck, da bist du noch unglücklich, obwohl die Sonne scheint. Und dann …« Sie zeigt ihm das zweite Blatt. »Da regnet es und die Sonne ist nicht mehr da. Und da kommt der Wurm aus deinem Kopf. Aus deinem Ohr, weißt du. Weil nämlich im Kinder-Kika hab ich gesehen, dass wenn's regnet, die Regenwürmer aus der Erde kommen.«
Papa guckt auf die Bilder, ohne sie richtig anzusehen. Aber er lächelt, und während Luca redet, nickt er immerzu mit dem Kopf, als könnte er dem folgen, was seine Enkelin sagt. Das finde ich nett von ihm.
»Opa Günther, du musst viel im Regen spazieren gehen, hörst du? Und ohne Schirm. Das ist wichtig. Deswegen habe ich auch keinen Schirm gemalt. Weil dann … dann kommt der Wurm aus deinem Ohr raus. Wie wenn er aus der Erde kommt. Und jetzt, guck … das Bild …« Luca blättert in ihrer selbstgebastelten Gebrauchsanweisung weiter und ein drittes Bild, ähnlich dem ersten, kommt zum Vorschein.
Wieder Sonne, wieder grüne Wiese, wieder Opa, aber diesmal mit lachendem Gesicht und an der rechten, unteren Ecke des Papiers ein kleiner, dicker, brauner Wurm.
»Und wie findest du es?«
Keine Antwort.
»Opa Günther!? Wieee findest duuu daaaas Gescheeeenk?«
Sie spricht etwas lauter, direkt in sein Ohr und in ihrer Vorstellung am Wurm vorbei. Lucas Stimme reißt auch Ilse und Mutter aus ihrem Gespräch. Sie mischen sich ein und bestaunen die Bilder, wobei sie das mit dem Wurm nicht so ganz verstehen.
»Cool. Toll gemalt. Ne, Papa?«, mischt sich auch Britta ein.

Und Luca bekommt von allen das Lob, das sie sich eigentlich von Opa Günther gewünscht hätte, aber der nickt nur mit dem Kopf.
Ich kämpfe gerade mit dem ersten Kloß im Hals und vermute, dass es heute nicht der letzte bleiben wird.
Es klingelt an der Tür.
»Ich geh schon.« Dankbar springe ich auf.
Es sind Fritz und Monika.
»Servuuusss. Bussiii.«
An Monika werde ich mich wahrscheinlich nie so richtig gewöhnen.
»Servus, Monika. Servus, Fritz.«
»Na, ist die ganze Bagage schon beinand? Lebens alle noch?«, informiert sich Fritz, während die beiden ihre Mäntel ablegen. Ich bin froh, dass Fritz da ist. Je mehr Leute hier sind, die nicht zu meiner direkten Familie gehören, umso besser.
»Meine Verehrung, die Herrschaften, ich wünsche einen bezaubandn Nachmittag. Ich bin der Fritz, und des is meine Monika. Wir sin Freunde vom Jan und da Clara und eigntlich auch von da Anne und da Luca.« Fritz entert gewohnt laut und selbstbewusst das Wohnzimmer und bringt damit neuen Schwung in den Laden. Man kann allen förmlich ansehen, wie sie jetzt schon erleichtert aufatmen, als hätte kurz mal jemand das Fenster aufgerissen.
»Kennst mi noch, Luca? Hm?« Er wuschelt ihr in der Frisur rum.
»Nee!?«, sagt sie in einem Ton, der auch gleichzeitig zum Ausdruck bringen soll, dass es nicht so cool ist, wenn man einem Mädchen, »wo schon fünf ist«, einfach so durch die Haare fährt.
»So, bevor ich den andaren Herrschaften die Aufwartung mach, muss i erst amal dem Jubilar von ganzm Herzen gratuliern.«

Fritz ist in Höchstform und macht das toll. Er beugt sich zu Papa runter, nimmt seine kuchengabelfreie Hand und schüttelt sie.
»Kennen's mich nimma, Herr Beckmann, gell? Aber des is völlig wurscht. Ich wünsche Ihnen trotzdem alles, alles Gute, Herr Beckmann. Bleiben's g'sund und munter. Vasprechen's uns des?«
Alle am Tisch sind still – und nicht weil Fritz so laut ist, sondern weil er so herzlich ist. Papa ist ganz aufmerksam, weiß aber nicht, was er antworten soll. Kein Problem für meinen lieben Freund.
»Gell, Herr Beckmann? Sie vasprechen mir jetz, dass Sie … schön … g'sund … bleiben, gell?«
Fritz wird so lange und so liebevoll auf Papa einreden, bis der ihm die Antwort gibt, die wir alle hören wollen. Und das macht er nicht, um ihn vorzuführen, sondern er möchte ihm nur das Gefühl geben, dazuzugehören.
Mama hält sich ihre Serviette vor die Augen, und Papa sieht zu Fritz auf und nickt mit dem Kopf.
»Wie schauts aus? Bleim ma gsund, Herr Beckmann? Ha?«
»Ja«, antwortet Papa schließlich und weiß, dass er gerade etwas richtig gemacht hat.
»So is recht, Herr Beckmann«, lacht Fritz, »Sie mochns richtig.«
Er klatscht in die Hände und Luca klatscht mit und wir klatschen alle und lassen Papa hochleben.
»Alles Gute, Papa!«, »Günther, alles Gute!«, »Alles Gute zum Geburtstag!«
Wir klatschen und freuen uns, Papa freut sich auch.
Scheiße, da ist schon wieder so ein Kloß. Selbst Britta ist sprachlos und fast so etwas wie gerührt. Sie merkt, dass ich sie beobachte, und ich nicke ihr zu und jetzt versteht auch sie, warum der kranke Österreicher heute hier ist. Der Fremdeste von allen hat Papa am schönsten gratuliert.

»Jetzt müssen wir aber auch mal etwas essen. Wer möchte Kaffee?« Clara möchte diesen rührenden Moment mit Kulinarischem veredeln.
Papa guckt in Richtung Mandelkuchen und kratzt und klopft mit der Gabel auf seinen Teller. Anne reicht ihm ein Stück und Luca möchte auch eines.
»Den mag ich am liebsten, Oma.«
»Der Opa auch, mein Goldstück«, freut sich die Oma.
Luca erzählt ihrem Opa, wie toll es schmeckt und wie doof die Jungs im Kindergarten sind. Opa ist auf das Essen konzentriert.
Britta unterhält sich mit Anne. Es geht darum, wie doof ich bin, und um Annes Hochzeitspläne. Clara kümmert sich um das Wohlergehen von Mama, Heidi und Ilse, die sich über die zu hohen Pflegegeldzuzahlungsbeiträge bei stationärer Heimpflege aufregen.
Komisch harmonisch hier. Fast wie in der Kaffee-Werbung.
Fritz setzt sich mit Monika neben mich und zaubert eine Flasche Marillenschnaps aus einer Plastiktüte, die er vor mich auf den Tisch stellt.
»Läuft doch alles supa«, sagt er und ich sage: »Das hast du gerade richtig schön gemacht.«
Und auch Monika muss was loswerden: »Jan, du … ich glaub, du schwitzt am Bauch.«

Nachdem ich mich umgezogen habe und aus dem Schlafzimmer komme, treffe ich auf Anne, die gerade mit Luca auf dem Klo war. Luca wischt an uns vorbei, zurück zum Ort des Geschehens, und ich halte Anne kurz am Arm fest.
»Ich finde das übrigens echt toll, dass du da bist.«
»Hä? Wieso?«
»Ja, tu nicht so. Eigentlich könntest du Luca hier abliefern und dir das alles ersparen und froh sein, dass du mit denen hier nichts mehr zu tun hast.«

»Ich mag deinen Papa«, antwortet sie.
»Ach komm.«
»Außerdem: Mit gehangen, mit gefangen.«
»Aber ein ganz kleines bisschen bist du auch wegen mir da, oder?«
»Nö.«
Wir gehen zurück ins Wohnzimmer.
Anne ist heute hier, weil sie für mich da ist.

Ich setze mich zu Ilse und Heidi, neben den Jubilar. Papa steckt mitten im gewohnten Wechselspiel zwischen genauem Mustern von allem und jedem, und im nächsten Moment scheint er alles um sich herum zu ignorieren. Er hat keine Ahnung, was hier vor sich geht, und macht bestimmt drei Kreuze, wenn er wieder in seinem Zimmer sein darf.
»Möchtest du dich hinlegen?«, frage ich ihn. »Papa, möchtest du in ein anderes Zimmer? Ein wenig alleine sein? Dich hinlegen? Hm?«
Er reagiert nicht auf mich. Zu viele Nebenschauplätze, zu viel Bewegung. Erstaunlich, dass er die Ruhe bewahrt.
In ein bis zwei Stunden kann das auch wieder völlig anders werden.

Bevor er im Heim gewohnt hat, ist er täglich in den späten Nachmittagsstunden, völlig rastlos, stundenlang und insgesamt sicherlich einige Kilometer durch jedes Zimmer der gemeinsamen Wohnung gestiefelt.
An Mamas Stelle wäre ich wahnsinnig geworden. Sie hat viel mitgemacht, zweifellos. Und wenn ich sie mir so ansehe, wie sie mit Britta die Köpfe zusammensteckt und bestimmt von etwas erzählt, was sie sich nicht trauen würde, hier am Tisch auszuplaudern, stelle ich fest, dass sie in den letzten Jahren ganz schön gealtert ist. Sie ist nicht gebrechlich und runzlig, im Gegenteil, ihre Haut ist erstaunlich faltenfrei und straff

geblieben, aber ihre Augen wirken müde und haben so einen gräulichen Schleier drauf, als wenn sie zu viel gesehen hätten.
Mama war tapfer. Irgendwie gehört sie doch zu den Guten. Ach, soll sie doch ihren Christos haben. Sie führt eine Art Doppelleben, das ist traurig genug, aber wenn dieser Christos ihr Erlöser ist, dann heißt das ja nicht, dass ich aus Trotz den Moralapostel spielen muss.
Wenn ich doch jetzt nur noch mutig und eloquent genug wäre, ihr sozusagen meinen Segen zu geben, dann wäre ich wirklich stolz auf mich. Aber dann wäre ich auch nicht Jan. Dann wäre ich Fritz.

»Sag mal, Ilse, Heidi, was mich seit langem schon interessiert«, frage ich die zwei Damen und schenke ihnen von Fritz' Marillenschnaps ein, den sie nur unter Kichern annehmen können. »Ihr kanntet doch auch meinen Opa? Den Johann?«
»O ja«, sagt Ilse und das Kichern zieht einen Tisch weiter zu Luca, die gerade auf Fritz' Knien »Hoppe, Hoppe, Reiter« spielt. Daneben sitzen Anne und Clara, die wiederum mit Befremden im Gesicht Monikas wirren Ausführungen über irgendetwas anscheinend sehr Abstruses zu folgen versuchen.
»Wie war er denn so, der Johann?«
»Der Johann, des war kein Guter«, sagt Heidi und scheint keine rechte Lust zu haben, mehr Gesprächszeit für diesen Menschen zu verschwenden. Ilse dagegen hat noch ein paar Worte übrig: »Weißt du, Jannis, der Johann, der hat viel Leid über deinen Papa und deine Großmutter gebracht.«
»Ich weiß«, sage ich und beobachte Papa, wie er seinen Finger anleckt, um die Kuchenkrümel auf seinem Teller aufzupicken.

»Hat er denn, also, ist der Johann … ich weiß gar nicht, wie der aussah. Sah er mir denn … irgendwie ähnlich?«
»Nein«, ist Ilses spontane Reaktion.
Beide Damen sehen mir nun prüfend ins Gesicht, was sich komisch anfühlt.
»Nein, eigentlich nicht … Du kommst doch sehr nach deiner Mutter«, erklärt mir Ilse, und das Thema Johann scheint damit für sie erledigt. Sie prosten sich und mir mit ihren Schnäpschen zu und Heidi zupft Papa am Ärmel und sagt: »Auf dein Wohl, mein lieber Günther.«
Grummel Grummel.

Wenn ich Johann Beckmann nicht ähnlich sehe, warum denkt dann Papa immerzu, dass ich sein Bape bin? Woran erinnere ich ihn, und woran erinnert er sich, wenn ich ihn besuche? Eine äußerliche Ähnlichkeit mit meinem Großvater wäre mir eigentlich das Liebste gewesen. Wenn es doch nur die Nase wäre oder das gleiche Grübchen im Kinn. Im schlimmsten Fall die Augen oder die Mimik. Eine konkrete Kleinigkeit, nicht mehr.
Jetzt brauche ich auch einen Schnaps.

»Papa, mir ist langweilig. Ich will was spielen.«
Luca lässt sich gegen mich plumpsen.
»Luca, der Opa Günther feiert doch noch seinen Geburtstag.«
»Aber mir ist sooo langweilig. Wir können doch mit dem Opa Günther was zusammen spielen?«, schlägt sie vor.
Stimmt. Das könnten wir, und ich habe da auch eine Idee.
»Ähm hallo?«, rufe ich in die Runde, »die Luca würde gerne was mit allen zusammen spielen, und ich habe da im Heim so eine Sache gesehen, die sich vielleicht anbieten würde. Ja … die würde ich gerne mit euch mal machen. Setzt euch doch alle bitte nochmal an den Tisch, ja?«

Gesagt, getan. Anne und Clara sind ganz froh, dass sie von Monika loskommen, und ich setze mich neben Papa.
Britta findet es jetzt schon scheiße, das sehe ich ihr an.
Als sich alle gesetzt haben, umarme ich Papa mit der einen und mit der anderen Hand streichle ich seinen Arm.
»Hör mal, Papa.« Er blickt mich an. Leider sehr leer. Ich atme durch. »Wir machen jetzt etwas … vielleicht kennst du das ja noch? Jeder von uns sagt dir jetzt seinen Namen und etwas Schönes zu deinem Geburtstag. Ja? Da musst du aber auch gut aufpassen.«
Man muss sich nur trauen. Ist wie beim Schauspielen, alles kein Hexenwerk. Fritz kocht auch nur mit Wasser und Marillenschnaps.
»So, ich fange an. Ich bin der Jannis. Ne, Papa?«
Ich sehe Papa ganz tief in die Augen und möchte ganz fest, dass er begreift, wer ich bin. Dass ich nicht sein Bape bin. Ich möchte das jetzt in sein Gehirn pflanzen. Ich komme mir vor wie so ein Aushilfs-Uri-Geller.
Ich spüre ein wenig Unruhe am Tisch, unterdrücke den Reflex und sehe mich absichtlich nicht um. Alles ist mir jetzt egal, außer: »Papa, ich bin dein Sohn … und mein Name ist Jannis … Und ich wünsche dir nur das Beste zu deinem Geburtstag. Und ich … dein Sohn … Jannis … wünsche dir vor allem Zufriedenheit und dass du glücklich bist … wo immer du dich auch manchmal … so rumtreibst. Okay? … Ich … Jannis.«
Papa nickt mit dem Kopf. Ich glaube, er hat es begriffen. Vielleicht hat er aber auch Angst vor mir. Ich lasse von ihm ab.
»Jetzt du«, sage ich zu Heidi.
»Gut. Lieber Günther. Ich bin die Heidi. Ich bin deine Cousine. Deine Mame war die Schwester vo meinere Mame.«
In unserem Dialekt, sie hat es voll raus. Ich mag Heidi.
»Jetzt ich!«, ruft Luca. »Ich bin die Luca, und ab dem Sommer gehe ich in die erste Klasse.«

»Papa, du musst die Luca schon auch anschauen, wenn sie mit dir spricht.«
Papa guckt aber ärgerlicherweise auf seinen Teller.
»Papa, hallo? Wo ist die Luca? … Wo ist die Luca? Na? … Papa, guck jetzt bitte die Luca an, wenn sie mit dir spricht.« Ein bisschen Strenge verträgt es an dieser Stelle. »Die Luca ist meine Tochter. Luca ist deine Enkelin. Sie ist die Tochter von deinem Sohn. Dem Jannis … und das bin ich. Ich bin der Jannis. Jetzt du, Britta.«
»Gut, Papa, guck mich bitte an«, sagt Britta sanft, und Papa guckt ihr tatsächlich ins Gesicht. Sehr schön. »Also, ich bin die Minnie Mouse und ich bin neunundachtzigtausendmillionen Jahre alt und finde, dass das hier gerade richtig beschissen läuft. Und am beschissensten ist dein Sohn … Der Jannis. Das ist der Blödmann neben dir. Papa, nicht vergessen, ich bin die Minnie Mouse, und das ist der Blödmann.«
Peinliches Schweigen am Tisch.
»Stimmt doch gar nicht!«, platzt es entrüstet aus Luca heraus.
»Selbst Luca hat das hingekriegt mit ihren fünf Jahren«, sage ich und bin maßlos enttäuscht von meiner Schwester. Dass sie sich nicht zu schade dafür ist, auch diesen Moment kaputtzumachen.
»Ich bin aber keine fünf mehr. Vielleicht habe ich deswegen keinen Bock auf das Ganze. Es ist doch scheißegal, wer wir sind. Hauptsache, er fühlt sich wohl.«
»Hä? Ja, tut er doch. Papa fühlt sich total wohl!«, schreie ich.
»Aber nicht wenn du ihm sagst, wo er hingucken muss und welche Namen er sich jetzt auf seine Platte ziehen soll!«
Fritz gießt sich einen Schnaps nach.

Ich war etwa elf Jahre alt, als Mutter mir erlaubte, mit Britta, die etwa sieben gewesen sein muss, zum ersten Mal alleine auf die Kirmes zu gehen. Ich war ungeheuer stolz darauf, dass unsere Mama mir die Verantwortung und das Vertrauen zusprach, schon auf meine kleine Schwester aufpassen zu können. Und Britta hat mich sofort als Respektsperson akzeptiert. »Britta, komm hier lang, mach das nicht, schnell über die Ampel!«, und so weiter. Britta folgte mir, für sie war ich an diesem Nachmittag wie ein Erwachsener. Zumindest wie ein erwachsener Bruder. Auf der Kirmes hatten wir viel Spaß und ich fuhr mit ihr Fahrgeschäfte, die für mich natürlich schon Baby waren, uns an diesem Tag aber gleichermaßen Freude bereiteten. Nach einer Stunde blieben mir nur noch ein paar Mark vom Ausflugsgeld übrig, die ich wahnsinnig gerne in Fahrchips für die Boxautos investiert hätte. Ich wollte Britta aber natürlich nicht alleine am Fahrbahnrand stehen lassen, denn sie war eigentlich noch zu klein zum Boxauto fahren und hatte außerdem auch ein wenig Angst davor. Nach genauer Inspektion der Fahrzeuge befand ich aber, dass es schon irgendwie gehen müsste, wenn ich die kleine Britta einfach neben mich setze und sie richtig festhalte. Es würde schon nichts passieren. Schon beim ersten Zusammenstoß mit einem anderen Wagen rutschte sie mir aus meinem Arm und prallte mit dem Gesicht und voller Wucht gegen die zwar gepolsterten, aber immer noch harten Wagenarmaturen. Sie blutete aus Mund und Nase. Britta war geschockt und wollte mit dem Weinen nicht mehr aufhören, ich war unfähig sie zu beruhigen. Jetzt hatte ich nicht nur ein endlos schlechtes Gewissen, sondern auch das Vertrauen meiner kleinen Schwester verloren.

In diesem Augenblick, 25 Jahre später, wünsche ich mir, dass ihr damals alle Zähne auf einmal rausgefallen wären.
»Mama, du bist an der Reihe.« Ich will das jetzt durchziehen. Mama zögert, aber kurz darauf erliegt sie meinem strengen Blick.

»Lieber Günther … ich bin deine Frau … und ich heiße …« Dann bricht Mama ab, weil sie wieder einmal zu weinen beginnt. Das nervt.
»Hör auf, Mama, du musst den Quatsch nicht mitmachen«, beruhigt Britta sie und nimmt sie tröstend in den Arm. Papa guckt nur.
»Es war doch so nett gerade, wollen wir nicht Musik machen und noch et … –«
Leider kann ich nicht anders, als der verzweifelten Clara ins Wort zu fallen. »Britta, du bist ein Arschloch, weißt du das!«
»So. Jetzt beruhign ma uns alle wieda a bisserl, wenns recht is! Jetzt trink ma erst amal einen schönen Wachauer Marillenbrand. Der macht von innen wieda warm ums Herz. Denn wahre Schönheit kommt imma von innen!« Fritz steht auf und klatscht laut in die Hände und spielt den Spaßheini, indem er die schlechte Energie pantomimisch aus der Luft fegt. »Weg mit dem ganzen gschissenen Chi im Raum, raus mit die ganzn bad vibes. Oda, Herr Beckmann? I bin zwar gar ned an da Reihe, aba i bin der Fritz.«
Britta steht auf und geht auf den Balkon.
Anne macht Musik an, Papa zappelt unruhig rum, Luca bekommt vor lauter Erstaunen den Mund nicht zu, die alten Damen sind erleichtert, dass sie jetzt den zweiten Obstler bekommen, Mama flennt immer noch und ich sitze da und hab es verbockt.
Ich sehe, wie Britta auf dem Balkon raucht. Ich folge ihr. Ich höre noch, wie Clara sagt: »Jan, bleib jetzt hier! Du machst es nur noch schlimmer«, aber das mache ich nicht.
Als Britta merkt, dass ich zu ihr trete, möchte sie den Balkon auch schon wieder verlassen, aber ich versperre ihr den Weg.
»So und jetzt? Machst du jetzt so einen beknackten Ober-

kommissarinnen-Polizeigriff, um an mir vorbeizukommen, oder was? Vergiss es.«
Sie versucht mich mit ihrem Blick zu töten, was ihr aber nicht gelingt, und darum wendet sie sich auch wieder von mir ab und raucht weiter. Aus der Packung, die sie vor sich auf das Eisengeländer gestellt hat, nehme ich mir eine Zigarette heraus und stecke sie mir an. Ich rauche schon seit Jahren nicht mehr, aber ich finde, dass das jetzt eine gute Gelegenheit ist, mit meiner Schwester eine zu rauchen.
Wir stehen schweigend nebeneinander auf dem Balkon und rauchen, wie wir es das letzte Mal als Teenager getan haben. Viel erwachsener haben wir uns da drinnen eben auch nicht verhalten.
Es ist schweinekalt, wir haben keine Jacken an und wir kühlen aus. Unsere Wut weicht der Kälte. Wir rauchen die Zigaretten zu Ende und gehen rein. Im Wohnzimmer ist es warm und durch unser Verschwinden hat sich die Stimmung entspannt. Britta und ich haben nicht vor, das Feuer neu zu entfachen, was man uns ansieht, und jeder versucht wieder seinem Gespräch nachzugehen.
Ich gehe ins Arbeitszimmer und krame nach dem Foto von Großvater in meinem Büro. Auf dem Balkon ist mir eingefallen, wo ich es finden könnte. Ich entdecke es in einem alten Fotoalbum aus meiner Kindheit, in dem auf den ersten Seiten ein paar Bilder meiner Ahnen eingeklebt wurden.
Ich gucke mir Johann Beckmann an. Tatsächlich: Ähnlich sehe ich ihm nicht.
Scheiße.

32.

Papa wirkt ruhig. Geradezu ausgeglichen, was fast schon unverschämt wäre. Mit einer Brottüte Karodopita-Stückchen auf dem Schoß sitzt er auf dem Beifahrersitz und sieht sich an, wie die Großstadtlichter an ihm vorbeirauschen in der Dunkelheit des frühen Winterabends.
Durch das Vergessen scheint mein Vater mit sich im Reinen. Details spielen keine Rolle mehr. Das grundlegende Verständnis für die eigene Biographie hat sich verflüchtigt. Wobei Papa schon in gesunden Zeiten eher der Typ war, der dachte: »Hey, ich bin zwar nur eine Kurzhalsgiraffe und komme nicht an die tollen Früchte in den Wipfeln ran, aber vielleicht hat mein kurzer Hals ja auch Vorteile. Vielleicht kann ich viel besser am Boden Dinge finden, vielleicht bin ich ja, als Kurzhalsgiraffe, auch ein ganz gutes Trüffelschwein.«
Leider habe ich für meinen Teil dieses Kalenderspruchdenken noch nicht verinnerlicht. Aber ich bin dran.

Mutter und Luca sitzen auf der Rückbank.
Für Luca lief der Tag prima. Ihr Geschenk kam gut an, wenn auch nicht unbedingt beim Beschenkten, und ihr Papa hat »Arschloch« gesagt, und das noch voll laut, mit Schreien. Für sie ist das ein Großereignis, und es war nicht leicht, ihr das Versprechen abzunehmen, dass sie es im Kindergarten am nächsten Morgen nicht zum Tagesgespräch macht. Und dafür darf sie heute länger wach bleiben und den Opa Günther noch mit nach Hause bringen.

Mutter und Luca spielen Märchenraten. Mutter beginnt mit dem Anfang eines Märchens, wie zum Beispiel: »Es war einmal eine Mutter, die hatte sieben Kinder und die …«
Und Luca fällt hastig ein: »Äh … äh, äh … äh …. Die Mutter mit den … äh … Der Wolf mit den sieben Geißlein!«
Und meinem Vater gefällt das Spiel. Mitraten kann er nicht, aber schmunzeln.

Wir kommen am Pflegeheim an und Mutter verabschiedet sich von Luca. Sie wird Papa ins Bett bringen und dann den kurzen Heimweg zu Fuß gehen.
»Tschüss Oma, tschüss Opa Günther«, ruft es müde aus dem Kindersitz.
Ich springe aus dem Auto und bevor Mutter die Beifahrertür öffnen kann, um meinem Vater beim Aussteigen behilflich zu sein, möchte ich ihr noch etwas sagen. »Mama, warte noch kurz … Ich … Ja … ist ja eher suboptimal gelaufen heute, was?«
»Du hast dich bemüht, Jannis. Es war eine schöne Idee … Wir hatten zusammen oft gute Ideen in unserem Leben.«
»Nur die Umsetzung war manchmal nicht so toll, stimmt's?«
Sie lächelt nur. So ehrlich war meine Mutter nie. Oder vielleicht doch und ich hab's nicht bemerkt?
»Mama, ich wollte dir noch sagen, hier … wegen dem Mann … da, in Griechenland … Also, ich finde das … ganz gut. Mach mal … mach mal ruhig. Finde ich gut.«
»Ich hätte das auch gemacht, wenn du es nicht gut gefunden hättest, Jannis.«
»Klar.«
»Aber ich freue mich darüber, dass du versuchst mich zu verstehen.«
Mit ihrer Hand berührt sie meine Wange. Aber nur kurz.
Sie öffnet dem Mann, mit dem sie die meiste Zeit ihres Le-

bens verbracht hat, die Beifahrertür. »Komm, Papa, komm. Wir gehen jetzt nach Hause.«
Als er neben mir steht, zeige ich Mama, welche Geste ich mir ausgedacht habe. Ich streichle Papa über den Kopf. »Gute Nacht, Papa. Schönen Geburtstag noch.«
Er grummelt und geht los. Er will weg, will zurück in sein gewohntes Umfeld. Irgendwie kann man es ihm auch nicht verdenken.

Während der Fahrt zu Anne fragt Luca mich: »Papa, du hast die Tante Britta aber schon lieb, oder?«
»Na klar.«
Mit Anne lasse ich mich erst gar nicht auf ein Gespräch ein. Ich weiß, was sie mir sagen würde, und statt mich dem zu stellen, danke ich ihr für ihren lieben Einsatz und mache, dass ich wegkomme.
Fritz hat mir eine SMS geschrieben: Ob ich nicht noch schnell auf ein »Feierabendbier« mitkommen möchte. Ja, das möchte ich.
In den Armen meines besten Freundes beginne ich zu heulen, als hätte Kai Pflaume gerade vor meinen Augen eine Familie zusammengebracht, die sich seit Jahrzehnten nicht mehr gesehen hat. Bei mir ist es ja auch so, nur irgendwie anders.

33.

Lucas riesige Hand malt eine Wiese, auf der ich mich plötzlich wiederfinde. Giftgrüne Striche-Wiese. So weit das Auge reicht, nur Wiese und im wolkenlosen, papierweißen Himmel eine gemalte Sonne, deren Strahlen heiß und sichtbar bis zur Erde reichen. Ich muss vorsichtig sein.
Nicht, dass ich zu nah an einen der Strahlen komme und mich verbrenne. Irgendwo muss doch das Ende dieser verfluchten Wiese sein. Das gibt es doch nicht. Ich gehe nicht mehr, ich renne. Ich renne um mein Leben und da, da in der Ferne sehe ich einen riesigen Berg. Hinter dem Berg verbirgt sich sicherlich wieder die normale Welt.
Meine Welt. Was ist meine Welt?
Doch als ich näher komme, erkenne ich, dass es sich nicht um einen Berg, sondern um eine übergroße Hochzeitstorte handelt, aus der plötzlich Steffen im Kampfanzug herausspringt. Er landet direkt vor mir und scheint übergroß zu sein. Viel größer als sonst. Je weiter ich versuche, mich von ihm zu entfernen, desto größer wird er. Er sieht aus wie Rambo. Ich wusste gar nicht, dass Steffen so durchtrainiert ist. Mit Muskel-Shirt, Munitionsketten und Stirnband steht er vor mir und lacht bedrohlich. Steffen lacht mich aus.
»Nie mehr kommst du an sie heran. Jetzt gehören sie mir und ich werde sie verteidigen bis aufs Blut.«
»Das kannst du nicht machen, Steffen. Ich lass mir von dir nicht meine Familie rauben.«
Und irgendjemand tippt mir auf die Schulter. Ich fahre

herum und Britta steht in Polizeiuniform vor mir und sagt: »Doch, das kann er. Von polizeilicher Seite ist das vollkommen in Ordnung. Ich stehe da hundert Prozent hinter ihm. Du Arschloch.«
Ich drehe mich wieder zu Steffen um und sehe, dass Anne zu dem Schreckensszenario hinzugekommen ist. Sie ist komplett im Dominalook gekleidet: Lack, Leder und Peitsche. Sie schmiegt sich an Steffen und freut sich. »Endlich. Endlich bekomme ich das, wonach ich mich so viele Jahre gesehnt habe.«
»Häh? Aber Anne! Du hättest doch etwas sagen müssen. Ich hatte ja keine Ahnung, dass du auf so was …«
»Du hattest von nichts Ahnung. Du bist ja auch ein Nichts. Ein Nichts. Ein Nichts.«
Und Steffen steigt chorisch mit ein: »Ein Nichts. Du bist ein Nichts.«
Ich renne weg. So schnell ich kann. Ich habe Angst davor, stehen zu bleiben und laufe an Fritz vorbei, der gerade dabei ist, die dicke Produzentin Ute Wanger von hinten zu nehmen.
»Na, Jan. Das hast du nie für mich getan. Gut, Fritz, mach weiter. Gut. So ist es gut … oh … Fritz!«, jauchzt die dicke Wanger, »ich muss dich unbedingt dem Jürgen vom Sender vorstellen!«
In meinem Lauftempo schwebt seit geraumer Zeit eine Theaterloge parallel neben mir mit. Papas Cousinen Ilse und Heidi sitzen darin. Und, wie die zwei alten Herren aus der Muppet Show, lachen sie sich gehässig über mich kaputt. Während ich mich über den Flugmechanismus der Loge wundere, stolpere ich über Papas Gehstock. »Jetzt ist er gestolpert. Ja, ja. Gestolpert ist er, ha, ha, ha«, lacht das alte, zynische Duo.
Papa entschuldigt sich mit einem verschmitzten Schulterzucken und tanzt und singt »Singin' in the rain.« Er steppt wie ein junger Gott. In Frack und Zylinder. Fred Astaire würde

grün werden vor Neid. So grün wie diese gottverdammte Wiese, die nie enden will.
»Singin' in the rain« im Konfettiregen.
Was ist hier nur los? Hilfe! Hilfe! Ich will hier raus.
Da! Vor mir ein von Luca gezeichnetes Haus!
Ich renne zum Eingang, und gerade als ich die Tür öffnen will, kommt ein Strichmännchen mit ganz vielen Falten auf der Stirn heraus. Ich erschrecke so sehr, dass ich ganz automatisch zurückweiche.
Das böse dreinschauende Strichmännchen kommt auf mich zu. »Du denkst schlecht über mich. Du denkst nur Schlechtes von mir«, bedroht es mich.
»Himmel, wer bist du denn?« »Nur Schlechtes denkst du von mir. Dabei kanntest du mich gar nicht. Ich wollte nur das Beste. Ich bin wie du. Mich hat nur keiner verstanden. Ich bin wie du.«
»Scheiße, du bist es. Großvater Johann?« »Natürlich bin ich es. Warum erkennst du deinen eigenen Großvater nicht? Du hast keinen Respekt. Komm her, ich werde dich lehren, deinen Großvater zu erkennen und zu achten. Ich hau dich windelweich. Komm her.«
»Opa, hau ab. Du kannst mir gar nichts. Du bist doch nur ein kleines, jämmerliches, totes Strichmännchen.«
»Na, dann sieh dich doch mal selbst an«, lacht er gehässig.
Und ich sehe an mir herunter und erkenne, dass es sich bei mir selbst nur um ein einfaches Strichmännchen handelt. Und dazu scheint mich Luca in großer Eile gemalt zu haben. Denn an einer Hand habe ich nur drei Finger und mein linker Fuß fehlt. Ob Luca das absichtlich gemacht hat? Hat sie Gründe dafür, mich wie einen Krüppel darzustellen? Habe ich ihr irgendetwas getan? Ist das die Rache, weil ich sie und ihre Mutter verla …–
»So, jetzt komm her, du Krüppel-Enkel.« Und der Strichmännchen-Opa steht über mir und holt aus.

»Nein, nein, bitte, Opa Johann, schlage mich nicht!«, flehe ich ihn an.
Während er ausholt, kommt plötzlich etwas großes Weißes aus dem Himmel herab. Es ist ein riesiger Radiergummi, der genau in dem Moment, als Opas Knüppel auf mich hinabschnellt, seinen bedrohlichen Arm wegradiert.
»Ah, was ist das?«, schreit Opa Johann schmerzverzerrt auf. Und der Radiergummi scheint nicht mehr zu bremsen zu sein. Er radiert Stück für Stück den gesamten Opa Johann weg. Und umso mehr von ihm wegradiert wird, umso mehr nimmt derjenige Gestalt an, der den Radiergummi führt. Es handelt sich um einen wunderschönen, groß gewachsenen Mann, mit Rauschebart und grau-schwarzen Locken. Ein Adonis.
»Danke. Du hast mich gerettet.«
Ich krieche zu den Füßen meines Erlösers und küsse sie voller Dankbarkeit. »Bitte. Bitte verrate mir deinen Namen.«
Mein Erlöser hilft mir auf und streicht mir über den Kopf, und wie bei Johnny, meinem Weinwirt, überkommt mich ein wohliges Gefühl.
Er hebt zum Sprechen an. »Du willst meinen Namen wissen?«
»Ja, bitte. Ich bin dir zu großem Dank verpflichtet.«
»Dann nenne mich Christos.«
»Du bist Christos? Der Christos?«, frage ich zwar ungläubig, aber tief in meinem Herzen weiß ich, dass er die Wahrheit sagt.
»Ja, ich bin Christos. Komm, ich führe dich in dieses Haus. Es ist dein Haus. Komm nach Hause, Jannis«, und Christos öffnet mir die Tür und geleitet mich hinein.
Plötzlich stehe ich in unserer Wohnung. Ich bin ja so erleichtert. Meine Welt.
»Clara. Clara! Ich bin zu Hause. Du auch?«
»Ja«, ruft es mir hundertfach entgegen. Es kommt von den

Wänden. An allen Wänden der Wohnung hängen *Bravo*-Starschnitte von Clara. Auf allen ist sie nackt, mit Babybauch, und posiert wie damals die schwangere Demi Moore auf dem *Vanity Fair*-Cover. Sie sieht wunderschön aus. Perfekt. Doch plötzlich beginnt ein Wehklagen. Ein Schreien. Sie spreizt ihre Beine und gebärt. Von jedem Poster purzeln frisch geborene, blutverschmierte Babys, aus allen Zimmern höre ich sie mir entgegenschreien. Ich muss sie doch in Handtücher hüllen! Sie müssen doch erstversorgt werden, sie dürfen doch nicht einfach so auf der Erde liegen bleiben! Ich muss sie waschen, ich brauche einen Arzt, der sie untersucht! Aber es sind ja so viele. Ich schreie eines der Poster an: »Clara, komm jetzt da runter. Du musst mir helfen. Komm, mach!«
Und Claras Vagina dreht sich um neunzig Grad und formt sich zu einem Mund. Der Muttermund spricht zu mir in einer teuflischen, tiefen, furchteinflößenden Monsterstimme: »Na, Jan, willst du noch mehr Kinder? Noch mehr Kinder? Kinder?«, hallt es nach.
»Nein, du Vagina. Auf gar keinen Fall!«
»Ha, Ha, Ha«, lacht mir Claras Vagina entgegen. »Wie man in den Wald reinruft, so schallt es heraus. Spaß haben war gestern.«
»Ha, Ha, Ha«, lachen Ilse und Heidi, die plötzlich auf unserem Sofa sitzen.
Und wie aus einer Schnellfeuerwaffe schießt die Vagina mir noch drei frisch Geborene entgegen und ich habe Mühe, sie zu fangen, und währenddessen höre ich Clara rufen: »Jan. Jan … Jaaaaan? Wach auf!«
»Ja, ja …?« Ich schrecke aus dem Schlaf.
»Schatz, ich glaube, du hast geträumt.« Clara streichelt meine nasse Stirn. »O Gott, du bist ja ganz durchgeschwitzt. Wovon hast du denn nur geträumt?«
»Ach nichts … Keine Ahnung.«

»Na, jetzt wo wir schon wach sind, können wir uns ja vielleicht ein bisschen streicheln oder so was Ähnliches. Hm, wie wär's?« Sie versucht mich zu verführen und ihre Hand gleitet von meiner Brust Richtung Süden.

»Ja, nee … ähm … boah, ich schlafe schon wieder, bin … total müde, total. Gute Nacht, Schatz.«

»Schade.« Clara küsst mich. »Na ja. Gute Nacht.«

Ich drehe mich um und möchte ganz schnell vergessen. Bitte, bitte.

O mein Gott.

34.

Auweia. Bin ich froh, dass Gedanken frei sind. Und Träume hoffentlich auch.
Während des Frühstücks hoffe ich auf das Einsetzen des Träumeverdrängungsmechanismus, da der aber auf sich warten lässt, beschäftigen wir uns mit Beziehungsmanagement. Wann wer wie was machen muss und wo sich Lücken auftun, die mit konventionellem Paarleben zu füllen sind.
Clara fliegt heute wieder nach Barcelona und nächste Woche direkt weiter nach London. Sie wird drei Wochen am Stück weg sein. Das verstößt eigentlich gegen unsere Nie-länger-als-2-Wochen-getrennt-Regel. Nach den Erfahrungen aus ihren bisherigen Beziehungen war es Clara am Anfang sehr wichtig, an so einer Regelung festzuhalten.
Dieses Mal scheint sie es aber nicht so wahnsinnig dramatisch zu finden, denn erstens ist sie es, die weg ist, und zweitens versteht sie sich ja so dufte mit dem Team.
»Und, freust du dich, dass du hier wieder wegkommst?«, frage ich, während ich mein Brötchen schmiere.
»Quatsch, wieso das denn?«
»Na, kannst du doch ruhig zugeben. Ist schon okay.«
»Ich freue mich die Leute wiederzusehen, ja.«
»Aha.«
Wir essen und schweigen.
»Wer war da noch mal?«, hake ich nach, »da … der aus'm Jemen?«
»Libanon. Sharif. Sharif heißt der.«

»Ah, der Sharif … Das war der mit der sonoren Stimme, ne, der dir da letztens sone Volksweise vorgesungen hat? Die so süß und ergreifend war.«
»Warum machst du dich denn da so drüber lustig?«
»Mach ich doch gar nicht.«
»Machst du doch.«
Wir essen und schweigen und trinken Kaffee.
»Und der andere, hier, der Spanier hieß …?«
»Pedro.«
»Der Pedro … genau …«
»Jan, was soll 'n das. Die … die sind alle vergeben. Ist totaler Quatsch, da jetzt son Terz zu machen.«
»Äh, das ist ja lustig. Wie, und wenn sie nicht vergeben wären, was wär dann? Dann wär Terz machen okay, oder was?«
»Nein, aber …«
»Der Pedro«, lache ich, »der feurige Spanier. Olé!«
»Hör auf jetzt … Das ist doch Quatsch. Lass uns doch jetzt noch gemüt–«
»Und dann könnt ihr euch ja abends wieder zum gemeinsamen Seriengucken auf'm Zimmer treffen.«
»Das haben wir *ein* Mal …«
»Ach, und wenn er müde ist, der Pedro, dann kann er ja auch kurz mal sein andalusisches Köpfchen auf deine Schulter legen. Aber dann will er ab ins Bettchen, weil er ist ja vergeben, der Pedro. Und zum Abschied gibt's ein Küsschen. He, vielleicht sogar auf 'n Mund, weil ihr ja vor der Kamera eh schon rumgeknutscht habt. Und dann küsst man sich noch mal, weil's so lustig ist und so schön kribbelt und die Sangria macht so schummrig im Kopf, und ratz-fatz ist der Pimmel ausgepackt! Und dann aber olé, olé und schon ist der Stier an den Hörnern gepackt und … –«
»Sag mal, Jan, du hast sie wohl nicht mehr alle.«
Ich bin etwas zu sehr in Fahrt gekommen.

»Hm?«
»Du spinnst doch. Was hast du denn für ein Problem heute Morgen. Ich geh packen.«
Vielleicht liegt es ja an mir, dass sie mal ganz froh ist, ein paar Tage länger wegzukommen. War ja jetzt auch nicht so einfach mit uns in letzter Zeit. Ja, daran wird es liegen. An mir. Ich bin schuld. Punkt.
Ich muss los.
Wir verabschieden uns. Wieder einmal.
»Ähm, entschuldige wegen gerade. War nur ... Spaß.«
»Hmm.«
Viel Umarmung und wenig Kuss. Mit ohne Zunge, weil sie nach dem Aufstehen noch nicht die Zähne geputzt hat.
»Tschüss, Schatz. Pass auf dich auf, ja?«
»Du auch«, sagt Clara und hält mich mit ihrem Blick noch fünf Sekunden länger fest. »Du bist doof, Jan Beckmann, aber ich liebe dich. Und in drei Wochen haben wir wieder ganz viel Zeit für uns.«
»Dann klappt das bestimmt auch wieder mit der morgendlichen Zahnpflege«, antworte ich, und Clara beißt mir dafür in die Lippe.
»Was bist du nur für'n Arsch heute Morgen?«
»Ich liebe dich auch, Clara. Sehr!«, fühle ich deutlich, sage ich laut und verlasse das Haus.
Verdient habe ich sie nicht.

35.

Als ich in meinem Wohnwagen in den Ganzkörperspiegel blicke, muss ich noch mal an diese verdammt gut aussehenden Kollegen von Clara denken. Gehöre ich schon zu dem Typus, den man wegen seiner inneren Werte liebt?
Scheiße. Ich glaube ja. Und das Schlimme ist, ich war schon in der Maske.
Nächste Woche werde ich dann noch ein Stück hässlicher oder »spezieller« aussehen. Da bekomme ich eine Glatze rasiert.
Ich habe letzte Woche Luca davon erzählt und die hat gesagt:: »Oh, du armer Papa ...!«, und dann hat sie gesagt, dass sie mich aber solange nicht mehr sehen will, bis ich wieder Haare habe. Weil sie das nicht so schön und vielleicht peinlich findet. Außerdem hofft sie, dass mir dann auch wieder braune Haare wachsen und nicht graue. Denn wenn man graue Haare hat, ist man Opa und bald tot.
Es klopft, und Stefan, der Regisseur, fragt, ob ich mal kurz ein paar Minuten für ihn habe.
»Sicher doch. Setz dich. Was gibt's?« »Du, ich wollte mal mit dir wegen den Krankenhausszenen reden. Die Redaktion hat ja jetzt die Muster von den ersten Drehtagen gesehen und so. Und sie finden alles ganz, ganz großartig und würden sich aber wünschen, wenn es jetzt so in dem Stil weitergehen würde.«
»Ja, geht es aber ja nicht, weil meine Figur Krebs hat.« Ich ahne, was kommt, und könnte auf der Stelle kotzen.

»Ja, ja. Das wissen die natürlich auch.« »Das ist ja schon mal erfreulich, wenn die das wissen, die Redakteure.«
»Trotzdem … Also, sie haben den Autor gebeten, ob er nicht, bis nächste Woche, noch ein paar gelbe Seiten schreiben könnte.«
Gelbe Seiten sind Textänderungen für Szenen, die erst nach der Drehfassung des Buches erstellt werden. Ich merke, dass ich anfange, mit den Fingern zu trommeln, und bin mir fast sicher, dass das nicht die letzte Überraschung bleiben wird. Ganz am Schluss ändern die noch mit hochprozentiger Sicherheit den Titel. Aus *Glaube, Liebe, Hoffnung*, was schon für Ödön von Horváth gut genug war, wird dann bestimmt so was wie *3 Freunde und 5 Eier* oder *Da war es nur noch eins* oder *Hilfe, mein Ei ist krank*.
»Wie, gelbe Seiten?«, frage ich. »Was wollen sie denn geändert haben?«
»Na ja, ihnen ist das alles ein bisschen zu … krass. Die Szenen mit dem Schmerz. Die Gefühlsausbrüche. Im Konkreten geht es vor allem um das Nachtbild im Krankenhaus, wo du nach der Chemo so vor dich hin kauerst. Sie befürchten, dass sie den Zuschauer damit verschrecken könnten. Ich finde das ja auch doof, weißt du. Echt. Also … Ich mag das Drehbuch, so wie es ist. Versteh mich da nicht falsch.«
Ich beginne etwas zu köcheln, bleibe aber ruhig. »Okay?! Ähm … und was schlagen die Herrschaften vor?«
»Na ja, sie haben einen Dialog zwischen Mike und dir vorgeschlagen, wo du den Schmerz ein wenig … weg …verbalisierst. Also, mit 'nem Spruch über die heftige Emotion gehst. Das fanden die von der Redaktion einen ganz guten Kompromiss.«
»Den Schmerz und die Folgen einer Chemotherapiesitzung? Wegwitzeln? Scheiße, die wollen aus dem Hodenkrebs einen beschissenen Magen-Darm-Infekt machen. Das kapierst du schon, Stefan, oder?«

»Weißt du, Jan, die haben einfach Angst, dass alles zu ernst wird. Für den Sender ist so eine Art Film … ja auch … eher … Neuland. Weißt du?«

Nee, weiß ich nicht.

»Außerdem finden die dich und Fritz so lustig und wollen diese Humorlinie beibehalten. Und Mike soll ja auch sympathisch rüberkommen. Auch bei seinen Fans. Und da meint der Redakteur, ein klein bisschen mehr Humor wäre da … angebracht. So was wie … ein Augenzwinkern. Die Gag-per-minute-Rate soll halt, so gut es geht, beibehalten werden. Abgesehen davon könnten sie sich auch vorstellen, dass man den Fokus noch mehr in Richtung Liebesgeschichte setzt. Und deswegen wollen sie noch ein, zwei zusätzliche Szenen zwischen dir und Carmen drin haben. – Jan, was soll ich dazu sagen?«

Ich traue meinen Ohren nicht. Was – für – eine – Scheiße.

»Was du dazu sagen sollst? Alter, du musst um deinen Film kämpfen.

So wird das nichts. Ein unentschlossener, halbgarer Mist wird das. Feige und unauthentisch. Das wird man dem Film ansehen. Das verspreche ich dir. Den kannst du jetzt schon, so wie er ist, in die Tonne kloppen.«

»Mann, Jan. Jetzt werd doch nicht gleich so persönlich, ich kann doch auch nichts dafür.«

»Ja, nee, stimmt. Sorry, Stefan. Du kannst nichts dafür. Mein Fehler.«

Na ja. Werde ich mir mal ansehen. Diese gelben Seiten. Dann mit Fritz und der Agentur sprechen und viel rummosern. Aber dann werde ich sie mit ziemlicher Sicherheit doch so spielen, wie sie da stehen. Vielleicht werde ich ein, zwei Dialogänderungen durchgeboxt bekommen, aber den gewünschten Film werde ich nicht verändern können.

Ich hätte gerne den sterbenden Schwan gespielt.

Mit Heulen, Schreien, Kreischen und schieß mich tot. Was soll's. Weisungsgebundenes Arbeiten nennt man das. Machen andere auch. Ich bin vertraglich dazu verpflichtet, mit bestem Wissen und Gewissen den Wünschen meines Arbeitgebers nachzukommen. Sind andere auch.
Ich liebe meinen Beruf wahrscheinlich immer dann am meisten, wenn ich zu grummeln und zu nörgeln anfange. Es ist, immer wieder, mehr als toll, Gefühle und Situationen bei der Arbeit ausleben zu dürfen, die mein Privatleben nie hergeben würde. Ich darf Verfolgungsjagden fahren, Terrorist sein und Polizist, darf Banken ausrauben, Schönheiten küssen, Rockstar sein, zigfach sterben und danach wieder aufstehen. Und gesund krank sein.

36.

Monolog in der Badewanne 4

»Weißt du, irgendwie ist es echt schade, dass ich dich nie kennengelernt habe. Dass wir uns nie zu Gesicht bekommen haben. Es gab Zeiten, als ich noch nicht so viel von dir wusste, als Oma mir nur von deinen guten Seiten erzählte, in denen nur von dir als Schriftsteller, Spion und Judenhelfer die Rede war. In diesen Zeiten glaubte ich, all das in dir finden zu können, was ich bei Papa vergebens gesucht habe. Eine Ähnlichkeit. Den Sinn fürs Kreative. Die Sehnsucht danach, etwas Besonderes sein zu wollen.
Heute bete ich, dass du mir nicht zu viel vererbt hast.
Du blöder, feiger Sack. Den Kopf in den Gasofen schieben! Deine Frau mit zwei Kindern alleine lassen! Feige Sau!
Ich bin so sauer auf dich.
Papa kann sich kaum noch an etwas erinnern. Nicht an seine Frau, nicht an seine Kinder. Nur an dich und an deine Brutalität, du Wichser. Die hat er noch genau vor Augen. Die hat er vor Augen, wenn er mich sieht.
Er hat eine Schweineangst vor dir, immer noch. Was für ein Mensch musst du nur gewesen sein?
Sechzig Jahre bist du schon unter der Erde. In einem Familiengrab, das du gar nicht verdient hast.
Dein Oberschenkelknochen verrottet in meinem Keller, und trotzdem bist du das einzig Allgegenwärtige in Papas Restleben. Du und ein Fernseher, in dem irgendeine Scheiße

läuft. Du hinterlässt größeren Eindruck als jeder andere, der Papas 75 Jahre langen Weg gekreuzt hat. Ich habe auch Angst vor dir. Papa nennt mich bei deinem Namen.
Ich hab vor dem Spiegel gestanden und habe, mit deinem Bild in der Hand, unsere Gesichter verglichen. Jede einzelne Partie bin ich durchgegangen. Und wenn ich ehrlich bin, habe ich so viel Ähnlichkeit mit dir wie mit Brad Pitt.
Den kennst du jetzt nicht. Das ist … ach, egal.
Auf jeden Fall sehen wir uns absolut null ähnlich. Und ich will verdammt nochmal, dass Papa sich ausschließlich an mich erinnert, wenn ich bei ihm war, kapiert?!
Eines verspreche ich dir, Opa Johann: Falls irgendetwas an dieser ›Wenn wir tot sind, treffen wir uns alle im Himmel wieder‹-Nummer dran sein sollte, dann haue ich dir da oben erst mal eins auf die Fresse.«

37.

Mittlerweile scheint er sich ein wenig beruhigt zu haben. Dennoch hat er sich nicht wie sonst in seinen Sessel, sondern auf einen Stuhl ans Fenster gesetzt. Ein bisschen Abstand zu dem ungewohnten Aktionismus in seinem Zimmer ist ihm wohl lieber.
Manchmal sieht er ein wenig dabei zu, wie ich mich mit den Ikea-Paketen abmühe und vergebens versuche, ein System in das Ganze zu bringen. Die meiste Zeit schweift sein Blick aber konfetti-grummelig aus dem Fenster über die vom Neuschnee verhüllte Parkanlage.
Es hat ihm nicht gefallen, als ich heute Morgen mit den Umzugskisten in sein Zimmer kam. Dass ich seinen Tagesablauf störe. Es ist das Einzige, was er noch unter Kontrolle zu haben glaubt. Ein ganz klein wenig Gespür, was wann wie sein muss, ist ihm geblieben.
Ich habe Papa zwar schon seit Tagen darauf vorbereitet, dass ich heute eine neue Schrankwand bei ihm aufbauen will, aber es ist leider nicht wirklich zu ihm durchgedrungen, und wenn, dann konnte es sich dort nicht festsetzen.
Ganz nervös wurde er, als ich damit begann, seine sieben Sachen vorübergehend in Umzugskartons zu packen.
All seine Habseligkeiten passen in vier Kisten. Als ich Luca und Anne verlassen habe, waren es 27.
Aber auch nur, weil ich den beiden alles dagelassen habe. Nur meine Bücher, DVDs, Klamotten, ein bisschen Küchenzeugs und meinen Bürokram hab ich mitgenommen.

27 Kisten. Papas Leben passt in vier.
»Muss ich weg?«, fragt er mich im 5-Minuten-Takt, »muss ich weg?«

In der ersten Zeit, als Papa im Heim war, als er noch ab und an einen hellen Moment hatte, stellte er mir einmal die Frage: »Holst du mich hier raus?«
Das war hart. Das Flehen in den Augen. Diese Sprachlosigkeit. Auf beiden Seiten. Das ist das Fatale an den hellen Momenten. Aber das kann einem immer passieren. Ob man krank ist oder gesund.

Um mir diese Momente zu ersparen, wie wir beide hilflos voreinander stehen und der eine nach Worten sucht, die der andere nicht finden kann, habe ich ihn, für lange Zeit, sehr, sehr selten besucht. Nur an den Festtagen, am Geburtstag oder kurz bevor ich wieder einmal für einen längeren Dreh verreisen musste, habe ich mich blicken lassen.
Einige Male purzelte ein »Es ist furchtbar …« aus ihm heraus, aber darauf konnte ich ihn mit Alltagsfloskeln solange niederquatschen, bis er schlussendlich seinen ausgeblichenen Faden verlor. Irgendwann hat Papa sich dann auf depressive Aggression beschränkt. Und hat allenfalls dem schweigenden Fernseher anvertraut: »Es ist furchtbar …«

»Muss ich gehen?«
»Nein, Papa. Du kriegst nur einen neuen Schrank. Alles gut.«
Wenn man hier geht, dann endgültig und mit den Füßen nach vorne.

Eigentlich ging ich davon aus, dass ich die alte Schrankwand zusammenschlagen und auf dem Wertstoffhof entsorgen würde, aber Frau Schlichter bat mich, sie in den 2. Stock zu

tragen. Da sei gerade wieder ein Zimmer »frei« geworden, und vielleicht freue sich der nächste Bewohner, wenn schon ein brauchbares Möbelstück dasteht.
Brauchbar klingt besser als verbraucht. Das lernt man hier. Alles besser auszudrücken, als es ist. Immer alles positiv sehen. Vielleicht muss man das. Sonst kann man wahrscheinlich gleich wieder gehen.

Als ich über diese beschissene Bauanleitung fluche, lacht Papa kurz auf, ohne mich anzuschauen. Das finde ich ganz schön, und ich spiele für ihn ein wenig den Hampelmann, fluche mehr, als ich müsste, und er lacht über meine Kraftausdrücke.
»Scheiß-Arsch-Drecksding!«, »Gott-verdammi noch eins, des isch zum Kotze!«, »Herr Gott – Zack-ra-di-no-mol!« Ich flechte ganze Schimpfwortketten in unserem Heimatdialekt, und das amüsiert ihn noch mehr.
Einmal fragt er: »Klappt's denn?«
Das finde ich vor allem deswegen sehr lustig, weil der Arzt gesagt hat, dass es Ironie bei Alzheimer-Erkrankten nicht mehr gibt. Tja, auch der lernt nie aus, denn die Hoffnung stirbt bekanntlich zuletzt.

Mama ist wieder nach Griechenland geflogen. Wird aber kurz vor Weihnachten zurück sein. Sie wird nur ein paar Tage in Berlin bleiben, um nach Papa und Luca zu gucken, und dann in Düsseldorf mit Britta und ihrem Mann Heiligabend verbringen. Wahrscheinlich kommt ihr Christos auch da hingeflogen. Könnte ich mir gut vorstellen. Na ja. Ich bin ja jetzt der verständnisvolle erwachsene Sohn.
Über Weihnachten und Silvester fahre ich seit Jahren in den Urlaub, mit der Entschuldigung, dass im Winter, wegen mangelndem Tageslicht, kaum gedreht wird und es die einzige Zeit ist, in der ich risikolos frühzeitig Urlaub buchen

kann, ohne dass mir ein toller Job durch die Lappen geht. Aber der wahre und einzige Grund ist, dass ich keine Lust habe auf diesen Weihnachtsbaum-Großfamilien-Quatsch. Dieses Jahr fahren Luca und Anne wie immer zu Steffens Eltern und sind sowieso tierisch mit den Hochzeitsvorbereitungen beschäftigt, die ja eine knappe Woche später stattfinden soll, und Clara und ich fliegen eine Woche in unsere Lieblingsstadt Rom. Ganz viele Cappuccini gleich neben dem Pantheon trinken und Pasta essen und tanzen in Clubs, in denen uns keiner kennt. Und dann Hochzeit feiern. Die von meiner Ex.

Habe mich neulich in der Badewanne schon gefragt, was schenkt man der Frau zur Hochzeit, mit der man 12 Jahre zusammen war? Geld? Nee, ist Quatsch. Keine Ahnung. Irgendwas Unverbindliches? Ist auch irgendwie doof. Irgendwas Verbindliches? Ist anmaßend und noch dööfer.

Hoffentlich hat Clara eine Idee.

Oh, das ist aber auch eine verdammt komplizierte Scheiße mit diesem Schrankbums. »Mann! Jetzt habe ich diesen Kack falsch zusammengedingst!«

Papa lacht, und ich ärgere mich dieses Mal wirklich.

Mama hat gestern zum Abschied noch ein neues Bild über Papas Bett an die Wand genagelt. Sogar gerahmt. Dafür aber zensiert. Sie hat nämlich nur das Luca-Geburtstagsbild aufgehängt, auf dem Papa lachend zu sehen ist. Ohne Wurm im Kopf. Typisch.

Der Schrank nimmt Gestalt an.

Mittlerweile bin ich aber auch schon über sieben Stunden am Umbauen, Rumwerkeln und Tun und Machen. So lange war ich noch nie bei Papa. Ich bekomme zum ersten Mal einen richtigen Einblick in seinen Tagesablauf und seine

Betreuung. Die sind schon da für ihn, muss man sagen. Er wird regelmäßig nach einem Toilettengang gefragt, obwohl er eine Windel trägt, er bekommt nachmittags ein Stück Kuchen und Kaffee angeboten. Ich glaube auch nicht, dass die das alles nur machen, weil ich heute den ganzen Tag da bin. Und Papa und ich haben zusammen am Tisch Kuchen gegessen. Gesprochen haben wir nicht, aber gemeinsam gegessen. Das war nett.

Während ich die Rückwand anhämmere, denke ich über Claras Fotografiersucht nach und darüber, ob ich auch irgendwann einmal eine solche Schrankwand haben werde, an einem Ort, der zwanghaft zu meinem Zuhause gemacht wird, und welches dieser unzähligen Fotos für mein Leben stehen wird. Vielleicht nagelt dann ja Luca ihrem grauen Papa die Erinnerungen an die Wand.

Papa wird unruhig. Papa mag nicht mehr. Es ist dunkel geworden.
Kurz vor dem Abendessen, keine gute Zeit für ihn. Jetzt findet er auch mein Gefluche nicht mehr lustig. Ich mache ihm den Fernseher an.
»Komm, Papa, setz dich in deinen Sessel. Ich bin gleich fertig, muss nur noch die Schubladen machen. Sieht doch schon schön aus? Viel schöner als der alte Schrank, oder?«
Grummel, Grummel.

Im Halbdunkel versuche ich fertig zu werkeln. Rumhämmern darf ich nicht mehr, denn der eine oder andere geht hier schon gleich schlafen. Ich werde nur noch die Wäsche aus den Kisten holen, und den Rest packe ich morgen in den neuen Schrank.

»Bisch du mein Bape?«

O nee, komm?! Den ganzen Tag bin ich in diesem Irrenhaus, jetzt nicht auch noch *die* Nummer.
»Gell, du bisch mein Bape?«
Ich knie gerade neben ihm und schraube den letzten Knauf an eine Schublade. Ich sehe ihn an. Seine Augen, die mich im Halbdunkeln, in der Reflexion des Fernsehbildes zu erkennen suchen. Sein Körper, der sich respektvoll, Abstand suchend in den Sessel drückt.
Okay. Warum eigentlich nicht?
»Ja. Ich bin dein Bape.«
Ich stehe auf und schließe die Tür. Schnell, bevor der Zivi kommt und das Abendessen bringt. Auf dem langen Korridor ist schon das Geklapper von Geschirr zu hören.
Ich setze mich auf den Boden neben ihn und nehme Papas Hand in meine.
»Hör zu, Günther. Ich bin dein Bape. Und ich werde dir jetzt mal was sagen.«
Papa sieht mich ganz skeptisch an.
»Bisch du mein Bape?«
»Ja. Ich bin der Johann. Dein Bape. Und ich werde dir jetzt was sagen. Hör mir genau zu: Es … es tut mir leid. Es tut mir ganz arg leid, verstehsch du? Ich … ich bitte dich um Entschuldigung. Für alles, was ich dir angetan habe. Ich bin ein schlechter Mensch. Ich habe dir und der Mame so viel Leid angetan. Es tut mir leid.«
Papa guckt. Papa hört zu.
»Verstehst du, was ich da sage?«
»Ja.«
»Bitte. Du brauchst mir nicht zu verzeihen. Ich will nur, dass du verstehst, was ich sage. Ich bin dein Bape, und dein Bape sagt zu dir: Es tut mir unendlich leid. Ich habe euch das alles angetan, weil ich kein guter Mensch bin, aber ich habe euch immer geliebt. Immer. Dein Bape liebt dich. Verstehst du das?«

»Ja«, sagt Papa und dann schaut er wieder in den Fernseher.
Er sucht Halt. Was in ihm vorgeht, kann ich nicht erkennen.
Ich lasse seine Hand los. Schiebe den Schrank an die Wand. Stelle doch noch ein paar Bilder auf, obwohl er heute sowieso nicht mehr draufschauen wird. Schaut er überhaupt jemals drauf?
Ich räume mein Werkzeug zusammen. Setze mich aufs Bett. Sehe ein paar Minuten, über die Schulter meines Vaters, mit ihm fern.
Ich betrachte ihn. Sein Haar. Ein Teil seines Profils. Seine ruhende Hand auf der Armlehne.
»Tschüss.«
Keine Reaktion.
Ich streichle ihm über den Kopf und mache ihm noch zwei Knöpfe seiner Strickweste zu.
»Bis morgen.«

38.

Glaube, Liebe, Hoffnung ist abgedreht. Ich habe kein wirkliches Gefühl zu dem Film. Keine Ahnung, ob er gut oder schlecht wird, mal sehen, was sie sich daraus zusammenschneiden. Auf jeden Fall war es bereichernd, dass Fritz und ich eine so tolle gemeinsame Zeit hatten, und dafür hat es sich eigentlich schon gelohnt. Außerdem hatte ich eine Menge schöne Sachen zu spielen.
Wir hatten ein super Weihnachten.
Rom, was für eine Stadt. Hier bräuchte man einen Zweitwohnsitz. Dann aber auch ziemlich bald einen Lastenaufzug. Ich würde nach einem Jahr locker die 150-Kilo-Grenze überschreiten.
Mit Luca und Anne habe ich, wie schon in den letzten Jahren, ein paar Tage vor Heilig Abend vorgefeiert. Das ist immer sehr schön und traurig. Aber von Jahr zu Jahr mehr schön als traurig. Dieses Mal war auch kaum Platz für melancholische Stimmung, weil sich Luca so über ihr Puppenhaus gefreut hat und wir stundenlang mit ihr spielen mussten. Als Luca aber noch wollte, dass Anne und ich mit unseren Figuren Hochzeit spielen, habe ich lieber mal nach dem Braten im Ofen geguckt.

Tja, und gerade noch vor dem Puppenhaus, stehen wir jetzt schon vor der Kirche. Heute ist es so weit. Mittwoch, der 30. Dezember. Heute ist der Tag, an dem Anne heiraten wird.

Für den denkwürdigen Deutschen Fernsehpreis im Herbst hatte ich einen geliehenen Smoking, von einem Herrenausstatter. Nachdem mein Kotzbild durch die Presse gegangen war, wollten die das gute Stück erst gar nicht mehr zurück haben. Mir sollte es recht sein.
Nach der chemischen Reinigung war nichts mehr von dem Halbverdauten zu erkennen, und ich freue mich, dass ich für den heutigen Anlass etwas Passendes im Kleiderschrank habe. Wobei ich zugeben muss, dass der Smoking insofern vielleicht ein wenig schwierig ist, als er so einen showmäßigen Glanzeffekt im Stoff hat. Eher ein Ball-Smoking als ein Gast auf der Hochzeit der langjährigen Exfreundin-Smoking. Aber das wird schon keinem auffallen.
Clara findet wieder einmal, dass ich geizig bin und mir ruhig was Neues zum Anziehen hätte kaufen können. Mir ist das egal.
Clara hat neu eingekauft. Klar. Ein Traum. In Blau. Sieht wirklich sehr, sehr schön aus. Zurückhaltend, edel, schlicht und einfach zauberhaft.
Die Idee, Clara heiraten zu wollen, gefällt mir gerade irgendwie.
Ich muss verdammt aufpassen. Ansteckender Virus.

Die Sonne scheint zwar, aber es ist wahnsinnig kalt, und wir hoffen, dass das Brautpaar sich nicht allzu viel Zeit lässt, da die Damen, um der Schönheit willen, eindeutig zu luftig angezogen und gleichzeitig zu eitel sind, ihr neu Erworbenes mit dicken Mänteln zu verhängen.
Es ist ein sehr schöner Wintertag. Klirrende Kälte und strahlende Sonne haben etwas sehr Ehrliches. Es macht den Kopf klar. Das Wetter passt zu Anne.

Ich hoffe so sehr, dass ich während der Zeremonie nicht losheule.

Clara habe ich schon vorgewarnt, und sie hat vorsorglich Taschentücher eingepackt.
Nach ewigem Hin- und Herüberlegen haben wir uns doch dazu entschlossen, den beiden Geld zu schenken. Stellte sich natürlich die Frage, welcher Betrag angemessen ist. 100 ist zu wenig, 200 auch, 300 ist mittel, 1000 zu viel. 500. Ja, 500 ist ordentlich. Weder großkotzig noch geizig. Ich schenke Steffen 500 Euro dafür, dass er meine Familie wegheiratet.
Eigentlich müsste er mir Geld geben. Was ich alles in die beiden investiert habe! Anne hat gute Zähne und ist noch gebärfähig und Luca ein Vorzeigekind, wie es im Buche steht. Eigentlich müsste ich noch mindestens zwei Kamele bekommen. Na ja, Schwamm drüber.

Da kommen sie endlich. In einer cremefarbenen Limousine. Steffens Papa fährt, und Luca sitzt, stolz wie Oskar, in einem erhöhten Kindersitz auf der Beifahrerseite. Als Steffen aussteigt, applaudiert die Festgesellschaft, aber als er um den Wagen geht, um Anne die Tür zu öffnen, verstummt die Menge. Alle holen tief Luft fürs Ooooh-und-Aaah-Konzert.
Anne ist von einer atemberaubenden Schönheit. Zum Niederknien. Das Kleid, ihre Frisur, ihr Make-up. Einfach alles. Sie sieht genau so aus, wie sie es sich immer vorgestellt haben muss.
Dabei ist alles schlicht und mit relativ wenig Schleppe und Gedöns, aber ihr Ausdruck, die perfekte Mischung aus Schüchternheit, Stolz und der festen Überzeugung, gerade das Richtige zu tun, begeistert die Menge und ergreift mich. Anne war mir die längste Zeit meines Lebens so nah, und jetzt in diesem Moment ist sie mir so fern. Aber er ist ohne Wenn und Aber wunderbar, der Moment.
Ich bin gerührt, möchte mir aber auch nicht vor Clara die Blöße geben, jetzt schon Rotz und Wasser zu heulen. Das wird ein gruseliger Tag. Heultechnisch.

Clara und ich haben uns sowieso schon an den Hintern der wartenden Festgesellschaft gestellt, aber gerade ziehe ich sie instinktiv sogar noch ein wenig weiter zurück.
»Was ist denn?«
Clara mag nicht rumgezerrt werden. Für sie ist die ganze Situation auch ein wenig komisch, und deswegen muss jetzt nicht auch noch an ihr rumgezerrt werden. Kann ich verstehen.
»Nichts ist. Wieso?«
»Was ziehst du denn so an mir rum, spinnst du? Schämst du dich? Warum versteckst du dich denn so?«
Clara ist genervt von mir.
»Mach ich doch gar nicht. Ich … will mich nur nicht so in den Vordergrund spielen.«
Von diesem Gedanken ist Luca weit enfernt. In ihrem süßen braunen Winterkleidchen und der niedlichen Jacke flitzt sie um das Paar herum, hat so gar nichts von der Schüchternheit ihrer Eltern und begrüßt selbstbewusst und lauthals auf dem Weg zum Kirchentor die Gäste.
Von den Beteiligten unbeachtet, ist es so, als würde ich bei meiner eigenen Hochzeit zusehen, denn eigentlich war mal geplant, dass ich da vorne stehe. Ich wurde umbesetzt. Jetzt macht Steffen den Job, und er macht ihn besser.
Na super, vor lauter Rührung denke ich die ganze Zeit nur an mich.
Es ist Annes Hochzeit. Annes Hochzeit!
Steffen verabschiedet sich von seiner Braut und geht mit dem Pfarrer und seinem Trauzeugen, den ich nicht kenne, in die Kirche.
Plötzlich sieht uns Anne und winkt uns zu. Wir winken zurück, und Anne macht Luca auf uns aufmerksam. Luca winkt ebenfalls, ich werfe ihr eine Kusshand zu und mache ihr gestisch klar, dass sie zauberhaft aussieht. Sie sind zu weit weg, um zu rufen, und zwischen uns stehen zu viele Menschen.

Sie sind weit weg. Und plötzlich sind sie ganz verschwunden. Wahrscheinlich in der Sakristei oder noch mal nachpudern. Keine Ahnung.
Wir suchen uns einen Platz in den mittleren Reihen.
»Na, alles gut?«, fragt Clara.
Sie scheint mir eine gewisse Anspannung anzumerken.
Mein Bauch schwitzt.. »Ja, geht so.«
Clara streichelt meine Hand, um mir Mut zu machen, als stände ich kurz vor einer Zahn-OP.
»Jan? Wie schön, dass du da bist. Und Sie müssen Clara sein.« Annes Mutter.
»Hallo, Annegret. Ja, darf ich vorstellen. Das ist Annes Mutter beziehungsweise Lucas Oma … äh … was man dir aber kaum ansieht. Du siehst großartig aus. Wie geht es dem Wolfgang?«
»Gut. Der sitzt schon da vorne.«
»Und, bist du aufgeregt?«, frage ich sie.
Interessiert mich zwar nicht, aber ich weiß nicht, was ich mit meiner Ex-Schwiegermutter reden soll.
»Schrecklich, ja.«
»Ja.«
Wir lächeln uns an, und sie weiß nicht mehr, wie sie mit mir umgehen soll.
»Ja gut, dann … wir haben ja dann noch einen schönen Tag zusammen.« »Ja, Jan. Bis später. Schön, Sie kennenzulernen, Frau Brehmer.«
»Ebenso, danke«, antwortet Clara artig, und ich setze mich wieder in die Reihe. Der schöne Tag wird definitiv sehr anstrengend werden.

Es geht los.
TAM-tam-dadam. TAM-tam-dadam. Die Kirche steht. Alle Blicke gehen Richtung Portal.
Tam-dadam.

Anne und meine Tochter schreiten Hand in Hand durch den Mittelgang. Auf meiner Höhe angekommen, registriert mich Luca und bleibt abrupt stehen. Anne zieht sie nicht einfach weiter, sondern lässt sie diesen Moment Luft holen. Mir stockt der Atem.
Luca reicht mir die Hand, wie als wolle sie ein letztes Mal sagen: »Komm, Papa, dann heirate halt du die Mama, ist doch viel schöööner.« Als wolle sie mich mit nach vorne nehmen und mich auffordern, das mit Steffen jetzt ein für alle Mal zu klären. Von Mann zu Mann.
»Komm, geh weiter, Schatz. Führ die Mama mal nach vorne … Na, mach jetzt. Auf.«
Ich schicke sie weg. Ich nicke Anne zu, und sie weiß nichts anderes zu tun, als zurückzunicken.
Die Zeremonie hat alles, was dazugehört. Zusammen beten, singen, angucken, küssen, sich Versprechungen machen, die ich nicht verstehen kann, akustisch zumindest. Ringe anstecken und fertig.
Unter Applaus gehen Luca und Anne, diesmal mit Steffen, Richtung Ausgang. Im Vorbeigehen wirft mir Luca fröhlich eine Handvoll Blumenblätter ins Gesicht.
Die Gemeinde verlässt die Kirche, und ich habe tatsächlich eine ganze Kloßmanufaktur im Hals und eine ordentliche Blasenentzündung in den Augen. Alle zehn Sekunden kommt Pipi.
Es wird Sekt ausgeschenkt. Ich trinke ein Glas auf ex. Beim zweiten Glas versuche ich aber langsamer zu machen, denn wie das ausgehen kann, weiß ich ja bereits. Wir stellen uns zum Gratulieren an.
Anne behält ihren Nachnamen. Das finde ich gut. Da dann Luca auch weiterhin so heißen darf, wie sie heißt. Sie trägt zwar nicht meinen, sondern Annes Nachnamen, aber wenn meine Tochter Steffens Familiennamen tragen würde, fände ich das komisch.

»Ich wünsche euch alles Gute. Du siehst hinreißend aus, Anne. Und dass mir jetzt die Tränen kommen, ist normal, das weißt du, stimmt's?«

»Das weiß ich, Jan. Danke.«

»Alles Gute.«

Ich löse mich, und Clara und Anne fallen sich in die Arme. Keine weint, beide sind cool.

Als ich Steffen gratuliere, versuche ich mit dem Flennen aufzuhören, was mir aber nicht gelingt. Peinlich.

»So. Steffen. Herzlichen Glückwunsch. Und das mit den Tränen jetzt, das soll dir Anne erklären. Hat nichts mit dir zu tun, okay?«

»Okay. Trotzdem danke.«

»Bitte. Und pass ja auf die beiden auf.« »Mach ich.«

So. Das war's. Das Schlimmste ist geschafft.

Ich brauch doch noch mal Alkohol. Also hole ich uns zwei Gläser und wir setzen uns ein wenig von der Festgesellschaft entfernt auf ein kleines Mäuerchen hinter der Kirche.

»Auf die beiden«, murmele ich beim Anstoßen, »auf die drei. Auf dass sie glücklich werden.«

Ich trinke, Clara nicht. »Willst du nicht auf sie trinken, Liebling? Zur Feier des –«

»Doch, schon.«

»Aber?«

»Jan, ich–«

»Komm, jetzt trink halt einen Schluck, wir gehen ja gleich essen.«

»Okay.«

»Also, dann noch mal auf An–«

»Aber keinen Alkohol.«

»Herrje, soll ich jetzt O-Saft zum Anstoßen holen, oder was? Wird dir schon nicht schummrig.«

»Ich bin schwanger, Jan.«

»Hm?«

»Ich bin schwanger.«
»Nein?!«
»Doch.«
Clara hat Angst.
»Jan? Ähm … willst du nichts sagen dazu, ich meine …«
…
»Jan?«
»Clara … ich liebe dich. Trotzdem.«

Epilog

»Papa?«
»Hm?«
»Schläfst du?«
»Hm.«
»Machst du noch mal …?«
Knips.
Der Pyjama duftet heute eher müffelig als rosig.
»Luca?«
»Ja?«
»Du bekommst ein Geschwisterchen.«
…
»Und wer ist die Mama?«
»Die Clara.«
…
»Und wer ist der Papa?«
»Ähm …? Der Papa.«
…
»Eine Schwester oder einen Bruder?«
»Das weiß ich noch nicht.«
…
»Ich will eine Schwester.«
»Okay.«
…
Knips.

Dank an …

… Yvonne
… Julia
… Amélie
… Michael Gantenberg, der mich von der ersten Seite an als Freund, Mentor und Motivator liebevoll betreute
… meine Literaturagentin Kristine Meierling, für alles
… meinen Lektor Volker Jarck, für seine Geduld, seine Kommas und sein Gespür
…meinen medizinischen Berater Dr. Christian Philipp Kamm
… die S. Fischer Verlage

Theresa Bäuerlein

Das war der gute Teil des Tages

Roman

Band 17292

»Heute Morgen bin ich zum 62. Mal, seit ich aus Deutschland weggefahren bin, in einer halbwegs aufgeräumten Wohnung im Zentrum von Tel Aviv aufgestanden, habe eine Tasse Pulverkaffee getrunken, einen Hausschuh nach einer Kakerlake geworfen, sie knapp verfehlt und dann den Bus zur Arbeit genommen. Der Bus ist nicht explodiert. Das war der gute Teil des Tages.«

Lena ist geflohen aus Deutschland: aus einer Beziehung, die irgendwann nur noch Beziehung war, aus einem Leben in den Schubladen der Gleichgültigkeit. Sie arbeitet für einige Monate als Betreuerin in einem Heim für Autisten – in Tel Aviv. Dort lernt sie den Pfleger Tom kennen, einen Ex-Soldaten, der die Angst nicht mehr los wird. Genau wie Lena ist er auf der Suche nach einem anderen Leben. Und durch ihn erfährt sie plötzlich aus nächster Nähe, dass die Flucht nach vorne eine Überlebensfrage sein kann. Als er vorschlägt, eine Scheinehe einzugehen, damit er einen deutschen Pass bekommt, steht Lena zum ersten Mal in ihrem Leben vor einer Entscheidung, der sie nicht entkommen will.

»Die einen machen sich das Leben schwer, die anderen haben ein schweres Leben. Und ich?«

Fischer Taschenbuch Verlag

fi 17292 / 1

Michael Gantenberg

Zwischen allen Wolken

Roman

Das Schicksal ist ein mieser Feigling – so dachte ich …

Es ist Frühling auf Nördrum in der Nordsee. Die Abiturientin Gesa muss sich entscheiden, ob und warum sie die Insel endlich mal verlassen will. Da stürzt aus sehr heiterem Himmel ihr Bruder mit seinem Fallschirm ab. An diesem todunglücklichen Tag verändert sich alles: Gesas Vater flieht, ihre Mutter schenkt nach Wochen der Trauer all ihre Liebe einer Ente namens Jean-Pierre, auch Tante und Oma benehmen sich maximal merkwürdig. Und Gesa muss in diesem Sommer ein paar fette Wolken beiseite schieben, um so erwachsen zu werden wie nötig und so glücklich wie möglich.

Ein wundersamer Roman über eine junge Frau und ihre schräge Familie, über Sommer und Abschied, die erste große Liebe, über die Treue der Enten und das Lachen der Sandflöhe.

Scherz

fi 4-11063 / 1